© fotografa.berlin

Dass Magie existiert, davon war *Marion Meister* schon immer überzeugt. Bereits als Jugendliche bastelte sie Schmuck und fragte sich, welche magischen Kräfte die Stücke haben könnten. Und so hatte sie Ohrringe für besonders verrückte Unternehmungen oder einen Türkis-Anhänger für die anstehende Prüfung in Latein. Leider reichte ihr Talent nicht für echte Magie aus, doch in ihren Geschichten werden all ihre Träume wahr! Und ihren Schmuck, den trägt sie natürlich immer noch – man kann nie wissen!

Weitere Informationen zum Kinder- und Jugendbuchprogramm der S. Fischer Verlage finden Sie unter www.fischerverlage.de

Marion Meister

Julie Jewels

Perlenschein und Wahrheitszauber

BAND 1

FISCHER Taschenbuch

Zu diesem Buch ist bei Der Audio Verlag ein Hörbuch mit Musik, gelesen von Nana Spier, erschienen, das im Buchhandel erhältlich ist.

Alle Bände der *Julie Jewels*-Trilogie:
Band 1: *Perlenschein und Wahrheitszauber*
Band 2: *Silberglanz und Liebesbann*
Band 3: *Mondsteinlicht und Glücksmagie*

Für Doro

MIX
Papier aus verantwortungsvollen Quellen
FSC® C083411

Erschienen bei FISCHER Kinder- und Jugendtaschenbuch

Frankfurt am Main, März 2020

Hedderichstraße 114, D-60596 Frankfurt am Main
Dieses Werk wurde vermittelt durch die
Literarische Agentur Thomas Schlück GmbH, Hannover.

Satz: Dörlemann Satz, Lemförde
Druck und Bindung: CPI books GmbH, Leck
ISBN 978-3-7335-0360-4

1

Für eine Sekunde fühlte ich mich schwerelos in meinem kuscheligen Bett. Dann erst wachte ich richtig auf und grinste. Ein schneller Blick auf den Kalender bestätigte mir, dass heute der beste Tag meines Lebens war. Ich war sechzehn!

Dem Wunsch folgend, mein Glück in die Welt hinauszuschreien, riss ich die Vorhänge zur Seite, öffnete das Fenster – und blieb stumm.

Na gut.

Statistisch gesehen werden an jedem Tag sicher einhundertsiebenundneunzigtausend Mädchen sechzehn, und es kann natürlich nicht für jedes dieser großartigen Mädchen auch großartiges Traumwetter geben. Aber muss es ausgerechnet an meinem Geburtstag junge Hunde regnen?

Unsere Wohnstraße lag verlassen da, hinter den Dächern rauschten vom Regen aufgewühlte Wellen an den Strand, den ich von meinem Fenster immerhin noch als schmalen Streifen erkennen konnte.

Keine Ahnung, wie sich Regentage in den Bergen anfühlten,

Regentage am Meer fand ich jedenfalls immer extrem trostlos. Nicht nur der Himmel war dann trübe, auch die See färbte sich bleigrau.

Der Wind trieb Nieseltröpfchen zu meinem Fenster herein, die mich in meine schlafwarmen Wangen pieksten.

Hastig schlug ich das Fenster wieder zu und zog den Vorhang vor.

Ich kippte zurück ins Bett.

Eigentlich sollte das heute der mit Abstand wunderbarste Tag meines bisher eher langweiligen und durchschnittlichen Lebens werden.

Auf der anderen Seite: Sollte es sich doch ordentlich ausregnen, meine Sweet-Sixteen-Party fand erst nächsten Samstag statt, dann konnten wir auch ordentlich lange feiern.

Ich angelte meinen Planer vom Nachttisch – einen fliederfarbenen, den ich mit gelben Punkten verschönert hatte. Dort hatte ich eine Liste angelegt. Eine Liste von Dingen, die ich unbedingt tun wollte, jetzt, wo ich endlich sechzehn war.

Eine Party ohne Mom und Paps stand auf Platz vier. Theoretisch war die Party schon akribisch organisiert. Ein paar Zusagen fehlten aber noch – und vor allem ein zuverlässiger Plan, meine Eltern davon abzuhalten, ständig zu stören. (Mit dem billigen Vorwand, den Getränkestand zu kontrollieren oder den Kuchenbedarf zu erfragen. So was verdirbt doch jede Partystimmung.)

Auf Platz drei der Liste: mit Merle, meiner besten Freundin, allein zu einer der Band-Sessions im Club zu gehen. (*Allein!* Ich durfte zwar zu den Auftritten unserer Schulband *in* der Schule, aber das war definitiv weniger aufregend als abends in einen Club.)

Auf Platz zwei stand ein Name. Auch jetzt, als ich ihn las, klopfte mein Herz schneller. Weshalb ich Punkt zwei zusammen mit Punkt eins mit einem Herzchen umrahmt hatte.

Punkt eins?

Ein Kuss wahrer Liebe. (Rumknutschen zählt nicht. Hier geht es um *Liebe*!)

Ich genoss mein Grinsen, das sich nun wieder von einem Ohr zum anderen zog.

Endlich sechzehn! Jetzt begann mein Leben!

Als ich aus dem Bad zurückkam, musste ich feststellen, dass ich einen wichtigen Punkt bei meinen Planungen übersehen hatte: Was zieht man am wichtigsten Tag des bisherigen Lebens an?

Gute Frage – vor allem wenn's regnet …

… und man mit der Familie artig am Tisch hocken und Geburtstagstorte essen muss.

Kurzerhand schlüpfte ich in Jeans und Shirt. Dann setzte ich mich an meinen Schreibtisch und begutachtete meine Schmucksammlung. Aus einem Zweig hatte ich mir ein Bäumchen gebaut, an dem meine Lieblingsstücke hingen. Es funkelte in allen Farben mit Ohrringen, Ketten und Armbändern.

Ich liebte Schmuck! Es war meine Leidenschaft, ich trug immer irgendetwas. Egal ob Armband, Kette, Ohrring oder Haarspange.

Es mussten jedoch besondere Stücke sein, mit Persönlichkeit. Deshalb war ich Stammgast auf Flohmärkten. Und seit ein paar Jahren machte ich vieles auch selbst. Mittlerweile war ich richtig gut, und an ein paar Mitschülerinnen hatte ich sogar schon Sachen verkauft. Deshalb hatten sie mir den Beinamen Jewels gegeben. Ich fand das klang gar nicht schlecht: Julie Jewels.

Ratlos hielt ich mir abwechselnd Ohrringe an und prüfte ihre Wirkung im Spiegel. Viele erschienen mir zu kindisch. Ich pflückte sie vom Baum und legte sie in eine meiner Schmuckschatullen. Kleine Kätzchen oder auch Tinkerbell waren ab diesem Tag nicht mehr angemessen.

Nach einer Weile musste ich mich nur noch zwischen einem Paar rosafarbener Kugeln, die mit Glitzer bestäubt waren, und Ohrringen mit tropfenförmigen Amethysten entscheiden. Die waren in Silber gefasst, und ihr Violett schimmerte geheimnisvoll.

»Julie? Bist du schon wach?«, hörte ich meine Mutter rufen.

Seit einem Jahr bewohnte ich das Dachgeschoss unserer *Residenz* (wie Paps das kleine Einfamilienhaus nannte). Hier oben war ganz allein mein Reich, und ich liebte es. Im ersten

Stock unter mir lagen Tür an Tür das Schlafzimmer meiner Eltern, Mikes Zimmer, das Badezimmer sowie mein ehemaliges Kinderzimmer. Mom hatte ein Arbeitszimmer gebraucht. Warum sie nicht unters Dach gezogen war, sondern mein altes Zimmer wollte, würde wohl ein Geheimnis bleiben, aber ich war ihr dafür sehr dankbar. Deshalb übte ich mich auch in Nachsicht, wenn ich von der Schule nach Hause kam und das Erdgeschoss schon wieder anders aussah als beim Frühstück. Denn meine Mom war Designerin. Sie gestaltete Räume. Und um ihren Kunden ihre Ideen von Material und Farbe anschaulich zu machen, musste unser Wohnzimmer herhalten. Leider schlossen Küche und Essbereich daran an, so dass man nirgends vor den tollen neuen Looks sicher war. Einmal hat sie mir zugeflüstert, ihr Job sei reine Zauberei. Sie verkaufe den Leuten die Möglichkeit, jemand anderes zu sein. Und oft ändern sich die Menschen, wenn sie sich mit einem entsprechenden Raumgefühl umgeben. Meint sie.

Bei mir war sie kläglich gescheitert.

Sie hatte mein Zimmer im Dachgeschoss eingerichtet, und es sah wirklich großartig aus. Hell und geräumig, mit hübschen Details wie den Vorhängen mit den Rosenknospen. Sie meinte, hier könnte ich zu einer hübschen und ordentlichen (dieses Wort betonte sie besonders) jungen Frau werden.

Ich bin nicht sonderlich hübsch. Und das mit der Ordnung … Na ja, vielleicht klappt's mit dem nächsten Raum-Umstyling, Mom.

»Beeil dich, Julie! Alle warten!«

Alle warten? Ziemlich übertrieben. Mom, Paps und Mike waren *alle*. Und Letzterer auch nur, weil Mom ihm sicher gedroht hatte, seinen Internetzugang zu sperren. Damit hatte sie wahrscheinlich seine Urangst getroffen: offline sein. Ich konnte mich gar nicht mehr genau erinnern, wann ich Mike das letzte Mal in die Augen gesehen, geschweige denn mit ihm ein Gespräch geführt hatte. Seit Weihnachten nannte ich ihn nur noch Muffel-Mike. Zum einen wegen seines Geruchs, da er seinen grauen (ich meinte, mich zu erinnern, dass er mal hellblau gewesen war) Kapuzenpulli auch zum Schlafen nicht ablegte. Zum Zweiten, weil er nie gute Laune hatte. Oder überhaupt eine Laune. Immer wenn er aus seinem Zimmer auftauchte, glotzte er auf das Display seines Phones. Und zum Dritten, weil er meist ein Geräusch von sich gab, das ziemlich genau wie *Mmh-uff* klang (wenn man doch einmal das Glück hatte und er auf einen Reiz seiner Umwelt reagierte).

Bevor ich mein Zimmer verließ, um zu meinem Geburtstagstisch hinunterzugehen, sah ich noch mal in den Spiegel. Rechts baumelte nun eine rosa Glitzerkugel, und links strahlte magisches Violett. Ich war hochzufrieden. Damit hatte ich genau meine Gefühlslage getroffen.

Schon auf der Treppe roch ich Schokoladenduft. Die Stufen mündeten auf den Hausflur mit der Garderobe. Von dort zweigte eine Tür zur Küche und eine ins Wohnzimmer ab.

(Das Gästeklo lasse ich als einen Ort der unangenehmen Gerüche lieber unerwähnt.)

Ich hüpfte gerade von der untersten Treppenstufe und wollte durch die Wohnzimmertür, als ich meine Eltern in der Küche streiten hörte.

»Warum stellst du es nicht einfach dazu, Caroline? Wo ist das Problem?«, hörte ich meinen Vater hitzig fragen. Anscheinend lief diese Diskussion schon länger.

»Weil ich erst wissen will, was drin ist«, antwortete Mom patzig. »Ist das so schwer zu verstehen?«

»Herrgott nochmal! Was denkst du denn? Glaubst du, Daria würde ihr Gift schicken? Oder eine Bombe?«

Meine Mutter schwieg. Ich konnte hören, wie sie den Messerblock und das Gewürzkarussell auf der Küchenplatte hin und her schob. Das tat sie immer, wenn sie wütend war: Dinge neu arrangieren.

»Caroline.« Mein Vater hatte nun seinen Ich-bin-sehr-geduldig-und-verständnisvoll-Tonfall eingelegt. »Ich weiß ja, dass du mit deiner Mutter Streit hast. Aber die Kinder haben keinen Streit mit ihr. Lass sie doch endlich ihre Großmutter kennenlernen.« Er machte eine Pause. »Sonst ist es irgendwann zu spät.«

Wie angewurzelt stand ich in unserem Hausflur und starrte die Küchentür an. In den sechzehn Jahren hatte ich meine Großmutter nie gesehen. Noch nicht mal ein Foto hatte Mom von ihr. Die beiden hatten sich bereits vor Mikes Geburt heillos zerstritten. Oft hatte ich darüber nachgedacht, was zwischen ihnen vorgefallen sein mochte. Was war so schlimm, dass Mom ihr nicht verzeihen konnte?

Paps hatte sie anlässlich jedes größeren Familienfests gebeten, über ihren Schatten zu springen und Daria einzuladen. Ihm war Familie extrem wichtig. Zu seinem Bruder und seiner Schwester hatte er sehr engen Kontakt und auch Opa und Oma rief er jede Woche an. Außerdem kamen die beiden oft zu Besuch.

»Lass gut sein.« Mom seufzte. »Julie ist gleich da. Wenn ich mir das Geschenk angesehen habe, entscheide ich, ob sie es bekommt. Okay?«

Das war mein Stichwort. Ich löste mich von der Küchentür und ging geradewegs zum Wohnzimmer. »Kann ich rein?«, rief ich.

»Mooooment!«, antwortete Paps. Ich hörte ihn eilig in den Wohnzimmerbereich hasten. Durch das Riffelglas erkannte ich schemenhaft, wie er die Kerzen anzündete, dann öffnete Mom die Tür. So strahlend, als hätte sie selbst Geburtstag – und als hätte sie nicht noch vor zwei Minuten mit Paps gestritten. Sie umarmte und drückte mich, dass ich fast keine Luft mehr bekam.

»Alles, alles Gute, Julie. Dass sich all deine Wünsche erfüllen mögen!«

Ich dachte an meine Liste. Platz zwei und eins.

Dann war Paps an der Reihe. Er drückte und knuddelte

mich und verwuschelte meine Haare. Er wusste, ich konnte das nicht leiden. »Mein Mädchen! Sechzehn!« Lachend versuchte er, mich gleich noch mal zu verwuscheln, doch ich wich ihm geübt aus.

»Mike!«, mahnten dann meine Eltern im Chor. Mit einem *Mmh-uff* erhob sich Muffel-Mike vom Sofa und schlurfte zu mir. »Alles Gute, Schwesterchen.« Murmelnd klopfte er mir auf die Schulter. Wow! Er hatte dafür von seinem Handy aufgesehen! Also schenkte ich ihm ein dankbares Lächeln und wandte mich dann meinem Geburtstagstisch zu.

Meine Mom hatte sich im Styling wieder selbst übertroffen. Eine Wolke an rosa- und pinkfarbenen Tulpen schwebte über den Geschenken, die natürlich auch rosa verpackt waren. Ich musste lächeln. Der Tisch war so schön. Natürlich brannten sechzehn rosarote Kerzen in einem Ring um einen Kuchen – auch rosa.

»Und bevor du denkst, Rosa sei nur was für kleine Mädchen«, begann meine Mutter, »Pink ist *die* Trendfarbe für Sweet-Sixteen-Partys. Ein zeitloser Klassiker.« Und schon wieder umarmte sie mich. »Sechzehn!«, flüsterte sie dabei fassungslos.

»Danke. Es ist wirklich traumhaft.« Und das meinte ich ehrlich. Es sah wunderschön aus.

Neugierig begann ich, die Geschenke aufzureißen. Muffel-Mike hatte mir (natürlich) einen iTunes-Gutschein geschenkt. Ich bedankte mich, doch er nahm mich gar nicht mehr wahr. Von Mom und Paps hatte ich neues Lesefutter bekommen und einen Zuschuss für meinen Führerschein, den ich in sechs Monaten beginnen wollte.

Oma und Opa hatten ebenfalls etwas geschickt. Als ich erfahren hatte, dass sie zu meinem sechzehnten (!) Geburtstag nicht kommen konnten, war ich ziemlich traurig gewesen. Doch logischerweise war die Kur, auf die sie schon eine Ewigkeit warteten, ausgerechnet für diesen Monat bewilligt worden.

Während ich das Päckchen von Oma und Opa aufriss, entgingen mir die mahnenden Blicke nicht, die sich meine Eltern zuwarfen. Und ich fragte mich, was genau passiert war. Wenn ich an der Küchentür richtig gehört hatte, hatte Daria mir etwas zum Geburtstag geschickt. Das war erstaunlich. Sie hatte uns noch nie etwas geschickt. Noch nicht mal eine Karte zu Weihnachten. Um ehrlich zu sein, hatte ich nicht die leiseste Ahnung, wo Daria überhaupt lebte. Ich fand, Paps hatte recht. Aus irgendeinem Grund wollte Daria sich mit uns – also eigentlich mit Mom – aussöhnen. Wie alt mochte sie sein? Mom ist ja schon uralt. (Sie ist knapp über vierzig.) Ob Daria älter als Oma und Opa ist? Ich war auf jeden Fall komplett auf Paps' Seite: Wir sollten sie kennenlernen, solange dafür noch Zeit war. Außerdem brannte ich darauf, zu erfahren, was sie mir schenken wollte. Sie kannte mich schließlich nicht. Sie wusste rein gar nichts über mich.

Nicht so Oma und Opa, die mir eine supersüße Handtasche geschenkt hatten: mit Strass bestickt, sie war großartig. Oder Tante Dagmar, die mir zwei (!) Karten für ein Musical geschickt hatte.

Mom erinnerte mich daran, die Kerzen auszupusten, also schloss ich die Augen, dachte an Nummer eins auf meiner Liste und pustete. (Alle Kerzen auf einmal. Yes!)

Mom und Paps applaudierten, dann nahm meine Mutter den Geburtstagskuchen mit in die Küche, und ich aß mit Schokomousse gefüllten Kuchen zum Frühstück. Wunderbar. Geburtstage sollten immer sonntags sein!

In der Küche hatte Mom sogar den Frühstückstisch in Rosa und Pink dekoriert! Herzchenluftballons an der Lampe, Glitter-Herzchen-Konfetti um meinen Teller. Und Paps hatte eine Papierkrone an meinen Stuhl geklebt. Ein Ritual, das er seit meinem ersten Geburtstag pflegte. Bei Mike provozierte all der Glitter auf dem Tisch eine Abwehrreaktion. Mit seinem Phone schob er die glitzernden Herzchen, die auf seine Seite gefallen waren, zu mir herüber. Hurra! Mh-uff lebte!

Gerade hatte ich mir mein (zweites) Stück Kuchen auf den Frühstücksteller gehievt, als es klingelte.

Mom öffnete, und als ich hörte, wer der Besucher war, sprang ich quietschend auf. Mit einem dicken Knuddel begrüßte ich Merle, meine absolut beste Freundin. Sie war letztes Jahr hergezogen.

Als wir uns das erste Mal in der Klasse getroffen hatten, wussten wir sofort, dass wir füreinander bestimmt waren. Nicht nur, weil wir die gleichen Bücher lasen und dieselbe Musik mochten – oder uns gegenseitig beim Versagen in Mathe trösten konnten. Ich liebte es ebenfalls, mit ihr über Flohmärkte zu stromern. Sie hatte denselben Geschmack wie ich, und wir verstanden uns einfach ohne Worte.

»Ich dachte, bei diesem herrlichen Geburtstagswetter komm ich rum und feiere mit dir.« Merle streckte mir ein Schächtelchen entgegen. Bevor es ihr in die Hände gefallen war, hatte es ein langweiliges Dasein als Zigarrenschachtel fristen müssen. Jetzt hatte sie es mit ihrem wunderbaren Talent in ein Kunstwerk verwandelt.

Andächtig strich ich über die Box. Merle hatte sie mit Bildern von weißen Tauben und rosa Masking Tape verziert und mit einem Seidenband zugebunden. Unter der Schleife steckte ein eingerollter Zettel, auf dem mit Feder und Tusche etwas geschrieben stand.

Als ich das erste Mal Merles Terminkalender gesehen hatte, war ich fast umgefallen vor Staunen. Jedes Wochenblatt schmückte, klebte und bemalte sie so unglaublich hübsch. Ich blätterte ihren Planer wahnsinnig gerne durch, denn er war wie ein Tagebuch. Obwohl nicht viel darinstand, erzählten die Seiten trotzdem eine Menge über Merle. Wo sie den Tag verbracht und wie sie sich gefühlt hatte.

Ich war sehr neugierig, was sich in der Schachtel verbarg.

Mit Sicherheit war es bezaubernd und romantisch. Merle eben.

Mom nickte anerkennend. »Das sieht märchenhaft aus, Merle. Du solltest später etwas mit Gestaltung machen.«

»Danke, Frau Weidmann. Mal sehen.«

»Doch, wirklich, du hast ein Händchen dafür.«

»Schnapp dir Kuchen. Wir gehen hoch, okay?« Ich wollte nicht, dass Mom und Paps lange Hälse machten und sahen, was in Merles Schächtelchen war. Meine Mutter hätte Merle sonst nur noch mehr mit Design-Zukunftsmöglichkeiten zugetextet.

Mit vier Stück Kuchen sowie Tee plus Tassen stiegen wir hinauf in mein Reich.

Dort zog ich den Zettel unter der Schleife hervor und sah Merle lächelnd an. »Da hast du dir sicher wieder etwas Supergeniales ausgedacht.«

Grinsend schüttelte sie ihre dunklen Locken. (Um die ich sie sehr beneidete. Meine Haare waren irgendwie, na ja, schlammfarben und hingen mir immer strähnig in die Augen. Egal, was ich mit ihnen anstellte.)

Auf dem Zettel – ich glaube, es war eine Art Seidenpapier, jedenfalls fühlte er sich ganz weich an – stand in schnörkeliger Handschrift *Bäumchen, rüttel dich, Bäumchen schüttel dich – wirf Gold und Silber über mich.*

Ich musste lachen. »Du bist so romantisch und kitschig!« Ich öffnete die Schachtel. Darin wuchs ein kleines Bäumchen.

Vor einen tiefblauen Hintergrund, auf dem Sternchen funkelten, hatte sie einen Zweig geklebt. An dem dünnen Bäumlein hingen drei vergoldete Haselnüsse. Vorsichtig tippte ich sie an.

»Ich schwöre dir, sie sind magisch.« Merle lachte. »Ich dachte, als kleine Hilfe. Für deine Liste.«

»Du bist so süß! Danke!« Ich fiel ihr um den Hals und drückte sie.

»Aber überleg genau, mein Kind, wofür du deine Wünsche einsetzt!«, rezitierte sie mit verstellter Stimme.

»Ich werde sie natürlich für coole Partyoutfits verschwenden.« Und wir lachten beide.

Während wir den Kuchen verdrückten, erzählte ich ihr vom Streit meiner Eltern.

»Ich platze vor Neugier, was Daria mir wohl geschenkt hat. Aber ich kann ja schlecht zu Mom gehen und sie auffordern, es mir zu geben.«

»Dann wüsste sie, dass du gelauscht hast.«

»Ganz genau.« Ich wischte mir etwas Schokomousse von der Lippe. »Andererseits hab ich ihnen ja nicht nachgestellt. Sie hatten mich gerufen, und ich bin runter. Und da habe ich es eben einfach gehört.«

»Und wenn du deinen Vater darauf ansprichst? Er will es dir ja geben.«

Dass Paps Mom so einfach überzeugen konnte, mir das Geschenk zu geben, bezweifelte ich stark. Wenn es irgendwann irgendeine Chance gegeben hätte, unsere Großmutter kennenzulernen, hätte er sie ergriffen. Da war ich mir sicher.

»Oder ich muss es mir selbst holen«, murmelte ich.

»Julie Jewels!«, tadelte mich Merle empört. »Schmieden Sie etwa einen Plan, in den Sachen Ihrer Mutter herumzuwühlen?«

Ich grinste.

»Lass dich nicht erwischen«, meinte Merle und tupfte die Krümel von ihrem Teller. »Und weil du danach wahrscheinlich bis zu den Sommerferien Hausarrest hast, würde ich vorschlagen, wir fahren gleich ins *Lorenzo*.«

Und genau das taten wir.

Aber den ganzen Weg zum Café grübelte ich über Mom und Daria. Ich wusste gar nichts über meine Großmutter. Und eigentlich auch nichts über Mom. Wo war sie geboren, wo aufgewachsen? Wer war ihr Vater? Und was zum Henker hatte dazu geführt, dass sie ihre Mutter derart hasste? Ein anderes Wort fiel mir für ihre Ablehnung nicht ein.

Merle radelte schweigend neben mir. Wie immer wusste sie, wann ich Zeit für meine Gedanken brauchte.

2

Das Café *Lorenzo* lag direkt an der Strandpromenade. Und damit praktischerweise so nah an der Schule, dass während der Freistunden alle rüberwanderten, um sich mit Kaffee, Tee, Kuchen und Sandwiches zu versorgen.

An diesem Tag war das *Lorenzo* wie immer gut besucht – was kein Kunststück war, denn es war das einzig wirklich gute Café, draußen war Schietwetter und außerdem noch Sonntag.

Eigentlich war das Gebäude ein überdimensionierter Wintergarten, weshalb man auch bei Regen hervorragend das Meer beobachten konnte. Bei gutem Wetter saßen wir auf der Terrasse, chillten und sahen den Wellen zu.

Ich liebte das *Lorenzo* nicht nur, weil es am Meer lag, sondern vor allem, weil es so viele kuschlige Ecken bot. Die zahlreichen Grünpflanzen, in denen zu jeder Jahreszeit Lichterketten eine romantische Stimmung verbreiteten, bildeten regelrechte Oasen. Darin versteckt standen die Tische – und deshalb trafen sich hier auch alle Pärchen der

Schule. Es gab einem das Gefühl von Intimität, aber man wurde doch gesehen und konnte andere beobachten. Weshalb jeglicher Klatsch und Tratsch im *Lorenzo* seinen Anfang nahm.

Mein Lieblingsplatz war die Kissenecke. Aus zwei Gründen. Der erste war, dass dort breite Sofas um den Tisch standen, die mit viel zu vielen, herrlich kuscheligen Kissen dekoriert waren.

»Och nö«, murmelte ich, als ich bemerkte, dass mein Lieblingsplatz leider bereits weg war, und »Auch das noch« nuschelte ich, als ich erkannte, *wer* dort Platz genommen hatte: Chrissy und Leonie.

»Du hast ihnen Bescheid gesagt?«, flüsterte ich Merle entsetzt zu.

»Sie hat mich gefragt, wann wir uns treffen. Da konnte ich ja schlecht lügen. Sie wäre sowieso hier aufgekreuzt.«

Seufzend steuerte ich auf Chrissy zu. »Hätte ich mal jetzt eine der Wunschnüsse.«

»Hey! Geburtstagsschnecke«, begrüßte Chrissy mich viel zu laut. Wir tauschten Wangenküsschen aus. Sie trug die Ohrringe, die ich ihr mal geschenkt hatte. Neonfarbene Spiralen. (Laute Farben für eine laute Person.) Ich kannte Chrissy schon seit der Grundschule, und es hatte Zeiten gegeben, da wussten wir quasi alles voneinander.

Bis vor dreieinhalb Monaten …

Denn vor dreieinhalb Monaten war Chrissy mit Paul zusammengekommen. Und plötzlich war da eine Kluft in unserer Freundschaft entstanden. Wenn ich ehrlich war, waren wir seitdem gar keine *echten* Freundinnen mehr. Leonie war jetzt Chrissys Seelenverwandte. Schließlich hatte sie auch einen Freund. Den dritten. Oder vierten. Keine Ahnung.

Mein Blick glitt möglichst unauffällig durchs Café. War Noah schon da? (*Noah.* Der Name auf Platz zwei meiner Liste.) Er traf sich hier immer mit seinen Kumpeln, um Billard zu spielen. Doch der Billardtisch, der in einem Seitenzimmer stand – in das man von der Kissenecke aus den besten Einblick hatte –, war verlassen. Ja, das war übrigens der zweite Grund, warum die Kissenecke mein Lieblingsplatz war: freie Sicht auf den coolsten Typen von allen – ohne selbst gesehen zu werden.

»Und? Was hast du bekommen? Waren deine Eltern brav?«, scherzte Chrissy.

Ich lächelte leicht gequält. »Die waren wirklich schräg drauf.«

»Streit?« Leonie sah mich mitleidig an. »Das is' ja voll daneben. Du hast doch Geburtstag!«

Standhaft lächelte ich weiter. Wollte ich mit Leonie über meine Eltern quatschen? Wohl kaum. Zum Glück gab mir Chrissy gar keine Chance, zu antworten.

»Mein Stichwort«, trällerte sie und zog eine Zellophankugel hinter einigen der Kissen hervor. Ein Geschenkkorb. Wow. Total beste-Freundinnen-like.

Ich lächelte immer noch und hoffte, es wirkte nicht so angestrengt, wie es sich anfühlte.

Sie schob ihn auf mich zu, und ich erkannte Schaumbadbomben, Nagellack und Lipgloss unter dem Glitter-Zellophan. »Danke«, stammelte ich, und Chrissy zwinkerte, als müsste ich gar nicht erst sagen, dass dies das mit Abstand beste Geschenk meines Lebens war.

»Keine Ursache«, sagte sie und tätschelte mir doch tatsächlich die Hand. »Noah steht auf den Duft von Vanille. Hat mir Paul verraten.«

Entsetzt starrte ich sie an. »Du hast Paul gesagt, dass ich Noah … *interessant* finde?« Das Wort *verknallt* würde ich niemals in Gegenwart von Chrissy und Leonie benutzen. Ich war auch gar nicht verknallt. Ich hatte ja noch nie mit Noah gesprochen. Aber ich war mir sicher, wir hatten eine tiefe Seelenverwandtschaft. Es musste einfach so sein … Ja okay, ich *war* verknallt.

»Mann! Klar!«, Chrissy grinste. »Dich muss man ja irgendwie schubsen. Von allein machst du ja nix.«

Die Bedienung tauchte auf und rettete mich davor, mich an meinem Geburtstag mit meiner (ehemals besten) Freundin zu zoffen. Ich bestellte eine Doppel-Schoko-Schokolade mit extra Sahne und hoffte, die erneute Schokoladendröhnung würde diesen Tag wieder zu einem wirklich wunderbar glücklichen machen.

Ich bemerkte, wie der Geschenkkorb von mir wegwanderte. Leonie zog ihn zu sich und inspizierte die Kosmetik darin. Sie hielt sich selbst für die absolute Kosmetik-Fachfrau. Zugegeben, sie benutzte auch alle Produkte, die der Markt hergab. Vermutlich, weil sie sonst einfach nur farblos gewesen wäre. »Echt jetzt? Den Karmesin-Nagellack?« Sie warf mir einen abschätzenden Blick zu. Sie hatte Zweifel. Vermutlich nicht, ob mir die Farbe stand, eher, ob ich überhaupt in der Lage war, Nagellack aufzutragen. Denn im Gegensatz zu ihr und Chrissy benutzte ich nur sehr selten Make-up. Was jedoch nicht daran lag, dass ich nicht wusste, wie, sondern nicht wusste, wann – morgens aufstehen und pünktlich in der Schule zu sein, war für mich auch ohne perfekten Lidstrich eine knappe Sache. Außerdem hatte ich meinen Schmuck. Was brauchte ich da noch Lipgloss und Lidschatten, wenn ich mit Ketten und Ohrringen alles ausdrücken konnte?

»Wie weit bist du mit der Partyplanung?«, lenkte Merle mich ab.

»Eigentlich alles klar.«

»Eigentlich?« Sie sah mich über den Rand ihrer Brille an.

»Na ja. Ein paar Details fehlen noch.« Mein Blick glitt wieder zum Billardtisch.

Woraufhin Merle kicherte.

»Was?« Leicht beleidigt sah ich sie an.

»*Details.*« Sie grinste. Und mir war klar, dass sie wusste, wen ich mit *Details* meinte.

Chrissy und Leonie fachsimpelten inzwischen über den Inhalt des Geschenkkorbs und waren ganz in ihrer Welt. Für eine Sekunde fragte ich mich, was mich jemals mit Chrissy verbunden hatte. Sie war so oberflächlich und offensiv. Zumindest seit sie Paul hatte. Ihre Tops waren immer knapper geworden, ihre Haare wechselten ständig die Farbe, und sie plapperte nur noch in einer Tour über Kosmetik und Outfits. Und Paul. Ihren Ach-so-großen-Helden. Paul war eigentlich eher unter der Kategorie Spargeltarzan zu führen. Aschblond. Wässrig blaue Augen, die irgendwie immer wie im Halbschlaf blickten und ihn dadurch nicht gerade helle wirken ließen … Ja, ich konnte ihn nicht leiden.

Was mich betraf, war es ja nicht so, dass ich nie versucht hätte, mit Noah zu reden. Schon oft hatte ich es vorgehabt. Und zweimal hatte ich es getan. Beinahe. Das erste Mal stand er plötzlich am Schulkiosk genau vor mir. Mit einem dieser ekelhaften Ketchup-Brötchen. Um ein Haar wäre er damit in mich hineingerannt. Er entschuldigte sich, und ich – ich nickte. (Fällt zumindest unter Kommunizieren. Man muss ja nicht immer sprechen.)

Das zweite Mal lief ich ihm beim Einkaufen über den Weg. In dem wunderbaren Künstlerbedarf-Laden an der Promenade. Wir suchten beide nach Skizzenbüchern. Er hat mir eins empfohlen. Einfach so. Und dann ist er seins bezahlen gegangen. Leider hatte ich einen solchen Frosch im Hals, hätte ich gesprochen, es hätte sicherlich wie Würgen geklungen. Deshalb hatte ich nur nicken können. Vermutlich dachte er damals, ich sei stumm.

Merle tippte mich an. »Zu deinen *Details* …«

»Lass gut sein. Ich mach das schon noch.« Ja. Ich würde Noah einladen. Zu meiner Party. Denn von nun an würde ich mein Leben selbst in die Hand nehmen. Ich hatte es satt, darauf zu warten, dass er endlich den ersten Schritt machte. Noah war mein Mr Right. Da war ich mir zu zweihundert Prozent sicher. Ich musste nur an seinen Namen denken, und in mir flatterten Tausende Schmetterlinge. Wenn das kein Beweis für die große wahre Liebe war! Mein Noah, der fest davon ausgehen musste, dass ich stumm war, wenn er sich überhaupt bewusst war, dass es mich gab. Ich stellte mir kurz sein erstauntes Gesicht vor, wenn ich ihn ansprach.

Merle zupfte mich am Ärmel. Und deutete zur Tür.

Ich schwöre, die Musik und die Gespräche im *Lorenzo* erstarben für zwei Atemzüge, und alle Augen richteten sich auf die Neuankömmlinge.

Noah.

Ich schätze, in Wahrheit setzte nur bei mir die Atmung aus und die Welt hatte absolut keine Notiz von ihm genommen. Er von mir allerdings auch nicht. Wie immer.

»Atmen«, flüsterte Merle mir zu. Und Chrissy und Leonie begannen zu kichern.

»Mensch, Julie! Du hast heute Geburtstag! Jetzt los! Wir gehen zu ihm.«

»Was?« Ich starrte Chrissy an, als hätte sie mich ganz beiläufig zu einem Banküberfall aufgefordert. Ist doch nichts dabei.

»Ist doch nichts dabei«, sagte sie glatt.

Es gab eine ganze Reihe von Gründen, warum das die schlechteste Idee des Jahrhunderts war. Ich war völlig unvorbereitet. Kein Plan für einen coolen Spruch. Meine regennassen Haare ließen mich sicher wie einen begossenen Pudel aussehen! Ich merkte, wie sich ein Kloß in meinem Bauch zusammenballte. Ich würde sicher nur *Örks* sagen können! »Er – Er – Er ist *Noah*!«, stammelte ich.

Er sah so umwerfend aus. Also, ich meine gar nicht, dass er so ein Schönling war. Klar, seine Augen waren toll. Grau. Je nach Wetter hell oder dunkel. Er trug immer Jeans und T-Shirt. Anscheinend war ihm nie kalt. Er designte seine T-Shirts selber, und ich mochte seinen Zeichenstil total. Oft waren seine Zeichnungen auf eine ganz ernste Art lustig. Und dann wieder einfach schön. Letztendlich wusste ich nur, was seine Zeichnungen über ihn verrieten. Er las viel – oft waren es Figuren aus Büchern –, er mochte das Meer und Seevögel (genau wie ich), und ihm waren die Blautöne lieber als Rot und Orange, vielleicht, weil er eher leise als laut war (so wie ich).

Merle kicherte.

Irritiert sah ich sie an.

»Du seufzt … ziemlich laut … und schmachtend.«

Natürlich schoss mir sofort das Blut in die Wangen. »Gar nicht«, motzte ich ein bisschen, trank meine XXL-Schokolade in einem Zug aus und orderte sofort noch eine. Irgendwann mussten die Glücklichmacher darin ja wirken.

»Jetzt komm schon, du verknalltes Huhn.« Chrissy schob sich aus der Bank und zupfte ihren entschieden zu knappen Rock zurecht. Panisch beobachtete ich, wie sie tatsächlich zum Billardtisch hinübertippelte und die Jungs begrüßte.

»Du hättest auch den zweiten violetten Ohrring anlegen sollen«, murmelte Merle.

»Meinst du?« Ich beobachtete, wie Chrissy ihr Top über die Schulter rutschen ließ, als sie übertrieben lachte.

»Ja, klar. Tiefgründiges Violett. Das ist magisch. Das hätte vielleicht geholfen.« Ich war nicht sicher, ob das ironisch oder ernst gemeint war, doch Merle hatte sich bereits weggedreht und sah über die Schulter zum Billardtisch. Chrissy ließ sich gerade von Noah zeigen, wie sie den Queue halten musste. Wo war eigentlich dieser dusslige Paul, wenn man ihn brauchte?

Eine Verwünschung zischend stand ich auf. Also gut! Ich wollte mein Leben selbst bestimmen? Dann musste ich handeln – jetzt. Schluss, aus mit feigem Verkriechen. »Los, Merle. Wir können Noah nicht mit Chrissy allein lassen!«

»Wow«, meinte sie. »Du meinst es echt ernst mit dem Ich-will-nicht-mehr-Warten.«

Ich beobachtete, wie Chrissy schon wieder lachend ihre himmelblau gesträhnten Haare nach hinten warf. Ich war mir sicher, dass Noah nichts derart Lustiges gesagt hatte. Nie und nimmer machte Noah Witze, über die Mädchen mit blauen Strähnen, zu kurzen Röcken und aufdringlichem Wimperngeklimper wahrhaft lachen konnten. Niemals. (Ich hätte seine Witze natürlich sofort verstanden. Wir waren auf derselben Welle. Ganz sicher.)

Er wechselte einen Blick mit seinen Kumpeln. Und soweit ich es erkennen konnte, hatte er gerade genervt die Augen verdreht. Ich liebte ihn dafür.

Entschlossen wollte ich los, doch ich stolperte … in Bens Arme.

Mein Sandkastenkumpel Ben. Natürlich. Niemals würde er meinen Geburtstag vergessen. Er wohnte in unserer Straße, zwei Häuser weiter auf der gegenüberliegenden Seite. Von unserem Garten aus konnte ich ihm zuwinken. Wie Chrissy kannte ich ihn seit Kindergartentagen. Wir hatten sehr viele Matschbuddelburgen zusammen gebaut und einst als Strandpiraten Schätze gehoben. Eine Zeit lang hatten wir uns aus den Augen verloren. Er war so ein Mathe- und Physiktyp geworden. Mom hatte ihn mal für mich als Nachhilfelehrer angeheuert. Das hatte nicht so richtig funktioniert, was aber eindeutig an mir gelegen hatte. Ich konnte Ben einfach nicht ernst nehmen. Sprich, wir hatten eigentlich nur Quatsch gemacht und uns schlappgelacht. Mathe war danach immer noch ein unlösbares Rätsel für mich gewesen. Inzwischen sahen wir uns wieder regelmäßig, er und Merle waren meine Clique. Wir waren jetzt quasi erwachsen, auch wenn Ben für mich immer dieser Sandkastenzwerg bleiben würde. Wir gingen zu dritt ins Kino, hingen am Strand ab oder trafen uns im *Lorenzo*. Ja, man kann einen besten Freund haben!

»Darf ich dich geburtstagsknuddeln?«, fragte er, und sein keckes Grinsen spiegelte sich in seinen dunklen Augen.

Lachend warf ich mich ihm in die Arme. Er roch nach Strand. Irgendwie roch er immer nach einem Sommertag am Meer.

»Alles Gute, Julie«, flüsterte er mir ins Ohr und drückte mich.

»Danke dir«, flüsterte ich zurück, drückte ihn und bemerkte in diesem Moment Chrissy Und Noah.

Ganz nah an meinem Ohr sagte Ben: »Ich wünsche dir, dass du –«

Was genau Ben mir wünschte, hörte ich nicht. Denn die Zeit blieb stehen. Als müsste sie gegen zähen Sirup kämpfen, winkte Chrissy zu mir herüber. Grinsend, ihre Hand auf *seine* Schulter gestützt.

Und Noah sah mich an.

Unsere Blicke trafen sich.

Mein Herz setzte aus. Und plumpste tot auf den Boden.

Hätte Ben mich nicht fest umarmt, wäre ich direkt hinterhergefallen.

Dann raste die Zeit wieder voran, und mir wurde klar, was

Noah gerade gesehen hatte: Die stumme Julie umarmte glücklich strahlend Ben. Als wären wir … O nein!

Sofort löste ich mich aus Bens Umarmung.

Ich ließ mich in die Kissen fallen und konnte weder Ben ansehen noch Noah. Niemals würde Noah ein Mädchen küssen, das vermeintlich einen anderen liebte. Dazu war er einfach viel zu großartig perfekt. Na, wunderbar!

3

Ben hatte mir wunderschöne Muranoglasperlen geschenkt. Sie waren ganz klein und orange-rot-gelb-weiß. Daraus würde ich ein herrliches, dreireihiges Collier fertigen. Beinahe hätte ich ihn nochmals umarmt, denn er hatte damit wirklich absolut meinen Geschmack getroffen. Er kannte mich eben einfach schon zu lange. Wir stießen mit Schokolade auf meinen Geburtstag an und nachdem wir noch eine kleine Weile über Chrissy – die zusammen mit Leonie bei den Billard-Jungs blieb – gelästert hatten, war ich zusammen mit Chrissys Geschenkkorb nach Hause geradelt. Denn ich ertrug es nicht mehr, Miss Ach-so-Toll beim Flirten zuzusehen, war aber dennoch zu feige hinzugehen. Anscheinend brauchte ich noch etwas Zeit, um mein Leben zu ändern. Es war ja auch erst Tag eins meiner neuen Zeitrechnung. Und eine Seelenverwandtschaft vergeht schließlich nicht. Die bleibt. Für immer.

Als ich das *Lorenzo* verließ, hätte ich schwören können, dass Noah mir nachsah, doch ich versteckte mich erfolgreich hinter dem Glitzer-Zellophan des Korbs. Und hoffte, dass er die Nachricht verstand: Ich hab Geburtstag. Da umarmt einen jeder. Ob man will oder nicht. Ich versteckte mich aber auch, weil ich nicht noch mal seinem Blick begegnen wollte. Es hatte sich angefühlt, als sähe er auf den Grund meines Herzens. Und das, während ich mich von einem anderen Jungen umarmen ließ! Ich hoffte inständig, dass Noah eine Kumpel-Umarmung von einer Liebes-Umarmung unterscheiden konnte. Wenn nicht … Klasse: Alle Gerüchte nahmen im *Lorenzo* ihren Anfang …

Ich trat schneller in die Pedale, um Noahs lächerlichen Wahrscheinlich-Verdacht, Ben und ich könnten etwas anderes sein als Kindergartenfreunde, abzuschütteln. Der Nieselregen hatte inzwischen aufgehört, und ein kühler Wind vom Land drängte die Wolken ab. Ich reckte die Nase in die salzige Luft und atmete tief ein.

Heute – war – mein – Geburtstag!

Jetzt war ich sechzehn.

Und, immerhin, auch wenn es nicht ganz meiner erträumten Situation entsprach: Noah hatte mich *angesehen*. Vielmehr als das. Er hatte mich *gesehen*. Wir hatten einander in die Herzen geblickt.

Ich lehnte mich zurück und fuhr freihändig, die Arme weit ausgebreitet, die schmale Gasse hinter den hölzernen Fischerhäuschen durch. Wie auf einer Welle puren Glücks flog ich dahin.

Denn als Noah mir direkt ins Herz geblickt hatte, musste er

doch erkannt haben, dass wir füreinander bestimmt waren. Und deshalb konnte er ganz sicher nicht auch nur im Mindesten glauben, ich könnte mit Ben zusammen sein. Ja, ich weiß, Schönreden ist eins meiner besten Talente. Die Chancen standen gut, dass ich etwas zu ihm sagen würde, wenn ich ihn wiedersah.

Doch kaum betrat ich einige Minuten später mein Elternhaus, verpuffte mein schwebendes Glücksgefühl.

»Nein. Ihr haltet euch da raus!« Die Stimme meiner Mutter zitterte.

»Wir sind aber eine Familie!« Anscheinend diskutierten sie schon eine Weile, denn in Paps' Tonfall schwang Ungeduld. Das passierte eigentlich nicht so schnell. »Es kann nicht sein, dass du irgendein fürchterliches Geheimnis vor uns verbirgst! Wir sollten es alle wissen! Und vor allem ich!«

»Nein«, fauchte Mom meinen Vater an. »Es hat ausschließlich mit mir und Daria zu tun. Das geht euch nichts an!«

»Himmel, Caroline! Merkst du nicht, was du anrichtest? Dein Schweigen wird uns kaputtmachen!«

Meine Mutter schwieg. So leise ich konnte, streifte ich meine Schuhe ab. Das Zellophan knisterte, wenn ich mich bewegte. Also blieb ich lieber stehen, hielt die Luft an und lauschte.

»Du hast recht.« Moms Stimme klang tränenerstickt. »Es hat schon immer alles kaputtgemacht.« Eine Schranktür wurde zugeklappt, eilige Schritte waren zu hören.

»Nein. Warte!«

»Lass mich. Ich muss los. Der Kunde wartet.« Mit diesen Worten kam Mom aus der Küche und rannte direkt in mich hinein. Zutiefst erschrocken starrten wir uns an. Ihre Augen waren rotgeweint und geschwollen. Und bevor mir irgendwas einfiel, was ich hätte sagen können, hatte sie meinen Kopf zwischen ihre Hände genommen und mir einen langen Kuss auf die Stirn gedrückt. Dann schnappte sie sich ihre Autoschlüssel und verließ das Haus.

Als die Tür ins Schloss fiel, kam Paps aus der Küche. Er sah sehr mitgenommen aus.

»Was ist passiert?« Meine Stimme war ganz dünn.

Noch nie hatte ich einen so heftigen Streit zwischen meinen Eltern erlebt. Er nahm mich in den Arm und strich mir über die Haare. Ausnahmsweise ließ ich es zu, denn mein Bauchgefühl sagte mir, dass es ihm guttat. »Warum hat Mom geweint?«, fragte ich leise.

Er rückte mich ein Stück von sich weg und sah mich lange an. Schließlich sagte er: »Ich habe keine Ahnung, Julie.«

4

Den idiotischen Geschenkkorb in den Armen ging ich in mein Zimmer hinauf und setzte mich aufs Bett. Meine Eltern stritten sich, weil Daria dieses Päckchen an mich geschickt hatte. Anscheinend hatten Mom und Paps es noch immer nicht geöffnet. Oder doch? In den Gesprächsfetzen, die ich mitgehört hatte, war es um *ein Geheimnis* gegangen. Paps hatte eben zugegeben, dass er gar nicht wusste, worum es genau ging. Außer, dass es völlig daneben war, überhaupt ein Geheimnis vor uns allen zu haben. Und damit hatte er recht.

Was also konnte zwischen Mom und ihrer Mutter passiert sein, dass sie so heftig reagierte? *Es hat schon immer alles kaputtgemacht*, hatte sie gesagt. Mich schauderte. Ich stellte endlich den dämlichen Korb beiseite und nahm stattdessen Herrn Ha, meinen Kuschelhasen, in die Arme. (Es gibt Ausnahmesituationen im Leben einer Sechzehnjährigen, in denen das Kuscheln mit Stofftieren aus Kindheitstagen eindeutig erlaubt ist.) Die schrecklichsten Gedanken flatterten durch meinen

Kopf, als ich darüber nachdachte, was meine Mutter nach all den Jahren ihrer Mutter noch immer nicht verziehen hatte. Und mir wurde erneut klar, dass ich eigentlich gar nichts über Mom und ihre Kindheit wusste.

Ich sah Herrn Ha in die Augen und fasste einen Entschluss.

Ich brauchte Antworten. Paps brauchte Antworten. Und ich würde sie finden.

Sogleich schnappte ich mir meinen Planer und notierte alle Räume in und um unser Haus, in denen Mom dieses Päckchen versteckt haben könnte. Dann machte ich mich daran, die Liste abzuarbeiten.

Ich begann mit Moms Büro, meinem ehemaligen Kinderzimmer. Viel zu durchsuchen gab es da nicht. Ihr Büro war so was von minimalistisch. Auf dem kleinen Tisch stand der Laptop. In einem niedrigen Schubladenteil lagen nur Stifte, Briefumschläge, Heftnotizen und anderer Bürokrempel. Das einzige Regal war locker mit Büchern gefüllt. Schwere Fotobände über Architektur, Innendesign und Kunst. Dazwischen standen Staubfänger, wie Paps die Vasen und Glasskulpturen nannte. Wenn Mom kein Geheimversteck unter den Bodendielen besaß, dann war das Päckchen nicht hier.

Als Nächstes schlüpfte ich in das Schlafzimmer meiner Eltern. Es war mir ein Rätsel, wie sie es schafften, dass es hier so ordentlich war. Das Bett war gemacht, Kissen drapiert. Wenn es ein Versteck gab, dann im Kleiderschrank. Ich schob die Tür auf und musterte den Inhalt. Fein säuberlich waren Pullover und Shirts gestapelt, die Hosen auf Bügeln, die Socken gebündelt und in den Schubkästen nebeneinandergeschichtet. Nein. Niemals hätte Mom hier ein Paket hineingestopft. Ich schloss den Schrank und schlich aus dem Zimmer. Haken dahinter, next.

Kurz dachte ich darüber nach, in Muffel-Mikes Zimmer nachzusehen. Er würde es sicher nicht merken, wenn Mom etwas in seinem Kleiderschrank versteckte, denn darin tobte das Chaos in seiner ganzen Herrlichkeit. Doch für so ausgebufft hielt ich meine Mutter nun auch wieder nicht. Ich strich Mikes Unordnung von der Liste.

Die Garage konnte ich ebenfalls abhaken. Da hätte Paps es gefunden. Was sein Werkzeug anbetraf, war er ein Ordnungsfanatiker. Er merkte es immer sofort, wenn ich eine Zange nicht dorthin zurücklegte, wo sie hingehörte.

Als Nächstes stand auf der Liste der Geräteschuppen im Garten.

Da ging kaum einer von uns rein. Ein prima Ort, um Darias Geschenk zu verstecken. Ich wollte schon in meine Schuhe schlüpfen, als mein Blick auf die Kellertreppe fiel. Und irgendetwas sagte mir, ich solle doch lieber dort unten einmal nachsehen. Also setzte ich die Gartenhütte gedanklich auf den letzten Listenplatz und schlich in den Keller. Der Raum war vollgestopft mit Nützlichem – das so nützlich war, dass es niemandem nutzte. Ein Schrank mit der Jahreszeitenkleidung, zahlreiche Kisten und Kartons und Plastikcontainer. Unter anderem angefüllt mit alten Spielsachen von Mike und mir – sauber sortiert und beschriftet.

Ich sah in jede Kiste. Doch es war immer genau das drin, was Mom draufgeschrieben hatte. *Bastelsachen*, *Nähzubehör*, *Picknickausrüstung*, *Strandsachen*, *alte Steuerunterlagen* und so weiter. Enttäuscht wollte ich schon die Treppe wieder rauf, als mein Blick auf Moms Kistenlager fiel. Sie behielt quasi jede Pappkiste und bewahrte sie unter der Treppe auf. Früher hatten Mike und ich uns dort jederzeit bedient und die genialsten Pappburgen gebastelt. Jetzt waren die Kartons ziemlich ungenutzt. So viele Pakete konnte niemand verschicken, um den Berg je aufzubrauchen. Unschlüssig sah ich den wackeligen Stapel an. Eine falsche Bewegung, und die Konstruktion würde zusammenstürzen.

Aber war diese Sammlung nicht das beste Versteck für ein (noch volles) Päckchen?

Ich drückte mich unter die Treppe und nahm die Kisten genauer in Augenschein. In den meisten war irgendwas an uns geliefert worden. Ich konnte im Schummerlicht die Adressaufkleber entziffern, doch von Daria war keines zu entdecken. Kurzerhand begann ich, den Berg abzutragen. Ich konnte es fühlen. Hier wartete etwas auf mich. Etwas, das für mich bestimmt war.

Vorsichtig hob ich eine Kiste vom vordersten Turm, dann eine zweite und warf sie einfach hinter mich.

Hinter dem wackligen Stapel kam eine weitere Reihe Kartons zum Vorschein. Nicht zu fassen. Irgendwann würden wir in leeren Kartons ersticken! Ich verlor die Geduld mit diesem Pappgebirge und schob die Kisten grob zur Seite. Sie polterten nach allen Seiten, die Mauer wackelte und stürzte schließlich über mir zusammen. Na toll!

Staub und Spinnweben von mir streifend tauchte ich aus dem Karton-Chaos auf, und da war es. In der hintersten Ecke stand das Paket. Ich konnte meinen Namen auf dem Aufkleber lesen.

Ich zog mein Paket aus der Ecke.

Es war groß. Und überraschend schwer.

Ich klemmte es mir unter den Arm, stieg über die Kisten hinweg und rannte in mein Zimmer. Das Chaos konnte ruhig so bleiben. Dann wusste Mom wenigstens, dass ich ihr Geheimnis gefunden hatte.

Hastig räumte ich meine Schulsachen und all den anderen Kram weg, der sich auf meinem Schreibtisch stapelte. Bücher und noch mal Bücher, leere Gläser, alte Kekse, Schokoladenverpackung, Notizzettel und mein alter iPod Nano. (Cool! Dachte, ich hätte ihn verloren.)

Schließlich wischte ich noch ein paar Bleistift-Doodles ab, die ich irgendwann auf die Arbeitsplatte statt Mathehausaufgaben ins Heft gekritzelt hatte.

Dann endlich stellte ich das Päckchen feierlich hin und betrachtete es. Ein *VORSICHT, ZERBRECHLICH*-Sticker klebte quer über der Adresse. Es war an *Julie Weidmann* adressiert. Zu meiner Enttäuschung war im Feld für den Absender in einer altmodischen Schreibschrift nur *Daria* eingetragen. (Jedoch keine Adresse. Mit einer Dankeschön-Karte an Daria würde es also schwierig werden.)

Ich ritzte das Klebeband auf, öffnete das Päckchen und blickte auf Schaumstoff. Mein Herz begann, aufgeregt seinen Schlag zu verdoppeln, und meine Hände wurden ganz kalt und schwitzig, als ich den Schaumstoff anhob.

Eine Holzkassette kam zum Vorschein. Sie war sicher an die vierzig Zentimeter lang und ungefähr halb so tief. Das Holz sah alt aus, war aber gut gepflegt, vielleicht Mahagoni oder Nuss? In den Deckel war mit Messing ein Ornament eingearbeitet. Blumenranken, die einen verschlungenen Kreis bildeten. Die Blüten waren aus weißem Perlmutt. Überwältigt von der Schönheit dieser Arbeit strich ich darüber. Die Oberfläche fühlte sich warm an. Und irgendwie vertraut.

Was wohl darin war? Was bewahrte man in so einem Schatzkästchen auf? Alte Familienfotos? Briefe? Mein Herz schlug noch schneller. Familiengeheimnisse?

Mit zitternden Fingern hob ich den Kasten aus dem Pappkarton und stellte ihn ab. Er war mit einem Messingriegel verschlossen. Der Beschlag war ebenfalls mit Ranken verziert. An der Hose rieb ich meine Hände trocken. Dann schob ich den Riegel vorsichtig zurück.

Anscheinend nicht vorsichtig genug, denn irgendetwas stach mich in den Finger. Ich zuckte zurück, doch die Verletzung war so tief, dass ein Tropfen Blut auf das Messing fiel. Der Tropfen zerfloss in die Rillen der Rankenornamente.

Na super. Kaum bekommen, schon eingesaut, schimpfte ich mit mir und musterte meinen Finger. Der Einstich war kaum zu sehen, und es wunderte mich, dass es so geblutet hatte. Ich spürte ihn gar nicht.

Auch gut. Prüfend sah ich den Riegel an, konnte jedoch nicht erkennen, woran ich mich verletzt hatte.

Ich atmete einmal tief durch und klappte den Deckel auf.

Zum Glück stand mein Schreibtischstuhl in Reichweite, denn ich musste mich setzen. Mit offenem Mund starrte ich in den Kasten.

Er war in mehrere Fächer unterteilt, die alle mit dunklem Samt ausgeschlagen waren. Aus diesen Fächern funkelten mich die schönsten Schmucksteine an, die ich je gesehen hatte. Da gab es Glassteine mit Diamantschliff, Süßwasserperlen, Perlen aus Metall mit unterschiedlichen Musterprägungen, Korallenstückchen, aber auch einfache Holzperlen.

Vorsichtig nahm ich große Kristalle aus einem Fach, so groß wie 50-Cent-Stücke. Sie waren oval und schienen wie von selbst zu leuchten. Ich konnte mich an ihnen gar nicht sattsehen. Als ich sie zurücklegte, bemerkte ich, dass auf dem Fachboden mit goldener Farbe eine Krone gestempelt war. Neugierig schob ich in den anderen Fächern die Steine und Perlen zur Seite, um den Boden zu sehen. Überall glitzerten mir Symbole entgegen. Da gab es Wellen, Sterne, Masken, einen Baum und einen Adlerkopf. Und dann bemerkte ich, dass es ein Inlay war und ich an zwei Samtbändern die ganze Etage herausheben konnte. Darunter waren noch mehr Schätze verborgen! Ich konnte nur noch ungläubig lachen.

Das war das absolut großartigste Geschenk, das ich je-je-jemals erhalten hatte.

Und nachdem ich mich von meinem ersten Schock erholt hatte, wirbelten in meinem Kopf unendlich viele Fragen.

Woher wusste Daria, dass ich Schmuck herstellte? Hatte sie doch mit Mom geredet? Spionierte Daria uns nach? Der Kasten – wie auch all die Perlen – musste ein Vermögen gekostet haben. War Daria etwa reich? Wusste Mom, dass Daria mir Schmuckperlen hatte schenken wollen? Aber warum wollte sie nicht, dass ich dieses unglaubliche Geschenk erhielt? Mom musste doch klar sein, wie sehr ich es lieben würde …

Wut auf meine Mutter stieg in mir hoch. Mom war so egoistisch! Denn beim besten Willen wollte mir kein Grund einfallen, weshalb sie das Geschenk vor mir versteckt hatte. Das konnte nichts mit ihrem Streit mit Daria zu tun haben. *Ich* hatte nichts mit ihrem Streit zu tun. Nein. Ich verstand Moms Verhalten einfach nicht.

Meine Finger glitten über einige Stückchen Treibholz, die in einem der Fächer lagen. Sie fühlten sich weich und glatt an. Daneben hatte Daria Vogelfedern gesammelt. Es gab bunte, lange und kurze. Auch ein paar ganz normale graue waren dabei.

Ich musste herausfinden, was zwischen Mom und Daria vorgefallen war. Vielleicht sollte ich doch lieber im Keller aufräumen, schoss es mir durch den Kopf. Plötzlich wollte ich nicht mehr, dass Mom von meiner Suche nach dem Geschenk wusste. Die Vorstellung, sie könnte es mir wegnehmen, schnürte mir die Kehle zu.

Ohne es richtig zu merken, hatte ich einige blaue Glasperlen in die Hand genommen. Sie schimmerten wie Wasser von Türkis über Meergrün bis zu tiefem Ultramarin. Während ich weiter über Moms Geheimnis nachdachte, holte ich mein Schmuckwerkzeug hervor, stellte den Kasten aufs Bett und begann, aus den blauen Perlen ein Armband zu fertigen.

Wie konnte ich die Wahrheit über meine Großmutter herausfinden? Durch die Perlennadel zog ich einen Faden und reihte sechs Perlen auf. Dann schob ich sie gut zwei Armlängen weit auf den Faden.

Hatte Paps Daria eigentlich jemals kennengelernt? Bisher hatte es mich nie gestört, so wenig über meine Familiengeschichte zu wissen. Aber jetzt bemerkte ich, dass sich dieses Loch plötzlich anfühlte, als fehle mir ein Stück Vergangenheit. Ich sollte diese Lücke schnellstens schließen.

Inzwischen hatte ich schon ein kleines Stück des Armbandes fertig gewoben. Die Perlen waren ideal für die Peyote-Technik. Dicht an dicht sahen sie wie ein Fluss aus. Das weiche Gefühl, als ich das kurze Stück auf das Handgelenk legte, war herrlich. Glücklich machte ich weiter, so dankbar, diese tollen Materialien von meiner Großmutter bekommen zu haben. Während meine Gedanken weiter um die Wahrheit kreisten und wie ich sie herausfinden konnte, fädelte ich fleißig die Perlen auf. Schließlich überprüfte ich die Länge und befestigte die Verschlüsse. Stolz betrachtete ich mein Werk. Es war perfekt. Ein tiefblaues Band, elegant und geschmeidig.

Ein paar Perlen waren übrig, und als ich sie zurück in ihr Fach kullern ließ, fiel mein Blick auf den Boden. Mit goldener Farbe war dort eine seltsame Fratze abgebildet. Irgendwo hatte ich dieses löwenartige Wesen mit dem aufgerissenen Maul schon einmal gesehen, doch es wollte mir nicht einfallen, wo.

Nachdem ich die leeren Pappkisten unter der Kellertreppe wieder aufgetürmt und all meine Spuren verwischt hatte, schnappte ich mir aus dem Kühlschrank den Rest der Geburtstagstorte und verzog mich auf mein Zimmer. Mit dem Licht der Schreibtischlampe setzte ich das neue Armband in Szene und schoss ein paar Handybilder. Es war schon zu spät, um zu Merle zu fahren und ihr meine neueste Kreation zu zeigen. Es war auch zu spät, um ihr von meiner neuen Schatzkiste zu berichten. Sie hätte mich nur gnadenlos bis morgen früh mit Fragen gelöchert. Also musste ein Foto des Armbands erst mal reichen. Dennoch konnte ich es kaum erwarten, ihr von Darias Geschenk zu erzählen.

Noch einmal nahm ich die Schatulle auf meinen Schoß, betrachtete all die wundervollen Dinge, und stellte mir vor, wie ich sie verarbeiten würde. Besonders die beiden funkelnden Kristalle ließen mich nicht los. Ich musste sie immer wieder in die Hand nehmen. Sie würden phantastische Ohrringe abgeben. Und ohne nachzudenken, begann ich, mit meinem silbernen Schmuckdraht eine Fassung für die Steine zu fertigen. Es war erstaunlich. Ich musste meinen Händen nur zusehen. Sie nahmen mit dickem Silberdraht Maß an dem ersten Stein, schnitten sich Stücke zurecht und umwickelten sie mit dünnerem Draht. Es sah aus, als hätten Spinnen mit feinstem Garn das Silber ganz gleichmäßig eingesponnen.

Während meine Hände zielstrebig an der Fassung für den ersten Stein arbeiteten, stellte ich mir vor, wie sie aussehen würden. Funkelnd und leuchtend. Ein echter Hingucker. Wie der hellste Stern am Firmament. Niemand konnte ihn übersehen.

Nicht mal Noah.

In mich hineinlächelnd bog ich die Fassung um den Stein und wickelte die Enden mit dem dünnen Draht zusammen. Damit der Stein nicht aus der Drahtschlinge fallen konnte, begann ich, einzelne Drähte herauszubiegen, um ihn so zu befestigen. Doch eigentlich passte ich gar nicht richtig auf, ich war ganz versunken in meinen Tagtraum. Wie ich durch die Schule schreite, umgeben von einem magischen Sternenglanz, und sich alle nach mir umdrehen. Und wie Noah sich mir regelrecht vor die Füße wirft. Kichernd verpasste ich den Drahtbögen mit einer Spitzzange geschwungene Wellen. Als ich den Stein etwas von mir weghielt, staunte ich über mich selbst. Diese Fassung sah einfach nur zauberhaft aus. Wie von Feenhand gemacht. Stolz nahm ich mir den zweiten Stein vor.

Er strahlte wie ein Stern am Nachthimmel. Und während ich mich meinem (völlig übertriebenen) Tagtraum hingab, fertigten meine Hände den zweiten Ohrring.

Keine Ahnung wie lange es gedauert hatte, die Steine zu fassen und die Haken anzubringen. Wie in Trance hatte ich sie fertiggestellt. Erfüllt von einer tiefen Zufriedenheit hing ich die Ohrringe an einen Zweig meines Schmuckbaums, kroch erschöpft unter meine Bettdecke und knipste das Licht aus.

Die Steine funkelten selbst noch im Dunkeln, als wären sie echte Sternschnuppen.

5

Wirre Träume hielten mich die Nacht über in Atem, so dass der Wecker mich brutal aus dem Schlaf riss. Ich fühlte mich erschöpfter als am Abend.

Eine Weile versuchte ich, die Bilderfetzen des Traums wieder einzufangen. Da war eine Villa gewesen. Und meine Mom. Sie war ganz anders als meine echte Mom. Irgendwie weicher, leichter. Ich glaube, sie schwebte sogar. Und da war eine Tonschale mit Sternen. Eine andere Frau hatte sie vom Himmel gepflückt und sie wollte sie mir schenken. Aber aus irgendeinem Grund dachte ich, das wäre falsch. Weil ich doch auch gar nicht wusste, was ich damit tun sollte. Und dann hatte die Frau meine Mom auch schon aus dem Haus geworfen. Die Frau war sehr wütend. Und ich war aufgewacht.

Mit einem Knurren schlug ich auf den Wecker, als er mich erneut mit seinem durchdringenden Gepiepe ans Aufstehen erinnerte.

Montagmorgen war immer am schlimmsten, aber heute waren meine Glieder besonders bleischwer. Wann war ich nur eingeschlafen? Ich blinzelte zu den Ohrringen hinüber. Sie glitzerten mystisch, wie die eingefangenen Sterne aus meinem Traum. Auch das Armband lag noch hübsch drapiert da und schimmerte geheimnisvoll.

Ich hörte Mom unten aus dem Bad kommen. Seufzend schlug ich die Bettdecke zur Seite, ließ mich irgendwie auf die Füße fallen und schlurfte hinunter. Immerhin konnte die Dusche mich halbwegs aufwecken.

Wieder im Zimmer, suchte ich die Schulsachen zusammen und schlüpfte in Jeans und Pulli. Wie jeden Morgen suchte ich mir Schmuck aus. Doch heute musste ich nicht lange überlegen. Es *mussten* einfach die neuen Ohrringe sein. Das Armband würde ich morgen tragen. Heute wollte ich die uneingeschränkte Bewunderung für meine Sternenohrringe.

Ich legte sie an und versteckte den Schmuckkasten im Kleiderschrank.

Als ich in die Küche kam, war alles wie jeden Morgen. Paps' Nase steckte in der Tageszeitung, die von Muffel-Mike berührte fast den Screen seines Phones. Große Kunst übrigens, das Ding derart vors Gesicht zu pressen und sich dennoch die Cornflakes-Haufen mit tropfendem Löffel in den Mund zu schaufeln. Nur Mom hielt sich an ihrer Schale Tee fest und starrte in den Garten. Ihren Augenringen nach zu urteilen, hatte sie eine ebenso unruhige Nacht wie ich gehabt.

»Morgen«, murmelte ich in die Runde und füllte mir ebenfalls eine Schüssel mit Cornflakes.

Paps klappte eine Ecke seiner Zeitung nach unten, um mich anzulächeln. »Guten Morgen, Prinzessin«, sagte er und klang regelrecht begeistert.

»Morgen«, erwiderte ich.

Da legte Paps seine Zeitung zur Seite, stand auf und schob meinen Stuhl zurück, damit ich mich setzen konnte. »Kann ich dir etwas bringen? Frischgepressten Saft zum Beispiel? Oder möchtest du ein Rührei?«

Irritiert sah ich ihn an. »Äh, nein, danke, Paps.«

Er neigte den Kopf und setzte sich wieder auf seinen Platz. Jedoch steckte er seine Nase nicht zurück in die Zeitung, sondern sah mir fasziniert beim Essen zu – fasziniert bei jedem einzelnen Bissen. Selig lächelnd.

»Alles klar, Paps?«

»Wenn es dir gutgeht, mein Sonnenschein, dann geht es auch mir gut.«

Mein Blick glitt zu Mom. Sie sah mich fest an, hatte die Lippen aufeinandergepresst und eine tiefe Falte zwischen den Augen. Sie war sauer. Keine Frage. Meine Eltern hatten also noch immer Streit. Und Paps versuchte nun, heile Welt zu spielen. Na prima. Alles klar.

Nur Muffel-Mike bekam wie immer nichts mit. Ich versuchte, auf sein Display zu schielen. Waren das Katzenvideos?

Mit einem Seufzer aß ich auf und überlegte fieberhaft, wie ich Mom und Paps helfen konnte, aber letztendlich lag es allein in Moms Hand. Solange sie uns nicht verraten wollte, was mit ihr und ihrer Mutter war, würde sich der Streit nicht auflösen. Kaum war meine Schüssel leer, nahm Paps sie und trug sie zur Spüle.

»Danke«, sagte ich überrascht. Eigentlich war hier jeder für sein Geschirr selbst verantwortlich. Es war ungewöhnlich, dass er meine Schüssel abräumte. Genauso ungewöhnlich, wie seine nicht zu Ende gelesene Zeitung.

Moms Falte vertiefte sich noch weiter, während mein Vater mir die Tür aufhielt, damit ich zur Garderobe gehen konnte. (Ich schwöre, er hat sogar einen Diener gemacht!) Als er versuchte, mir in die Schuhe zu helfen, hatte ich genug.

»Es reicht«, sagte ich genervt. »Mir ist klar, dass ihr zwei Streit habt. Und mir ist klar, dass so was Kinder ziemlich stresst. Wir sind aber keine Kinder mehr. Ich bin sechzehn! Ich kann damit umgehen. Geh lieber zu Mom und versöhn dich mit ihr, statt mich hier zu veralbern.«

Mein Vater sah mich geschockt an. Richtig geschockt, als hätte ich ihm gerade gesagt, ich würde noch heute nach Australien auswandern.

»Es tut mir leid«, stammelte er und klang enorm verzweifelt. »Ich wollte dir nur alles recht machen. Julie, du bist doch mein Stern. Ohne dich …«

In dem Moment stand Mom auf, rauschte zu uns auf den Flur, packte mich am Arm und zog mich vor die Haustür.

»Hey, ich hab noch keine Schuhe an! Ich …«

Doch sie fasste mich an den Schultern. »Hör mir zu!« Ihre

Stimme zitterte. »Du hast einen riesengroßen Fehler gemacht! Und damit es nicht schlimmer wird, wirst du mir jetzt deine Ohrringe geben! Sofort!«

»Was? Nein!« Jetzt wurde ich richtig sauer. »Die hab ich selbst gemacht. Und sie sind super. Seit wann hast du was gegen meinen Schmuck?«

»Gegen *diesen* habe ich etwas.«

Ich musste schlucken. Konnte Mom wissen, dass die Steine von Daria waren? Wie konnte sie vom Inhalt des Schmuckkästchens wissen? Das Päckchen war verschlossen gewesen. Sie konnte noch nicht einmal etwas von der Schatulle wissen. Ich suchte in ihrem Blick nach einem Hinweis, fand aber nur … Angst?

Auffordernd hielt sie mir die Hand hin. Ich schüttelte den Kopf. Niemals würde ich ihr die Ohrringe überlassen.

»Geh damit nicht in die Schule«, warnte sie.

»Was? Wieso? Was hast du gegen die Ohrringe?« Ich merkte, dass sie mit sich kämpfte. Sie ist kurz davor, mir die Wahrheit zu sagen, dachte ich.

Doch sie tat es nicht.

»Sie passen nicht zu dir«, antwortete sie, und es klang so was von gelogen.

Ich lachte auf. »Nicht dein Ernst! Wirklich, Mom?«

Da ließ sie mich los, trat zurück und sah mich an, als wäre das ein schmerzlicher Abschied. Eine Träne lief ihr über die Wange. Das hatte ich als Allerletztes erwartet.

»Mom?« Ich wollte auf sie zugehen und sie drücken, doch sie ließ es nicht zu.

»Es tut mir leid, Julie. Ich hab das nie für dich gewollt.« Mit diesen Worten ging sie ins Haus zurück, während Paps lächelnd auf mich zusteuerte. Er stellte mir die Schuhe hin und half mir in die Jacke. Sogar an meine Schultasche hatte er gedacht und klemmte sie für mich auf den Gepäckträger. Dann gab er mir einen langen Kuss auf die Stirn.

An diesem Montagmorgen radelte ich sehr nachdenklich zur Schule. War meine Familie schon immer so verrückt gewesen?

6

Bei den Fahrradständern herrschte dichtes Gedränge. Deshalb schob ich mein Rad den schmalen Dünenpfad hoch, der zum Oberfeuer führte. Ein winziger Leuchtturm für die Fischer. Unsere Schule lag direkt hinter den Dünen, was den Hausmeister jedes Mal zu großartigen Flüchen inspirierte, wenn der Flugsand wieder die Eingänge blockierte.

Dort oben, neben dem rot-weiß gestreiften Türmchen, stellte ich mein Rad ab. Für einen Augenblick sah ich noch hinaus aufs Meer und dachte an meine Eltern. Paps war sicher schon auf dem Weg ins Büro. Er arbeitet in der städtischen Bauverwaltung. Eine Verschwendung seiner Talente, wie Mom zu sagen pflegt. Und er antwortet stets, dass es die Grundversorgung der Familie gewährleiste. Worauf Mom gewöhnlich still das Wort *langweilig* mit den Lippen formt.

Ich hoffte sehr, dass meine Eltern sich versöhnen würden. Anscheinend wusste Mom ja – woher eigentlich? –, dass ich mir Darias Geschenk unerlaubt genommen hatte. Darüber mussten sie nun nicht mehr streiten.

Von der Düne aus hielt ich nach Merle Ausschau, konnte sie in dem Gewusel der Schüler jedoch nicht ausmachen. Ich nahm die Abkürzung, schlüpfte unter der Absperrung durch auf das Schulgelände und reihte mich in den Montagmorgen-Treck ein. Einige Schüler sahen mich an und tuschelten. Natürlich schoss mir sogleich das Blut in die Wangen. Ich hasste es, dass ich immer sofort wie ein Warnsignal aufflammte, wenn mir etwas peinlich war. Damit es ja auch jeder sehen konnte! Hatte ich Cornflakes an der Nase?

Also zog ich den Kopf ein, wischte mir möglichst unauffällig übers Gesicht und eilte zum Eingang.

Auf halbem Weg traf ich Merle.

»Hey, da bist du ja.« Glücklich, sie an meiner Seite zu haben, flüsterte ich ihr zu: »Sag mal, hab ich grüne Pickel auf der Nase? Die gucken alle so.«

Doch Merle sah mich durch ihre Brille nur mit großen Augen an. Erneut rieb ich mir übers Gesicht. »Jetzt weg?«

Ein Trupp Siebtklässlerinnen überholte uns. Als sie mich sahen, begannen sie aufgeregt zu flüstern.

Einem Impuls folgend zog ich Merle zum Seiteneingang. »Lass uns den direkten Weg nehmen. Da sind auch gleich Toiletten. Da kann ich mir den Dreck wegwaschen.«

»Du bist wunderschön«, hauchte Merle und lächelte mir mit regelrecht verklärtem Blick zu.

Irritiert sah ich sie an. »Ha-Ha-Ha. Hab ich was verpasst? Erster April heute?«

Ich drückte die Tür auf und schob Merle in den Seitenflur, der direkt zur Sporthalle führte. Ich würde nie verstehen, wie man Sport auf Montag erste Stunde legen kann.

Eigentlich durften Schüler diesen Eingang nicht benutzen. Es war nur ein Notausgang, heute für mich allerdings ein Not-*ein*gang.

Zielstrebig steuerte ich die Mädchentoiletten an und warf dort einen Blick in den Spiegel. Doch da war nichts. Keine Farbe, keine Essensreste. Ich sah genauso normal aus wie immer.

»Niemand ist schöner im ganzen Land«, stammelte Merle hinter mir.

»Warte.« Ich zwang mich zu einem Lachen. »Das stammt aus Schneewittchen, oder?«

Dafür, dass sie genau wie ich Sport (und Montagmorgen) hasste, sah sie sehr glücklich aus.

»Ich bin so froh, dass du meine Freundin bist!«

Kurz dachte ich darüber nach, ob ich ihre Stirn fühlen sollte. Bei dem glasigen Blick und wirren Äußerungen lag es auf der Hand: Merle hatte Fieber.

Auf dem Weg zur Umkleide wäre sie beinahe gegen die Tür gerannt, weil sie nicht aufpasste und stattdessen den ganzen Weg über mich anstarrte.

In der Umkleidekabine suchte ich mir gleich einen Haken. Nur schnell in die Halle, dachte ich.

Eilig schlüpfte ich aus meinen Schuhen und zog Jacke und

Shirt aus. Merle rührte sich nicht, sondern glotzte mich nur weiterhin an.

»Du wirst mir jetzt nicht beim Umziehen zusehen, oder?«, fragte ich unsicher.

Betroffen riss sie die Augen auf. »Ist das ein Befehl?«

»Was? Nein! Gott, was ist denn los mit dir?«

»Ich liebe dich.«

Natürlich kam in diesem Moment Billy (Klassen-Queen) mit ihren Minions rein. Na bravo. Noch ein Gerücht über mich. Oben halbnackt, mein Sportshirt an den BH gedrückt, stand ich vor Merle, die mich verklärt ansah.

»Wie – wie meinst du das?«, krächzte ich und beobachtete dabei Billy und die anderen Mädels. Eins nach dem anderen sah überrascht zu uns.

»Du bist so wundervoll. Ich möchte immer bei dir sein.« Ja, es klang schmachtend! Nervös kichernd schielte ich zu Billy, der prompt die Kinnlade runterklappte.

»Wir haben gestern gefeiert. Muss der Restalkohol sein«, versuchte ich Merles Verhalten scherzhaft zu erklären.

»Aber sie hat recht.« Billy kam zu mir herüber. Ihr verzückter Blick kam mir irgendwie bekannt vor. Er war ebenso anhimmelnd wie der von Merle und Paps. Unwillkürlich wich ich vor Billy zurück. Da fiel mir auf, dass auch Billys Freundinnen wie Grinse-Zombies auf mich zusteuerten. War irgendein Virus ausgebrochen? War das ein geschmackloser Flashmob gegen mich?

Ich stieß mit dem Rücken an die Wand. Verflucht. Keine Fluchtmöglichkeit mehr. Zum Glück war die Tür zur Umkleide offen, und Frau Mimers, unsere Sportlehrerin, kam vorbei.

»Guten Morgen, Frau Mimers!«, rief ich. (Hilfe, Zombies greifen mich an!)

Sie blieb stehen und murmelte ein »Guten Morgen«, war jedoch ganz in ihre Checkliste versunken. Und ohne aufzusehen, ermahnte sie uns: »Beeilt euch! Zehn Runden durch die Halle zum Aufwärmen. Hop-Hop!«

Normalerweise wurde diese Ankündigung mit einem kollektiven Stöhnen quittiert, doch heute waren alle Mädchen meiner Klasse zu sehr mit Mobbing beschäftigt.

»Super. Wir freuen uns«, antwortete ich deshalb und streifte hastig mein Sportshirt über. Die Jeans ließ ich einfach an, schlüpfte bloß in die Sportschuhe und floh vor den Grinse-Zombies in die Halle.

Frau Mimers schob gerade die Box mit den Volleybällen aus dem Geräteraum.

»Kann ich helfen?«, fragte ich entgegen meiner Gewohnheiten. Normalerweise versuchte ich nämlich, mich so lange in der Umkleide herumzudrücken, bis fertig aufgebaut war. Und war dann die Erste, die am Ende der Stunde die Halle fluchtartig verließ. Das gelang mir immer großartig. Kunststück, da mich eh nie jemand beachtete.

Was auch immer meine Klassenkameraden mit der Grinse-Nummer bezweckten: Es war nervig. Ich würde sie einfach ignorieren. Allerdings konnte ich nicht verstehen, wieso Merle bei diesem Blödsinn mitmachte. Wenn sie nicht bald zur Vernunft kam, würde es den größten Streit seit Beginn unserer Freundschaft geben.

Um endlich Ruhe vor meinen plötzlichen Pseudo-Fans zu haben, engagierte ich mich beim Geräteaufbau.

Es klappte zur Hälfte. Denn ausgerechnet heute gab es nur ein paar Hütchen aufzustellen. Die Mädchen drückten sich am Halleneingang herum. Wie Stalker, die ihr Idol gesichtet haben. Merle stand bei ihnen und gaffte ebenfalls zu mir herüber. Jetzt wurde ich wirklich sauer auf sie.

Frau Mimers war schon wieder in ihre Kladde vertieft. »Was ist los, Julie? Woher der plötzliche Eifer?« Mit diesem typischen Besserwisser-Lächeln, das Lehrer so gerne benutzen, schaute sie auf.

Da passierte es!

Die Kladde fiel auf den Boden, und Frau Mimers starrte mich mit offenem Mund an.

Unsicher blickte ich mich um. Ich stand allein vor ihr. Weder die durchgeknallte Merle noch Billys Zombie-Clique machten hinter mir Faxen.

»Oh, Julie«, hauchte Frau Mimers plötzlich. »Ich möchte nicht, dass du an der Sportstunde teilnimmst. Ich könnte es mir niemals verzeihen, wenn du dich verletzt.«

Beinahe hätte ich losgelacht, doch Frau Mimers pflegte zum

einen nie zu scherzen und sah zum anderen auch regelrecht verzweifelt aus.

»Oh. Ähm. Ja, klar. Kein Sport.« Unsicher sah ich mich zu den anderen um. »Was machen wir denn heute?«

»Eigentlich wollte ich mit euch Brennball spielen.« Ich hasste dieses Spiel. Na gut, ich konnte Sportunterricht im Allgemeinen nicht leiden. Frau Mimers verschwand im Geräteraum und kam mit einem Klappstuhl wieder. Vermutlich wurde er bei Tennis-Turnieren von den Schiedsrichtern genutzt. »Setz dich. Ich werde ein Mädchen anweisen, dir ein kaltes Getränk zu holen.«

»Ähm …« Mir war klar, dass es bessere Antworten gegeben hätte. Ich versuchte es noch mal mit »Äh-hmp«. Auch nicht besser.

Doch Frau Mimers schenkte meinen Worten sowieso keine Beachtung. Sie winkte den Mädchen zu, worauf die sich endlich trauten herüberzukommen. Fürsorglich beugte Frau Mimers sich zu mir. »Ich werde Brennball streichen. Nicht auszudenken, wenn jemand den Ball nicht unter Kontrolle hat und dich trifft.«

Inzwischen war ich diejenige, die ihre Mitmenschen völlig paralysiert anstarrte. Während Merle sich wie eine Leibwache neben mir aufstellte, Clara mir die Sportschuhe auszog, um meine Füße zu massieren, und Billy tatsächlich losrannte, um mir eine kalte Cola zu holen, kniff ich mich. Ich würde blaue Flecken bekommen, so oft kniff ich mich. Es tat jedes Mal höllisch weh, doch ich wachte einfach nicht auf. Ich fühlte meine Stirn. Vielleicht war ich ja diejenige mit Fieber. Ich halluzinierte!

Besorgt sah Merle mich an. »Julie geht es nicht gut. Sie ist ganz blass!«, verkündete sie prompt meinem Hofstaat, und sofort hatte Frau Mimers ein Handtuch parat und tupfte meine Stirn.

In diesem Moment kamen die Jungs.

Natürlich hatten sie ebenso wie wir Sport. Normalerweise wurde die Halle durch eine Trennwand geteilt, aber Frau Mimers hatte noch keine Zeit gefunden, sie herunterzufahren. Sie hatte mich ja hofieren müssen.

Gewöhnlich grölten die Jungs dämliche Sprüche zu uns rüber und wir pöbelten mit dämlichen Sprüchen zurück. Doch diesmal reckten auch sie nur neugierig die Köpfe und begannen zu tuscheln. Mir war, als hörte ich meinen Namen.

Stöhnend warf ich mir das Handtuch über den Kopf. Das konnte doch alles nicht wahr sein! In was für einen Albtraum war ich nur geraten? Und wie kam ich wieder raus? Vielleicht half es, wegzulaufen. Blitzartig sprang ich auf, schubste meinen Hofstaat beiseite und rannte aus der Halle.

Der einzige natürliche Zufluchtsort, den eine Schule bietet, ist die Mädchentoilette.

Ich stürmte in eine Kabine, setzte mich auf den Deckel. Mein Handy war noch in der Hosentasche. Hastig ging ich alle Nachrichten durch, konnte jedoch nirgends etwas über einen Freaky-Montag oder irgendein albernes Flashmob-Spiel finden. Warum hatten Merle und meine Mitschüler sich so dämlich aufgeführt?

Irgendwann klingelte es zur Pause.

Sofort begann die Tür im Stakkato auf- und zuzugehen. Die Mädchen kicherten und plapperten ununterbrochen über Lehrer, Klausuren und natürlich Jungs, den neuen Film von Ryan Gosling, bescheuerte Eltern. Alles war dabei. Aber niemand amüsierte sich über eine gelungene Aktion gegen Julie, niemand schwärmte von einem genialen Flashmob oder erzählte von der ungewöhnlichen Sportstunde.

Ich schloss die Augen und wartete, bis es wieder läutete und still wurde.

Mein Handy klingelte.

Es war Merle.

Einen kurzen Augenblick zögerte ich, wollte sie wegdrücken, doch dann ging ich ran.

»Hey, wie geht es dir?«, fragte sie besorgt.

»Was glaubst du denn!«, fuhr ich sie an.

»Na, dass du krank bist und deshalb zu Hause geblieben bist.«

»Wie bitte?«

»Ist die Verbindung schlecht? Ich bin vorm Klassenzimmer. Bist du beim Arzt?«

»Ich bin in der Schule und das weißt du ganz genau.« Ich hörte Stoff rascheln.

»Was? Ich seh dich nicht. Wieso …?« Ihre Stimme klang jetzt gedämpft. »Wieso bist du dann nicht im Unterricht? Herr Kampe kommt jeden Augenblick.«

»Merle. Es reicht. Ihr habt mich doch rausgeekelt.«

»Wir … was?« Wieder Stoffrascheln. »Wo bist du?«

Ich zögerte kurz. »In der Toilette, 1. Stock.«

Merle legte auf.

Ich verließ mein Kabinenversteck und ging zu den Waschbecken. Mein Spiegelbild sah erbärmlich aus. Genauso fürchterlich, wie ich mich fühlte. Nur die Sternenglanzohrringe strahlten.

Wütend nahm ich sie ab. Ich war heute kein leuchtender Stern. Auch wenn die anderen so getan hatten, war ich nichts anderes als ein armes, gemobbtes Mauerblümchen.

Da flog die Tür auf, und Merle fegte herein. »Herr im Himmel. Was machst du hier?«

Ich sah sie nur sauer an.

Immer, wenn sie sich unsicher war, die richtige Antwort zu kennen, legte Merle den Kopf etwas schief. So auch jetzt. »Ist alles okay?«

»Du kannst aufhören. Der Witz hat sich totgelaufen, Merle. Ich war mit in der Sportstunde, schon vergessen?«, knurrte ich. »Ihr habt euch wirklich mehr als seltsam aufgeführt, die anderen sind mir ja egal, aber von dir hab ich das echt nicht erwartet! Und als die Jungs auch noch mitgemacht haben, war das Maß voll.«

Verständnislos sah sie mich an. An ihrem Blick merkte ich, dass etwas nicht stimmte.

»Seltsam aufgeführt? Wir mussten Brennball spielen. Und du warst nicht da.«

»Du kannst dich nicht daran erinnern, dass wir zusammen zum Sport gegangen sind?« Jetzt begann *ich* unsicher dreinzusehen.

Merles Augenbrauen wanderten immer weiter nach oben. »Ich hab keinen blassen Schimmer, wovon du da redest. Keiner hat dich heute gesehen. Frau Mimers hat dich als unentschuldigt fehlend ins Klassenbuch eingetragen.«

»Bitte wie?« Mir wurde ganz kalt.

»Ich habe heute Morgen wie immer auf dich gewartet. Aber du bist nicht gekommen.«

Ich wusste nicht, was ich denken sollte. Oder fühlen. Merle ist nicht der Typ, der einen so veräppelt. Und sie machte auch nicht den Eindruck, als wäre das nur Show. Sie sah ernsthaft verwirrt aus. »Ich war da. Wir sind zusammen zum Sport«, wiederholte ich.

»Was? Aber wieso weiß ich das nicht mehr?«, stammelte sie.

Als ich Merles völlig entgeisterten Blick sah, geriet ich wirklich ins Zweifeln. »Vielleicht geh ich besser heim«, murmelte ich. »Anscheinend bin ich krank. Hab mir das alles nur eingebildet.«

Merle legte ihre Hand an meine Stirn. »Fieber hast du

keins.« Nachdenklich musterte sie mich. »Ich komm nachher zu dir. Und dann erzählst du mir ganz genau, was ich angeblich gemacht habe.«

»Du kannst dich echt nicht erinnern?«

Sie schüttelte den Kopf. Dann umarmte sie mich. »Ich schwöre: Was immer du denkst, dass ich Dämliches getan hab, ich würde nie, nie, niemals gemein zu dir sein. Das weißt du doch.«

Ja, das wusste ich. Eigentlich.

Ich musste ins Bett.

7

Als ich nach Hause kam, war Mom schon da. Normalerweise arbeitete sie bis mittags in fremden Wohnzimmern. Nach einem kurzen Zögern ging ich zu ihr. Sie saß am Küchentisch und schien auf mich gewartet zu haben.

»Hi«, sagte ich.

»Du bist schon da.« Es war eine Feststellung. Ganz ohne Überraschung in ihrer Stimme.

Ja, Mom. Ich werde verrückt, dachte ich. Ich sehe und erlebe Dinge, die gar nicht real sind. Doch das sagte ich natürlich nicht, stattdessen erzählte ich ihr, was man eben so erzählt: »Irgendwie war mir in der Schule flau.«

Sie musterte mich mit diesem Blick. Diesem Mutterblick, dem nichts entgeht. An die Möglichkeit eines Magen-Darm-Infekts schien sie keine Sekunde zu glauben.

»Wo sind deine Ohrringe?«

Sag ich doch.

»Ach, ich –« Aus irgendeinem Grund log ich. »Muss ich verloren haben.«

Ihr Blick durchbohrte mich.

»*Diese* Ohrringe verliert man nicht.«

Ich ließ mich auf meinen Stuhl sinken. Es war zwecklos, meine Mutter anzulügen. Warum versuchte ich es nur immer wieder?

»Was kümmert es dich?« Herausfordernd sah ich sie an. Egal was in der Schule war. Jetzt und hier musste mir meine Mutter endlich sagen, was das Problem mit Daria war. Offensichtlich sorgte sie sich sowieso mehr um den Schmuck als um meine Gesundheit.

Plötzlich lehnte sie sich zu mir herüber und zog meine Hände zu sich. »Julie. Wo. Sind. Sie.«

Ich versuchte vergeblich, ihrem eindringlichen Blick standzuhalten, und überlegte fieberhaft, wie ich die Wahrheit aus ihr herauslocken konnte. Murrend pulte ich die Ohrringe aus meiner Jeanstasche und ließ sie auf den Tisch kullern.

Für einen Augenblick starrte meine Mutter sie lediglich an. Dann nahm sie sie, stand auf, holte einen Gefrierbeutel und warf sie hinein. »Ich pass auf sie auf«, meinte sie schlicht.

In meinem Kopf ging alles durcheinander. Was hatte das denn nun wieder zu bedeuten? Hasste Mom alles, das jemals durch Darias Hände gegangen war? Ich wurde blass. Oder waren das am Ende echte Diamanten? Und plötzlich schien mir alles klar: Daria war eine weltweit gesuchte Juwelendiebin, und deshalb wollte Mom nicht, dass wir etwas mit ihr zu tun hatten.

Ha!

Erleichtert seufze ich. Obwohl ich wusste, dass das Blödsinn war.

»Mom. Warum darf ich die Ohrringe nicht behalten?«

»Weil sie von Daria sind.«

Aha! Sie wusste es. Aber woher? »Ich hab sie selbstgemacht. Und sie sind mir super gelungen.«

»Ja, das merke ich.«

Was war denn das für eine dämliche Antwort! Ein Lob? Und dennoch durfte ich sie nicht tragen? Sie öffnete das Gefrierfach und warf den Beutel mit den Ohrringen hinein. Was sollte das denn werden?

»Mom. Du hast meine Ohrringe gerade in den Gefrierschrank …«

»Es geht ihnen gut«, war alles, was sie sagte, dann setzte sie Teewasser auf.

Ich holte tief Luft und zählte langsam bis zehn. Angeblich soll das ja helfen, einen klaren Kopf zu bekommen. Tat es aber nicht.

»Warum, Mom? Warum darf ich sie nicht behalten? Weil die Steine von Daria sind?«

Sie blieb mit dem Rücken zu mir stehen. »Du hättest den Kasten nicht suchen sollen. Es gibt einen guten Grund, warum ich ihn dir nicht gegeben habe. Akzeptiere es bitte.« Ihre Stimme war hart. Widerspruch ausgeschlossen.

»Quatsch! Sie ist meine Großmutter. Ich hab ein Recht, sie

kennenzulernen. Ich will wissen, wer sie ist! Sie hat mir das beste Geschenk von allen gemacht. Und dabei kennt sie mich nicht mal.«

»Sei still!« Meine Mutter fuhr herum. »Du wirst nie mit ihr sprechen. Sie niemals treffen. Und ich wäre dir auch sehr dankbar, wenn du mir den Kasten geben könntest. Jetzt. Sofort.«

Fassungslos starrte ich sie an. Ich konnte mich nicht erinnern, sie jemals so entschlossen erlebt zu haben.

»Ich kauf dir einen anderen. Okay, Schatz?«, lenkte sie ein. »Einverstanden?«

»Einen anderen? Was ist falsch an diesem? Nur weil Daria ihn für mich gekauft hat? Was um Himmels willen hat sie angestellt?« In Gedanken setzte ich die international gesuchte Juwelendiebin wieder auf die Liste.

»Tu einfach, was ich dir sage, und gib ihn mir.«

Trotzig stand ich auf. »Hol ihn dir doch selbst!«

»Nein! So funktioniert das nicht! Du musst ihn mir geben!«, rief sie mir nach, als ich nach oben rannte. »Bitte!«

»Nein! Er gehört mir!«, schrie ich zu ihr hinunter. Und bevor ich mit einem Rumms meine Zimmertür zuwarf, stieß Mom einen Wutschrei aus.

In meinem Zimmer nahm ich den Kasten aus dem Schrank und stellte ihn wieder auf den Schreibtisch. Eine Weile lang sah ich ihn einfach nur an. Es war ein gutes Gefühl. Ich merkte, wie ich ruhiger wurde und mich irgendwie zufrieden fühlte. Gedankenverloren betrachtete ich seine Schätze. Und versuchte, mir vorzustellen, wie meine Großmutter wohl als Mensch war, als es an der Zimmertür klopfte.

Zu meiner Überraschung war es Merle.

»Hey, geht's dir besser?«

Verwirrt sah ich auf die Uhr. Es war noch nicht Mittag.

»Machst du etwa blau?«, fragte ich überrascht. Merle war eher der Strebertyp. Ihre Brille mit dem dicken lila Rahmen unterstrich das noch.

Sie zuckte mit den Schultern und ließ sich aufs Bett fallen. »Du doch auch. Und ich habe es einfach nicht mehr ausgehalten. Hab sowieso nur an dich gedacht.«

»Hast du die anderen gefragt, ob sie mich gesehen haben?«, wollte ich wissen.

»Du warst nicht in Sport. Keiner kann sich an dich erinnern. Aber –« Sie hob die Tasche hoch, die sie mitgebracht hatte. Meine Schultasche. »Die war in der Umkleide.«

Ich nahm sie ihr ab und sah hinein. Alles da. Auch das Pausenbrot von Mom. Ich packte es aus und aß hungrig.

Merle musterte mich unsicher. »Wenn das von Freitag ist, wär ich vorsichtig.«

»Quatsch. Wir haben Freitag keinen Sport. Das ist von heute. Deshalb stand sie ja noch in der Umkleide«, antwortete ich kauend. »Ich versteh das nicht. Warum will mich keiner gesehen haben? Ihr habt mich doch alle angestarrt und hofiert, als sei ich die Queen persönlich.«

»Ich hab keine Ahnung, was ich denken soll. Deine Tasche ist ein Beweis, dass du wohl doch heute da warst. Aber dass sich über zwanzig Leute nicht erinnern können … Julie, das ist …« Merles Blick fiel auf den Schmuckkasten. »Oh. Ist er das?«

Ich nickte. »Ich hab mich eben ganz furchtbar mit Mom deswegen gezofft. Ich soll ihn ihr geben. Die Ohrringe hat sie auch eingefroren.«

»Eingefroren? Welche Ohrringe?«

»Na, die Ohrringe, die ich heute anhatte. Aber die hast du ja nicht gesehen. Dabei leuchten sie wie Sterne.« Ich schnitt scherzhaft eine Grimasse. »Zum Glück weiß sie nichts von dem Armband.«

Ich zeigte es ihr. Kühl und schmeichelnd fühlte es sich an. Merle nahm es mir bewundernd aus der Hand.

»Es sah auf dem Foto schon total genial aus. Darf ich?«, fragte sie, und ich nickte. Sie legte es sich an und hielt es prüfend vor sich. »Wow. Superschön, und was machst du sonst so, wenn du dich langweilst?«, scherzte sie.

»Ich hab ohne dich *Gossip Girl* weitergeguckt«, antwortete ich plötzlich und hatte keinen blassen Schimmer, warum. Es war mir einfach rausgerutscht.

Verwundert starrte mich Merle an. »Echt? Jetzt eben?«

»Nein, schon letzte Woche.« Das spielte doch gar keine

Rolle. Warum erzählte ich ihr das jetzt? Mir war langweilig gewesen, Merle hatte keine Zeit gehabt, und ich hätte mit ihr die Folge einfach noch mal angesehen. Es gab keinen Grund, ihr die Wahrheit zu sagen.

Merle musterte mich unsicher. »Aha. Noch irgendwas, das du vor mir verheimlichst?«

»Deine Cupcakes schmecken irgendwie immer nach Pappe.« War ich nun total blöde? Meine Wangen glühten vor Scham. Wie konnte ich ihr das nur ins Gesicht sagen!

»Vielen Dank auch.« Sauer löste sie das Armband und ließ es aufs Bett fallen.

Erleichtert atmete ich aus, ohne genau zu wissen, warum. Es war, als hätte mir etwas die Brust zugeschnürt, und plötzlich konnte ich wieder frei atmen.

»Ich dachte, wir versuchen, *dein* Problem zu lösen, stattdessen motzt du mich wegen mangelnder Backkünste an.«

»Ich … ich wollte das nicht. Ich meine …« Ich war mehr als schockiert über mich selbst. Wieso hatte ich die Wahrheit gesagt? Die Worte waren regelrecht aus mir herausgeplatzt.

»Also willst du mir noch andere Sachen gestehen? Sonst geh ich jetzt wieder.«

»Nein!« Ich hielt sie an der Hand fest. »Ich brauche Hilfe! Irgendwas läuft schief! Ich werde verrückt.«

Seufzend tätschelte sie mir die Hand und sah mich lange an. »Du hast recht. Du bist ziemlich neben der Spur.«

»Glaubst du wirklich, dass ich verrückt werde?« Meine

Hände wurden schwitzig. Ein sicheres Zeichen für Nervosität. Irgendwas stimmte nicht mit mir.

Merle nickte mit einem schelmischen Grinsen. »Noch verrückter als sonst.«

»Jetzt mal ernsthaft, Merle. Vielleicht hab ich Wahnvorstellungen? Sehe Dinge, die nicht echt sind, sage Sachen, die ich gar nicht sagen will.« Ich ließ mich wieder aufs Bett plumpsen und nahm das Armband.

»Du wolltest es nicht sagen, aber es war die Wahrheit, oder?« Noch immer zog sie einen Schmollmund. Merle war sehr stolz auf ihre Cupcakes. Vor allem wegen der üppigen Toppings. Die waren aber auch jedes Mal ein echter Hingucker. Nur schmeckten sie eben nach Pappe.

Ich murmelte etwas, das hoffentlich weder ein Ja noch ein Nein war. Ich wollte sie nicht noch mehr verletzen, aber auch nicht anlügen. Das Armand glitt wie eine geschmeidige Schlange durch meine Finger, und ich legte es an. »Können wir nicht einfach so tun, als hätte ich das nicht gesagt?«

»Du siehst immer nur dich. Wie es mir damit geht, interessiert dich nicht.«

»Was? Natürlich. Wie kannst du das sagen, wir erzählen uns doch immer alles!« Ich fühlte mich elend. Warum nur lief dieses Gespräch so völlig aus dem Ruder?

»Weißt du, dass du mich noch nie gefragt hast, ob ich verliebt bin? Immer geht es nur um dich und deine dämliche Anhimmelei von Noah. Chrissy hatte ganz recht. Du bist feige.«

Verdattert starrte ich Merle an. Sie schlug sich die Hände vor den Mund und sah ebenso entsetzt drein.

»Aha«, meinte ich bloß. Auch gut. Gleiches mit Gleichem vergelten. Ich hatte es wahrscheinlich verdient. »Du hast nie gesagt, dass es da jemanden gibt, den du süß findest«, meinte ich. »Also wenn da jemand ist, dann erzähl es mir doch.« Tatsächlich hatte Merle noch nie eine Bemerkung in diese Richtung gemacht. Außer, dass sie auf Chris Hemsworth stand, wusste ich nichts über ihren Jungsgeschmack.

Plötzlich begann Merle hektisch zu atmen und presste sich die Hände vor den Mund.

»Ist dir schlecht?« Hatte Merle sich jetzt den gleichen Virus eingefangen wie ich?

»Ich finde Ben total süß«, platzte sie plötzlich heraus, griff sich eines meiner Kissen und hielt es sich vor den Mund. In ihren Augen stand blankes Entsetzen.

Ben? Mir fiel die Kinnlade runter. Sandkasten-Ben? Wie konnte Merle ihn süß finden? Er hatte Bob-der-Baumeister-Unterhosen getragen – mit vier Jahren. Ich hoffte für ihn, dass er es nicht mehr tat. Entgeistert sah ich sie an. Wie hatte sie mir das die ganze Zeit über verheimlichen können? »Was um Himmels willen sagst du denn da?«

»Die Wahrheit«, hörte ich sie dumpf hinter dem Kissen.

Die Wahrheit? Ich hatte ihr eben auch die Wahrheit gesagt. Ohne es zu wollen.

Mir wurde schwindelig.

Mein Blick fiel auf das Armband.

Ich löste es.

Im selben Augenblick sank Merle erleichtert aufs Bett. »Es tut mir so schrecklich leid. Ich weiß nicht, was in mich gefahren ist. Ich konnte nicht anders. Ich musste dir einfach sagen, was ich denke.«

Ich nickte nur mechanisch und sah auf das Armand hinab.

Das war verrückt.

Absolut verrückt.

Ich wollte meinem Gedanken nicht nachgeben. Wie könnte ich auch? Es war unmöglich!

»Julie?«

Als ich das Armband angefertigt hatte, war ich in Gedanken bei der Wahrheit gewesen, die mir Mom vorenthielt. Ich hatte mir *gewünscht, die Wahrheit zu erfahren.*

»Julie?« Merle stupste mich an. »Alles okay? Ich finde es ziemlich unheimlich, was heute alles passiert ist.«

Angestrengt versuchte ich, mich zu erinnern, worüber ich, verflixt nochmal, nachgedacht hatte, als ich die Ohrringe gemacht hatte …

Für einen Moment setzte meine Atmung aus. Mein Wunsch war gewesen, einmal gesehen zu werden wie ein heller Stern, von allen bewundert.

»Merle, glaubst du an Zauberei?«

Für einen Augenblick sah Merke mich unschlüssig an. »Wie

kommst du denn jetzt da drauf? Nur weil ich auf *Charmed* und *Harry* stehe?«

»Nein. Weil – Was wäre, wenn es Magie wirklich gäbe?«

Merle grinste. »Oh, dann könnte unser Leben echt großartig sein.«

Mir war schwindelig. Zittrig hielt ich das Armband hoch. Das Licht fing sich in den blauen Perlen und ließ sie geheimnisvoll leuchten.

»Was wäre, wenn dieses Armband zaubern könnte?«

Merle versuchte, ernst zu bleiben, doch dann kicherte sie los. »Du musst zum Arzt! Jetzt bist du wirklich –« Sie sah meinen Blick und verstummte.

»Als ich es getragen habe, musstest du mir die Wahrheit sagen, oder? Als du es hattest, habe ich auch einen Zwang zur Wahrheit gespürt. Ich konnte es nicht steuern.«

Langsam nickte Merle.

»Und die Ohrringe … Was, wenn die Steine bewirkt haben, dass ihr in mir eine Prinzessin seht?«

Wieder verkniff sich Merle ein Lachen. »Es tut mir leid, Eure Majestät, aber daran kann ich mich leider nicht mehr erinnern.«

»Ja, weil ich sie nicht mehr trage.« In mir reifte tatsächlich – obwohl ich es selbst nicht wirklich glauben wollte – die Überzeugung, dass die beiden Schmuckstücke magische Fähigkeiten hatten. Ich ließ das Armband durch meine Finger gleiten. »Wir brauchen Gewissheit«, murmelte ich.

»Na, kein Thema. Ich leg es noch mal an.«

Fast hätte ich es ihr gegeben. Doch wer weiß, welche Geheimnisse ich dann noch ausgeplaudert hätte. »Nein. Ich leg es an.«

Merle verschränkte die Arme. »Niemals! Wenn du recht hast, verrate ich noch … nein, nein. Auf keinen Fall.«

»Aber wir müssen es irgendwie ausprobieren.«

Wir fielen beide in nachdenkliches Schweigen.

Schließlich war es Merle, die die rettende Idee hatte. »Nimm es morgen mit in die Schule. Und bei Herrn Fuchs legst du es an.«

»Beim Fuchs? Bist du wahnsinnig?« Herr Fuchs hatte sich die Auszeichnungen *strengster und furchteinflößendster Lehrer* redlich verdient. Eigentlich hätte *Mathelehrer* schon ausgereicht, fand ich. Die Stunden bei ihm waren der Horror. Der Mann war absolut unentspannt, pedantisch und ein großer Fan von Überraschungstests. Vermutlich stand diese Woche wieder einer an.

»Und wenn es doch nicht magisch ist?«

Merle klopfte mir mitleidig auf die Schulter. »Dann versöhnen sich deine Eltern wenigstens, wenn sie dich im Büro des Rektors abholen müssen.«

8

In der Nacht schreckte ich immer wieder aus Träumen hoch, in denen Sterne auf mich herabfielen. Zuerst wollte ich sie auffangen, aber sie stürzten mit einer solchen Wucht herunter, dass sie alles um mich herum zerschlugen und ich flüchten musste.

Müde schleppte ich mich in die Schule. Gleich in der ersten Stunde stand Mathe auf dem Plan (die Schulleitung hasste uns). Je näher der Unterrichtsbeginn rückte, umso elender fühlte ich mich.

Na gut, dieses Gefühl kenne ich. Meine mathematische Unfähigkeit und die Angst, von Herrn Fuchs trotzdem an die Tafel geholt zu werden, verursachen jedes Mal ein dumpfes Drücken in meinem Magen.

Doch dank der superidiotischen Idee mit dem Wahrheitsarmband war es nun noch schlimmer.

Merle warf mir einen besorgten Blick zu. Das Armband lag angenehm weich in meiner Hand. Ich ließ es zu ihr hinüberblitzen, und sie nickte. Ich war startklar …

Aber wie verrückt war ich eigentlich! Nicht nur tatsächlich an die Existenz von Magie zu glauben, sondern sie auch noch ausgerechnet an Herrn Fuchs auszuprobieren!

Er würde mich das restliche Schuljahr nicht mehr in Ruhe lassen. Mein mathematisches Glück basierte auf meiner unscheinbaren und unauffälligen Person. Deshalb wurde ich nur selten Opfer seiner Stichproben. Merle musste sich dank ihrer unzähmbaren Locken weitaus öfter mit ihren Mathekünsten an der Tafel lächerlich machen.

Wie immer kam Herr Fuchs exakt mit dem Klingeln ins Klassenzimmer. Natürlich trug er ein hellblaues Hemd mit einem braunen Pullunder darüber. Übrigens auch im Hochsommer. Vielleicht hatte der Pullunder ein Kühlsystem eingebaut? Ob dieser Look die Berufskleidung für Mathelehrer war?

Vermutlich gab es eine Formel, um diese Mode-Wahrscheinlichkeit zu berechnen. Momentan interessierte mich jedoch nur die Wahrscheinlichkeit der Existenz von Magie. Und in deren Ableitung die Wahrscheinlichkeit, diesen Tag mit einem Schulverweis zu beenden.

Herr Fuchs kam natürlich gleich zur Sache und zitierte Jonas an die Tafel. Er sollte y ausrechnen.

Zittrig legte ich das Armband an und meldete mich.

Tatsächlich bemerkte Herr Fuchs meine Meldung und sah mich verwundert an. »Julie? Du willst Jonas an der Tafel helfen?«

»Nein.« Es klang entsetzt. »Ich wollte Sie etwas fragen.«

Herr Fuchs kam zu mir. Irgendwie vorsichtig, als befürchte er einen Schülerstreich. »Dann frag mal.«

Neben mir flüsterte Chrissy mit ihrer Nachbarin. Auch hinter mir wurde getuschelt, was ich denn nur vorhatte.

Ich räusperte mich und holte tief Luft.

»Ich wollte fragen, wann wir den nächsten Überraschungstest schreiben.«

Jemand hinter mir kicherte. Merle hielt die Luft an. Ihre Handknöchel waren ganz weiß, weil sie mir so fest die Daumen drückte. Allerdings war ich mir sicher, dass sie mir wünschte, nicht zum Rektor zu müssen.

Anscheinend rang Herr Fuchs mit sich. Doch dann presste er die Antwort heraus. »Wenn Sie so nett fragen, scheint mir nichts anders übrigzubleiben.« Er atmete hektisch. »Für nächste Woche ist ein Test von mir geplant.«

In der Tat war ich über diese Aussage etwas verdattert. Mein Blick glitt zu Merle. Sie war blass und starrte Herrn Fuchs entsetzt an. Aber so leicht wollte ich das Unmögliche nicht als gegeben akzeptieren. Vielleicht zollte Herr Fuchs meiner Dreistigkeit einfach nur Respekt. Also wurde ich wirklich todesmutig:

»Oh. Das … das ist toll. Aber Sie wissen ja, ich bin nicht so gut in Mathe. Deshalb wollte ich Sie fragen, ob Sie wohl so nett wären, die Aufgaben und Lösungen an die Tafel zu schreiben? Sie wissen doch bestimmt schon alle Aufgaben.«

In der Klasse war es plötzlich grabesstill. Nur mein Herzschlag dröhnte unüberhörbar.

Dann setzte bei Herrn Fuchs Schnappatmung ein. »Natürlich weiß ich schon alle Aufgaben.«

»Großartig. Wie lauten sie?« Ich lächelte nett. Was eigentlich überflüssig war, wenn – ich betone: *wenn* – das Armband tatsächlich magisch war.

Chrissy schlug sich quiekend die Hände vor den Mund und sah mich an, als wäre ich geisteskrank.

War ich vermutlich auch.

Ein Zucken durchlief Herrn Fuchs' Körper. Für einen kurzen Augenblick hatte ich den Eindruck, er würde sich sogleich direkt auf meinen Tisch übergeben. Er krümmte sich regelrecht. Ich erinnerte mich, wie ich mich gefühlt hatte, als mich das Armband gezwungen hatte, die Wahrheit zu sagen.

Mir stockte der Atem, als mir bewusst wurde, was ich da gerade gedacht hatte. Geschockt beobachtete ich, wie Herr Fuchs zur Tafel ging, robotergleich Jonas – der mich mit offenem Mund anstarrte – die Kreide aus der Hand nahm und zu schreiben begann.

Jetzt schnappte ich nach Luft.

Das konnte nicht sein.

Fassungslos sah ich zu Merle, die wie hypnotisiert zur Tafel starrte.

Er tat es! Er tat es wirklich. Wie im Rausch notierte Herr Fuchs vier Aufgaben samt Lösungswegen an die Tafel.

Ich habe keine Ahnung, wie lange ich völlig versteinert dasaß. In meinem Kopf herrschte die gleiche atemlose Stille wie im Klassenraum. Irgendwann hörte ich das Kratzen eines Füllers. Irgendein Streber schrieb die Aufgaben von der Tafel ab.

Es gab Magie.

Mein Armband hatte Zauberkräfte.

Als Herr Fuchs erschöpft die letzte Funktion an die Tafel geschrieben hatte, löste ich das Armband. Wie eine Marionette, der man die Fäden durchschneidet, sackte er zusammen.

Keiner wagte, etwas zu sagen. Die Blicke meiner Mitschüler sprangen zwischen mir und Herrn Fuchs hin und her. Angespannte Stille füllte den Raum. Ich sah zu Merle, die mit offenem Mund dasaß, als hätte sie gerade ein echtes Wunder gesehen. Hin- und hergerissen zwischen Verleugnung und Anbetung. Am liebsten hätte ich sie geschüttelt und angebrüllt, denn Panik hatte mich ergriffen. Wir hatten nicht darüber nachgedacht, was passieren würde, wenn es Magie doch gab! Was jetzt? Mein Blick glitt wieder zu Herrn Fuchs.

Immerhin kam langsam wieder Leben in ihn, er richtete sich auf und sah mich an. Ein Schauer überlief mich, weil mir klarwurde, dass Angst in seinen Augen stand.

Ich hatte ihn verhext.

Es musste ihm klar sein, er war ein logisch denkender Mensch! Er wusste, dass er die Aufgaben nicht freiwillig aufgeschrieben hatte. Genau wie ich bei der Wahrheit über Merles Cupcakes hatte er versucht zu widerstehen.

Allen hier musste bewusst sein, dass Herr Fuchs auf keinen Fall aus freien Stücken die Aufgaben preisgegeben hatte. Was hatte ich nur getan?

Gab es dafür nicht nur *eine* logische Erklärung? Jetzt wussten alle, dass ich eine Hexe war!

Mir wurde schlecht.

Anscheinend fühlte sich Herr Fuchs ähnlich, denn er war sehr blass um die Nase, griff sich seine Tasche und flüchtete aus dem Klassenzimmer.

In der Schrecksekunde, die meine Mitschüler brauchten, um zu verstehen, was gerade passiert war, rasten meine Gedanken. Sie rasten mit hässlichen alten Frauen auf fliegenden Besen um die Wette. Bilder von Hexenverfolgung und okkulten Ritualen bedrängten mich.

Mit einem scheuen Blick sah ich mich um. Ein Tuscheln hatte eingesetzt, fragende Blicke wurden mir zugeworfen. Hilflos zuckte ich mit den Schultern und versuchte, überrascht und unschuldig auszusehen.

Die Überraschung bekam ich ganz gut hin, denn ich konnte noch immer nicht fassen, was gerade passiert war.

Zum Glück hatte ich auch genug Komödien mit Hexen gesehen, um mir einzureden, diese Sache könne durchaus lustig werden.

Das Klingeln erlöste uns, und sofort drängten sich alle um mich.

Mir wurde auf die Schulter geklopft, begleitet von Ausdrücken wie »Coole Nummer« oder »Respekt!« und »Das war der Hammer«. Ich konnte mich nicht erinnern, von meinen Mitschülern jemals mit solchen Attributen bedacht worden zu sein. Ein bisschen Stolz beschlich mich, auch wenn ich mir wirklich Sorgen um die Konsequenzen machte.

Die folgende Stunde Geschichte rauschte ungehört an mir vorbei. Und kaum klingelte es zur großen Pause, zog Merle mich schon vom Stuhl und aus dem Klassenraum.

»Unglaublich«, flüsterte sie, während sie mich Richtung Pausenhof schob. »Ich kann es noch immer nicht glauben. Es hat funktioniert, oder?«

Unsicher nickte ich.

»Herr Fuchs macht keine Scherze, oder doch?« Sie zitterte leicht und sah mich hilfesuchend an. Sie war ebenso fassungslos wie ich. Es gab Magie …

Jonas und sein Freund Conrad überholten uns. Beide klopften mir im Vorbeigehen anerkennend auf die Schulter.

»Das war echt krass, Julie. Ich hab alles mitgeschrieben«, grölte Conrad.

Merle zog mich aus dem Strom an Schülern zu unserer stillen Ecke im Hof.

»Also, das war kein Witz.« Merle drehte nervös eine Locke auf ihren Finger und begann, irgendein Yoga-Mantra zu summen.

»Das Armband ist verzaubert«, murmelte ich. »Damit haben wir die Existenz von Magie bewiesen.« Es so auszusprechen, klang wirklich geisteskrank. »Mir fällt keine andere Erklärung ein. Dir etwa?«

In Merles Blick lag pure Verwirrung, doch dann wich sie reiner Begeisterung. »Nein«, hauchte sie. »Es ist Magie!«

Wir setzten uns auf unseren Stammplatz, eine Bank unter einer Kastanie am Rand des Pausengeländes.

Von hier hatten wir einen guten Überblick über das Geschehen, waren aber weit genug entfernt, um nach Lust und Laune zu lästern.

Wie in Trance packte ich mein Brot aus. Der Sturm in meinen Gedanken beruhigte sich langsam, und zurück blieb: ich. Ich war Julie.

Nichts an mir hatte sich verändert. Außer, dass ich nun sechzehn Jahre alt war.

Und eine … eine Schmuckmagierin.

Mein Blick schweifte über den Hof, von der vernebelten Raucherecke links bis zu den Ökofreaks, die hartnäckig den mickrigen Schulgarten am Leben hielten, auf der rechten Seite. Dazwischen ein Meer an Schülern, schwatzend, lachend, lästernd und Hausaufgaben abschreibend.

»Du bist ’ne Hexe«, meinte Merle plötzlich.

»Wie kannst du so was sagen!« Ich war ehrlich geschockt und die hässlichen Frauen auf ihren Besen nahmen in meinen Gedanken wieder die Jagd auf.

»Na, das ist jetzt doch kein Geheimnis mehr!« Schmunzelnd setzte Ben sich zu uns.

Es war nicht ungewöhnlich, dass er sich in den Pausen zu uns gesellte. Er war nicht der Typ, der mit einer Jungsgang rumhing. Er surfte zwar, hatte aber keine Clique, er ging auch kaum auf Partys und daddelte keines von den angesagten Spielen. Ben war wohl mehr der Typ einsamer Wolf. Ich fragte mich, ob er immer noch seine Sammlung an Raumschiffmodellen pflegte. Als ich das letzte Mal sein Zimmer betreten hatte, glich es mehr einem Museum für Science Fiction und Weltraumforschung als dem Heim eines damals Zwölfjährigen.

»Wie meinst du das?« Mir war alles Blut aus den Wangen gewichen.

Er sah mich abwägend an. »Was glaubst du, Julie? Keine Ahnung, wie du das gemacht hast, und welcher Teufel dich geritten hat. Schließlich ist Herr Fuchs nicht gerade berühmt für seine Nachsicht. Aber dein Trick hat dich zum Thema Nummer eins gemacht.«

Für einen Lidschlag starrte ich ihn an, bevor ich seinem Blick in den Pausenhof folgte.

Wie in jeder Pause standen überall Schülergrüppchen feinsäuberlich sortiert nach Klassen und Geschlecht und untergliedert in besondere Interessen. Fast in Hörweite lungerte Billy mit ihren Mädels herum. Sie tuschelten und sahen immer wieder zu uns. Ein Grüppchen weiter standen die Achtklässlerinnen. Auch sie warfen immer wieder neugierige Blicke herüber. Wussten sie etwa davon?

Mein Blick flog von einer Clique zur nächsten, alle ertappte ich dabei, wie sie hinter vorgehaltener Hand tuschelten und uns musterten. Der ganze Schulhof summte wie ein Bienenstock.

»Also, wenn du keine Zauberei angewandt hast – was dir vermutlich auch keiner so wirklich glauben würde«, meinte Ben, »welche Antwort gibst du denen dann?«

Mein Mund war wie ausgedörrt. Hilflos sah ich zu Merle. Wieso hatte ich das nur getan! Hätte mir nicht etwas anderes einfallen können, um das Armband zu testen? Etwas weniger Auffälliges?

»Julie hat 'ne Wette verloren«, meinte Merle schlicht.

Ha! Perfekt. Merle war der Hit! Obwohl es mich immer wieder überraschte, wie schnell sie mit solchen Notlügen war. Während ich noch ertappt stotterte, hatte Merle immer eine coole Antwort parat. Übte sie heimlich? Schuldbewusst nickte ich. Und verkniff mir ein Grinsen.

»Eine Wette? Welche Wette?« Immer wenn Ben grübelte, bekam er zwei waagrechte Falten auf der Stirn. Ich weiß, dass Chrissy das total süß fand. Und Merle ja anscheinend auch. Vielleicht war es das objektiv betrachtet auch – bei irgendeinem anderen Kerl. Aber bei Ben? Ben war Ben. Als wir fünf Jahre alt waren, waren wir zusammen nackig den Strand langgelaufen. Nach solchen Kindheitsmomenten findet man sich mit sechzehn garantiert nicht gegenseitig süß! Immer noch mit den Stirnfalten sah er mich an. »Mit wem gehst *du* denn eine Wette ein?«

Das ist allerdings dann auch der Haken an der Sache, wenn einen jemand schon seit Windelzeiten kennt. Er wusste, dass ich nicht sonderlich risikofreudig war. »Du wettest doch nie … Und sicherlich stimmst du nicht so einer riskanten Wettschuld zu!«

Ich schnappte nach Luft. In meinem Kopf lachte sich eine Hexe scheckig und fiel dabei fast von ihrem Besen, aber eine Antwort fand ich nicht. Also musste Merle wieder ran:

»Ach«, winkte sie kichernd ab. »Das willst du jetzt nicht wirklich wissen, Ben. Aber sie hat ihre Wettschuld richtig grandios eingelöst. Und mal ehrlich, dass der Fuchs irgendwie strange ist, wussten wir doch schon lange, oder?«

Ben ließ seinen Blick zwischen uns hin und her wandern. »Na, vermutlich. Ja. Ich dachte, es läge daran, dass er Mathelehrer ist.« Er grinste frech. »Bin gespannt, wie weit ihr mit der Lüge kommt.«

Merle warf mir einen hilfesuchenden Blick zu, doch mir war klar, dass Ben (vorerst) nicht weiter nachhaken würde. Vielleicht dachte er, wir würden uns irgendwann mal verplappern. Es hatte jedenfalls keinen Sinn, ihn überzeugen zu wollen, ich hätte eine irrsinnige Wette abgeschlossen. Dafür kannte er mich einfach zu gut.

Erneut musterte ich meine tuschelnden Mitschüler. Noch

immer standen wir (besser gesagt: ich) im Brennpunkt ihrer Aufmerksamkeit.

»Die ganze Schule weiß von deiner Aktion. Würde mich nicht wundern, wenn Direktor Lichtenberg dich gleich in sein Büro zitiert.« Ben biss in sein Sandwich. »Hypnose von Lehrern steht bestimmt auf dem Index.«

»Das war kein – ich – verdammt!« Panik brandete in mir auf, und ich begann, mir hektisch Luft mit dem Deckel der Brotdose zuzufächeln.

»Wird schon wieder. Morgen gibt es einen neuen Aufreger.« Aufmunternd klopfte Ben mir auf die Schulter. »Vielleicht versucht jemand, den Lichtenberg auf den Mond zu schießen.« Er zwinkerte schelmisch.

»Lustig, Ben. Total lustig«, motzte ich ihn an.

Mein Blick fiel auf die Jungs aus dem Jahrgang über uns. Auf Noah und seine Kumpel, die wie immer auf dem kleinen Mäuerchen neben dem Eingang hockten. Sie alle starrten zu uns herüber. Noch nie hatten uns diese coolen Kerle bemerkt. Dass auch Noah den Blick auf mich gerichtet hatte, ließ mich fast von der Bank kippen.

Sein Blick traf den meinen. Und es war wie einer dieser Momente im Film, wenn alles herum unscharf wird, sämtliche Geräusche und Stimmen sich ausblenden – und da ist nur noch *er* – die Liebe deines Lebens.

Noah nickte mir lächelnd zu. Mir wurde heiß. Dann wurde mir kalt, und ich brach den Blickkontakt ab. Obwohl er am anderen Ende des Platzes saß, meinte ich, alles in seinen Augen gelesen zu haben. Verwunderung und Bewunderung für die (stumme) Julie.

Schnappatmung setzte bei mir ein, und ich war mir sicher, dass ich gleich in Ohnmacht fallen würde. Dennoch konnte ich nicht anders und musste noch einmal zu ihm sehen. Unsere Blicke trafen sich erneut, und es war mir, als würde mich eine Schmetterlingswelle überrollen. Hätte es nicht zum Pausenende geklingelt und unser Augenkontakt wäre abgerissen, wäre ich sicher darin ertrunken. Die Schüler strömten zurück ins Gebäude, und Noah wurde von ihnen davongespült.

Er hatte mich angesehen! Noah wusste, wer ich war!

Die restlichen Schulstunden verbrachte ich selig lächelnd auf meinem Platz, ohne dass mich irgendwelche Signale der Außenwelt erreicht hätten.

9

Wie ich nach Hause kam, weiß ich nicht mehr genau. Ich schätze, ich schwebte auf einer rosa Wolke etliche Meter über dem Boden.

Zurück in meinem Zimmer fiel ich aber auf den Boden der Tatsachen zurück, als mir klar wurde, was gerade passiert war.

Nicht nur, dass Noah mich angesehen hatte. Inzwischen schon zum zweiten Mal. Mein Alles-wird-besser-wenn-ich-sechzehn-bin-Plan funktionierte also. Ich war mir sicher, er hatte das Gleiche gespürt wie ich. Dass wir zusammengehörten.

Nein, es war noch besser! Schlimmer! Unglaublicher!

Ich konnte zaubern!

Ich zog den Schmuckkasten hervor und sah ihn ehrfürchtig an.

Wie konnte das sein? Es gab Magie!

Erschöpft ließ ich mich auf mein Bett fallen und starrte die funkelnden Knospen auf seinem Deckel an.

Zauberei. Sie existierte tatsächlich. Und ich hatte diese Gabe.

(Würde ich nun von einem Riesen abgeholt werden und musste die Schule wechseln?)

Ich setzte mich auf und versuchte, klar zu denken. Soweit das möglich ist, wenn man gerade herausgefunden hat, dass das Universum nach ganz anderen Regeln spielt, als man bisher dachte. So viele Fragen wirbelten in meinem Kopf herum. Also schnappte ich mir, wie immer, wenn ich meine Gedanken ordnen musste, meinen Planer und schrieb eine Liste.

Magie gab es wirklich, und ich war eine Zauberin. Das war eine Tatsache. Ich kicherte plötzlich. War das ein Anzeichen für Wahnsinn?

Erstens: Warum konnte ich zaubern?, notierte ich.

Zweitens: Konnte ich das schon immer?

Drittens: Hatte Daria überhaupt eine Ahnung, was sie mir da geschenkt hatte?

Meine Hand zitterte, und ich musterte den Kasten. Er sah so normal und harmlos aus.

Viertens: Ist der Kasten magisch? Oder bin ich es?

Fünftens drückte mir regelrecht auf die Seele. Doch ich wollte es nicht aufschreiben und damit unwiderruflich machen. Die mögliche Antwort machte mir zu große Angst.

Deshalb ließ ich eine Zeile frei und notierte: *Sechstens: Wie funktioniert diese Zauberei genau?*

Und genau das war der erste Punkt, den ich beantworten

wollte. Es schien mir seltsamerweise sehr einfach zu sein, dies herauszufinden.

Ich begann, den Schmuckkasten genau unter die Lupe zu nehmen. Bisher hatte ich mich nur für den Inhalt interessiert, jetzt betrachtete ich die Ornamente an der Außenseite in aller Ruhe. Vielleicht entdeckte ich etwas, das mir bei den Fragen nach dem Wie und Warum und Wieso und Wodurch weiterhalf.

Doch mir sagten die verschlungenen Pflanzen mit den zarten weißen Blüten nichts, außer dass ein wahrer Meister seines Fachs diese Arbeit mit viel Liebe zum Detail ausgeführt hatte. Gerade versuchte ich, ein Geheimfach oder Ähnliches zu finden, als es an meiner Zimmertür klopfte.

Merle steckte den Kopf herein. »Na? Bist du wieder gut gelandet?«, fragte sie mit einem frechen Grinsen. »Du warst ja voll auf Wolke sieben. Hast du Noah hergezaubert?« Gespielt neugierig sah sie sich um.

Natürlich wurde ich rot und fühlte mich ertappt, deshalb wandte ich mich schnell wieder dem Kasten zu und ignorierte ihren Kommentar. »Ich suche nach einer Erklärung, wie diese Magie funktioniert«, meinte ich.

Und schon saß Merle neben mir. »Hast du bereits eine Vermutung?«

»Na ja, ich hab in meinem Leben wirklich viel Schmuck gemacht, aber dass er solche Wirkung hat, habe ich nie bemerkt. Also hat es wohl etwas mit diesen Steinen zu tun. Oder dem Kasten.«

Merle nickte nachdenklich, während sie rote Tonperlen aus einem Fach sammelte. »Was ist mit den Symbolen?«

In dem Fach unter den Tonperlen war mit goldener Farbe ein zweigeteilter Kreis gestempelt.

»Keine Ahnung, was sie genau bedeuten. Vielleicht sagen sie etwas über die Zauberkraft aus. Also, was die Perlen bewirken.«

»Oder sie verzaubern das, was man hineinlegt.«

Ich nahm die verbliebenen blauen Perlen, die ich für das Wahrheitsarmband benutzt hatte, heraus. »Hier ist so eine komische Fratze. Keine Ahnung, was das bedeutet.«

Nachdenklich musterte Merle den löwenartigen Kopf mit dem weitaufgerissenen Maul. »Der erinnert mich an irgendetwas. Aber ich komm nicht drauf. Das Ding hat jedenfalls etwas mit Wahrheit-Sprechen zu tun.« Sie schob in einem anderen Fach silbrige Pailletten zur Seite. »Unter diesen hier ist eine Eule. Bei den Griechen steht die Eule für Weisheit.«

Für einen kurzen Augenblick stockte mir der Atem. In meinem Kopf hatte es so von blöden Hexen mit albernen Besen, fiesen schwarzen Katzen und blubbernden Kesseln gewimmelt, dass ich noch gar nicht darüber nachgedacht hatte, welche Möglichkeiten sich mir durch die Schmuckmagie überhaupt boten.

»Weisheit?«, wiederholte ich ehrfürchtig. Was gab es noch? Mathe? Fliegen? Volljährigkeit? War dies der Schlüssel zu einem besseren Leben? Aus dem Matheheft riss ich Blätter und malte die Aufteilung des Kastens ab. Anschließend leerte ich die Fächer in der richtigen Reihenfolge auf die gemalten Felder. »Wir dürfen nichts durcheinanderbringen«, erklärte ich. »Sonst geht der Weisheitszauber nach hinten los, wenn wir die Perlen für … für keine Ahnung, was, in das Eulen-Fach legen.«

Merle nickte und half mit, den Kasten auszuräumen.

Schließlich starrten wir ratlos auf die Symbole. Unter anderem fanden sich ein Stern, Wellenlinien, so etwas Ähnliches wie eine Narrenkappe (meinte zumindest Merle), ein Würfel, lachende und weinende Gesichter und ein Auge unter den Zeichen. Immerhin konnten wir diese eindeutig benennen. Andere waren abstrakte geometrische Figuren wie ein Dreieck, ein Stern und eine liegende Acht.

»Ich habe keine Ahnung, was das alles bedeuten könnte.« Ich seufzte und betrachtete einen Bogen, in dem drei Punkte schwebten.

»Na, die Fratze scheint ja etwas mit Wahrheit zu tun zu haben. Und hier auf dem Stern lagen doch die Steine für die Ohrringe.«

Ich nickte. »Ich schätze, ich habe damit gestrahlt wie ein Star. Deshalb habt ihr mich alle angehimmelt.«

Mit den Schultern zuckend winkte Merle ab. »Keine Ahnung, wovon du redest.«

Ich lachte. »Ja klar, dass ich für euch der großartigste Mensch auf Erden war, das habt ihr leider alle vergessen. Denn blöderweise endet der Zauber, sobald man den Schmuck ablegt.«

»Tja, Ruhm ist eben vergänglich.« Mitleidig tätschelte Merle mir die Schulter.

»Besonders, wenn er tiefgefroren wird«, murmelte ich und bemerkte, dass Merle die Lippen aufeinanderpresste. Ein sicheres Zeichen, dass sie etwas nicht sagen wollte, das ihr auf der Zunge lag.

»Was?«, fragte ich sie argwöhnisch.

Ein tiefer Seufzer sollte mir klarmachen, dass sie nur auf meinen Wunsch und unter großem Protest antwortete. »Wieso fragst du nicht deine Mutter?«

Für einen Moment sah ich sie ertappt an. Genau diese Frage hatte ich mir nicht notiert. Ich wollte die Antwort darauf gar nicht wissen. Mom hatte versucht, den Kasten vor mir zu verstecken, hatte mir verboten, damit zu arbeiten, mir die Ohrringe weggenommen und eingefroren. Sie wusste, dass dieser Kasten Zauberkräfte besaß. Und sie hatte es mir nicht gesagt. Gelegenheit dafür hatte sie genug gehabt. Sie belog mich lieber weiterhin. Deshalb hätte ich mich lieber mit dem schlimmsten Zauber aller Zeiten belegt, als sie um Hilfe zu bitten. Sie war diejenige, die zu *mir* kommen musste. Sie log und versuchte, mir Dinge zu verbieten, für die ich jedoch offensichtlich eine Gabe besaß. Die ein wichtiger Teil von mir war. Daria hatte mir den Kasten geschickt. Und ich war mir sicher, dass Daria genau gewusst hatte, was mit dem Kasten los war und mit mir. Mom hätte mir die Wahrheit sagen müssen, mich vorwarnen.

»Niemals«, stellte ich voller Trotz klar.

»Was?« Merle klang verwirrt. »Sie weiß ganz genau, was es mit dieser Schmuckmagie auf sich hat. Warum willst du sie nicht fragen?«

»Weil sie mir verboten hat, damit Schmuck zu machen. Sie will mir den Kasten wegnehmen. Natürlich kennt sie die Antworten auf all meine Fragen. Aber sie hat beschlossen, sie mir nicht zu verraten. Schön. Ich werde es auch so herausfinden. Ganz ohne sie.«

Merle zog die Augenbrauen hoch und wandte sich wieder dem Kasten zu. Mir war klar, dass sie meine Entscheidung unklug und kindisch fand. Vielleicht war sie es auch, aber ich war wütend auf Mom. Sogar noch mehr, seit ich wusste, welches Geheimnis sie vor uns verbarg.

Zweifelnd musterte Merle die glitzernden Kostbarkeiten. »Vielleicht ist es gefährlich? Immerhin wird deine Mutter wissen, welche Risiken Zauberei mit sich bringt.«

»Quatsch. Was soll an Schmuck gefährlich sein?«, wehrte ich ihr Argument ab.

»Nicht an Schmuck. Aber an Zauberei. Jetzt tu nicht so. Es gibt weiße und schwarze Magie.«

»Bist du dir da sicher? Bis vor ein paar Stunden waren wir davon überzeugt, dass es gar keine Magie gibt.«

Unschlüssig kaute sie auf ihrer Unterlippe. »Na schön. Ich versteh schon. Das ist so ein Mutter-Tochter-Ding. Dann müssen wir jemand anderen fragen.«

»Ich danke dir für dein Verständnis.« Mit einer theatralischen Umarmung drückte ich sie an mich. Wir lachten, doch ich wurde schnell wieder ernst. »Ich hab keine Ahnung, wo wir Antworten suchen könnten. Das Netz ist voll von pseudomagischem Kram.« Ich stockte. War es wirklich alles nur Fake? Bisher war ich davon ausgegangen, weil ich mir sicher gewesen war, dass Magie nicht existierte.

Merle teilte meine Ansicht. »Ich denke auch, dass man den Sachen im Netz nicht vertrauen kann. Und wie man in das Darknet der echten Hexen kommt, wissen wir nicht.«

Für einen kurzen Augenblick sah ich sie perplex an. Gab es tatsächlich im Internet ein geheimes Forum, in dem sich Zauberer, Magier und Hexen dieser Welt über Zutaten und Alltags-Hacks austauschten? Mein Kopf schmerzte von all diesen Gedanken, die bis gestern nur wilde Phantasie und jetzt plötzlich Tatsachen waren.

»Also, wen dachtest du, könnten wir zum Thema Magie befragen?« Mir fiel beim besten Willen niemand ein, der sich mit Zauberei auskennen könnte. In den Gelben Seiten würden wir sicher auch keine Hexe finden.

»Frau Soma«, antwortete Merle, als sei dies völlig klar und logisch. Vermutlich, weil ich sie mit offenem Mund anstarrte, schob sie noch die Erklärung für ihren simplen, aber genialen

Einfall nach: »Du weißt doch, die Dame aus der Bücherei. Sie kann uns sicher ein paar Tipps zu den Symbolen geben.«

Das klang nach einem guten Plan. Frau Soma kannte sich mit allem aus, was je zwischen zwei Buchdeckel gepresst worden war. Warum nicht auch mit magischen Symbolen?

Also zeichnete ich gewissenhaft die Formen ab und Merle legte Perlen, Steine und Federn zurück in ihre Fächer. Dann versteckte ich den Kasten und wir radelten zur Bibliothek.

Die öffentliche Bücherei war in einem neumodischen Glasbau am anderen Ende unserer kleinen Stadt untergebracht. Doch über den Dünenradweg waren wir in zehn Minuten da. Wir stellten unsere Fahrräder unter der weit vorgezogenen Überdachung des Eingangs ab, und die automatischen Türen ließen uns ein.

Ich war gerne hier. Es gab kuschelige Leseecken mit Sesseln und Kissen, man konnte sich Getränke kaufen und einen ganzen Schlechtwetternachmittag hier verbringen. Ich glaube, meine Eltern waren sehr dankbar, als dieser Neubau vor fünf Jahren eröffnet wurde. Die monatlichen Ausgaben für Druckerzeugnisse hatten sich schlagartig halbiert.

Hinter der Ausleihe nickte Frau Jensen uns beiden zu. Wir waren Stammkunden. Jeden Mittwoch fuhren wir gleich nach der Schule hierher, machten Hausaufgaben und pflügten anschließend durch die Regale der Neuzugänge. Heute jedoch standen wir etwas ratlos vor der Systematik-Erklärung und rätselten, wo wir Informationen über Symbole finden konnten.

»Wie wäre es mit Geschichte?«, schlug Merle vor.

»Oder Irgendwas mit Kunst und Graphik?«

»Na, wenn das nicht unsere Mittwochsmädchen sind«, begrüßte uns Frau Soma. Sie war mit einem vollbeladenen Büchereiwagen aus dem Aufzug gekommen. »Erzählt mir nicht, dass ihr vergessen habt, in welcher Abteilung eure Lieblingsserien stehen.«

Ich mochte Frau Soma sehr. Seit ungefähr drei Jahren arbeitete sie nun in der Bücherei, und wir waren uns von Anfang an sympathisch gewesen. Kein Wunder, denn sie mochte Schmuck ebenso gern wie ich. Insgeheim hoffte ich, dass ich, wenn ich mal steinalt war, einen ebenso coolen Stil in Sachen Kleidung und Accessoires haben würde wie sie. Sie war sicher schon weit über sechzig, doch ihre grauen Haare färbte sie burgunderrot. Sie trug sie als kurzen Bob, so dass die jeweiligen Ohrringe immer sehr gut zur Geltung kamen. Heute baumelten Pfauenfedern neben ihrem Lachen. Über ihrem indigoblauen Top mit Fledermausärmeln glänzten mehrere Ketten. Eine aus silbrigen Perlen, eine mit einem ausgefallenen Amulett und eine mit schlichten Holzperlen. Alles zusammen sah wirklich hübsch aus. Von ihr hatte ich gelernt, dass man bei der Kombination von Materialien durchaus experimentierfreudig sein darf.

»Wir sollen für die Schule ein Referat ausarbeiten«, log Merle. »Symbolik. Also so Zeichen und ihre Bedeutung.«

»So, so. Zeichen.« Stirnrunzelnd sah Frau Soma Merle und mich an. »Die Aufgabenstellung ist aber etwas sehr weit gefasst.«

»Finden Sie?«

Sie lachte. Und alle in der Bücherei sahen zu uns herüber. Jedoch eher amüsiert als verärgert, vermutlich, weil Frau Somas Lachen immer ansteckend war. »Symbole und Zeichen werden verwendet, seit die Menschheit einen verkohlten Zweig halten kann. Als Schrift, für Abkürzungen, als Sinnbilder. Was genau sucht ihr also?«

Etwas ratlos sahen wir uns an.

»Vielleicht fangen wir mit Sinnbildern an?«, schlug ich vor.

»Nun gut. Ich sehe schon. Das wird nicht einfach. Sucht euch einen Tisch, ich bringe euch, was ich finde.«

»Vielen Dank, Frau Soma!«

»Keine Ursache, dafür bin ich doch da.«

Sie brachte den Wagen zur Ausleihe und entlud ihn dort, während wir zu unserem Tisch schlichen, an dem wir immer saßen, wenn wir Hausaufgaben machten.

Es dauerte eine Weile, bis Frau Soma mit ihrem Wägelchen zurück war. Ganze vier Bücher hatte sie darauf gestapelt. Meine Enttäuschung stand mir wohl ins Gesicht geschrieben.

»Fräulein Weidmann, es zählt nicht die Quantität im Leben, sondern die Qualität. Ebensolches gilt auch für Bücher.« Mit diesen Worten legte sie die vier Wälzer vor uns auf den Tisch. »Wenn ihr nicht findet, was ihr braucht, sagt Bescheid. Dann suchen wir unter anderen Schlagworten.«

Voller Ungeduld griff ich mir das oberste Buch. *Lexikon der Symbole* war der Titel. Ich schlug es auf und fuhr mit dem Finger das Verzeichnis ab. *Symbole in Religion und Mystik*, *Symbole in der Kunst*, *Symbole in der Wissenschaft*, *Symbole und Ikonen der Popkultur …*

»Und?«, fragte Frau Soma und sah mich forschend an.

»Mir war nicht klar, wo überall Symbole verwendet werden.«

Merle schob mir ihr Buch hin. »Oder wie viele Sprachen symbolische Bilder verwenden …«

Sie blätterte die Abbildungen durch, und ich erhaschte einen Blick auf Wandmalereien der Ägypter und Azteken, Papyrusrollen und Pergamente der Indianer und Aborigines.

»Ich bin sicher, du wirst die richtigen finden«, meinte Frau Soma und zwinkerte. »Für euer Referat.«

Für einen kurzen Augenblick dachte ich, sie hätte unsere Lüge durchschaut. Dann aber zuckelte sie mit ihrem Wagen davon und begrüßte einen anderen Kunden.

Mit einem Seufzer vertiefte ich mich in das Buch. Meine Eltern wären begeistert gewesen, mich derart konzentriert über einem Sachbuch brüten zu sehen.

Irgendwann stellte ich überrascht fest, dass wir schon seit

einer knappen Stunde unsere Nasen in die Bücher gesteckt hatten. »Was hast du gefunden?«, fragte ich Merle.

Sie schob mir ihren Notizzettel hin, auf dem mehr durchgestrichen als lesbar notiert war. »Ich denke nicht, dass sich die Zeichen in deinem Schmuckkasten auf ägyptische Hieroglyphen beziehen oder aztekische Bilderschrift. Und moderne Piktogramme sind es auch nicht. Obwohl die Wellenlinie ein sehr häufiges Zeichen ist. Meist steht es schlichtweg für Wasser. Aber auch für Harmonie.«

»Dass eine Wellenlinie für Harmonie steht, habe ich auch gefunden. Und ich habe etwas zu dem Auge entdeckt. In der Mystik wurde damit Hellsicht dargestellt, sprich Das-dritte-Auge-haben. Also in die Zukunft sehen.«

»Drittes Auge?« Angewidert kräuselte Merle die Nase. »Nee, danke. Und seine Zukunft zu kennen, das soll ziemlich gefährlich sein. Weil man dann denkt, das muss so sein, da man es doch so gesehen hat. Aber man hätte auch was ändern können, hat man aber nicht, weil man es ja gesehen hat – «

Ich unterbrach sie. »Alles klar, klingt gefährlich und anstrengend. Wir streichen das von der Schmuckliste.«

Merle nickte erleichtert.

»Aber wir hätten da noch das Symbol mit den Händen«, fuhr ich fort. »Das habe ich bei den Religionen gefunden. Als heilende oder schützende Hände.«

»Das ist aber ein Unterschied, ob du jemand heilen willst oder schützen.«

Mit einem matten Seufzer ließ ich mich in den Stuhl sinken. So würde ich nie hinter die Bedeutung der Symbole kommen. Es gab viel zu viele Möglichkeiten. Warum war mit diesem Kasten kein Handbuch mitgeliefert worden? Hatte Daria am Ende doch keine Ahnung, was sie mir da geschenkt hatte? Oder war das Handbuch verlorengegangen? Zurzeit gab es definitiv zu viele Fragen in meinem Leben und deutlich zu wenig passende Antworten.

Merle hatte das Blatt, auf das ich die Zeichen abgemalt hatte, neben unsere Notizen gelegt und begann, hinter die Symbole mögliche Bedeutungen zu notieren.

»Ich denke, das hier ist eine Axt. Ich hab ähnliche Darstellungen bei den Wikingern aber auch Indianern gesehen. Sie steht ganz sicher für Mut und Kraft.«

»Ist das nicht auch ein Unterschied?«, meinte ich grinsend.

Merle zuckte mit den Schultern. »Darüber kannst du dann ja nachdenken, wenn du dir für Sport irgendwas bastelst.«

Das war eine hervorragende Idee! Ein Fußkettchen, versteckt unterm Strumpf, das einen endlich an den Ringen gut aussehen ließ! »Merle, was täte ich nur ohne dich. Du hast recht. Wir werden uns einfach durchtesten. Die grobe Richtung wird schon stimmen!«

»Aber kein drittes Auge!«

»Nein. Kein drittes Auge.«

Eifrig sammelten wir unsere Erkenntnisse und trugen sie bei den betreffenden Zeichen ein.

Ich bemerkte Frau Soma, die uns neugierig beobachtete. Anscheinend hatte sie Neuerscheinungen registriert und stellte sie nun in das knallorangefarbene Regal, das einen regelrecht ansprang, wenn man die Bücherei betrat. Mit einem Daumen-hoch-Zeichen signalisierte ich ihr, dass wir mit unserer Ausbeute zufrieden waren. Für den Anfang. Letztendlich konnten wir nur bei ungefähr der Hälfte der Symbole etwas eintragen.

»Wollen wir nach weiteren Büchern fragen?« In Merles Stimme lag Zweifel. Wahrscheinlich war sie genauso müde und abgearbeitet, wie ich mich fühlte. Doch andererseits waren wir hier, um Antworten zu finden.

Gerade wollte ich etwas erwidern, als ein Pfeifen mich erschreckte. Mein Handy! In der Bücherei war strengstes Handy-Verbot. Ich hatte vergessen, es lautlos zu stellen. Sofort trafen mich mahnende Blicke anderer Büchereibesucher, und auch Merle sah mich genervt an.

Hastig wühlte ich in der Tasche, doch bis ich es endlich in der Hand hielt und die Stummtaste erwischte, hatte es sein fröhliches Gassenjungen-Pfeifen noch dreimal durch den Raum hallen lassen. Ich sah aufs Display, wessen Anruf ich gerade weggedrückt hatte.

»Es war Ben«, meinte ich verdutzt.

»Ach herrje!« Merle sprang auf und raffte unsere Sachen zusammen. »Wir sind doch mit ihm am Pier verabredet!«

Natürlich! Das hatte ich total vergessen. Hastig stopfte ich

Handy und Notizen in meine Tasche und stapelte die Bücher aufeinander, um sie zurückzugeben – da stand Frau Soma auch schon bei uns.

»So ein eiliger Aufbruch? Habt ihr denn gefunden, was ihr sucht?«

»Zum Teil. Es ist ein Anfang, denke ich«, gab ich wahrheitsgemäß zu. »Doch wir kommen wieder. Wahrscheinlich brauchen wir noch ein paar andere … ähm … Schlagwörter, um für das Referat auch wirklich ein, ähm … gutes … Also …«

»Für ein solides Fundament«, beendete Merle meinen Satz.

Fragend sah ich sie an. »Fundament?«

»Na ja, etwas, auf dem wir dann aufbauen können.«

Frau Soma lachte. »Ihr seid mir zwei. Ich bin sicher, euer Referat wird großartig. Falls ich Zeit habe, suche ich euch noch was raus. Ansonsten kommt ihr zu mir, wenn ihr wieder da seid.«

»In Ordnung. Vielen Dank.«

»Keine Ursache. Und nun ab zu eurem Date. Immer nur Büffeln ist nicht im Sinne des Erfinders.«

Kaum auf den Rädern, traten wir in die Pedale, als wäre die Inquisition hinter uns her. Normalerweise zogen wir Ben damit auf, dass er immer zu spät kam. Nun würde er uns jede Menge Löcher in den Bauch fragen, warum wir die Zeit vergessen hatten.

Doch die Wahrheit konnte ich ihm nicht sagen.

10

Als wir am Pier ankamen, wartete Ben natürlich schon auf uns. Er hatte sich verbotenerweise auf das Geländer gesetzt und ließ die Beine baumeln. Es war Flut, und die Wellen schwappten leise unter unseren Füßen. Neben ihm lehnte sein Surfboard, und seine Haare waren noch feucht vom Wasser.

»Na, Mädels. Wieder mal zu lange im Bad gebraucht?« Er grinste und sprang vom Geländer.

»So 'n Quatsch. Wir waren fleißig. Für die Schule.« Aus irgendeinem Grund konnte ich es nicht leiden, wenn Ben mich mit solch blöden Vorurteilen aufziehen wollte. Und weil er wusste, dass ich darauf allergisch reagierte, tat er es umso lieber.

Vermutlich waren wir drei ein seltsames Gespann. Keine Ahnung, wie es dazu gekommen war, doch plötzlich war Ben immer mit dabei gewesen. Ihm schien es nichts auszumachen, mit zwei Mädchen abzuhängen. Eigentlich meinte ich, ihn in- und auswendig zu kennen. Kunststück! Wir hatten uns ja schon den Schnuller geteilt. Im Ernst. Es gab einen peinlichen Fotobeweis. Aber es hatte auch eine lange Sendepause zwischen uns gegeben. Diese Zeit, in der Jungs einfach nur megablöd sind. Und Jungs dasselbe über Mädchen denken.

Jetzt waren Jungs (manche Jungs. Manche. Also ganz wenige) durchaus spannend und interessant. Ben gehörte jedoch nicht zu dieser Sorte. Auch wenn Merle (ich konnte es noch immer nicht fassen!) es ein wenig anders sah.

»Für die Schule?« Ben grinste und klemmte sich das Board unter den Arm. »Hast du dir einen neuen Streich ausgedacht, Julie?«

»Streich?« Ich brauchte eine Sekunde, bis mir klar wurde, dass er meine Zauberei meinte. »Okay. Du hast uns überführt! Wir haben den Hyperantrieb für die Rakete nicht zum Laufen gebracht. Wird nix mit Lichtenberg-zum-Mond-Schießen.« Ich grinste ihn herausfordernd an, und er lachte.

»Na gut. Sagt das nächste Mal Bescheid. Vielleicht kann ich helfen. Ich hab schon viele Raumschiffe gebaut.«

Wir schlenderten Richtung *Lorenzo*, und Ben trug sein Board, als sei es nichts weiter als eine große (leere) Schultertasche.

»Du willst doch nur den Ruhm, wenn unser Streich klappt und der Direktor Lichtjahre entfernt ist.«

»Ist doch verständlich, oder?« Er grinste frech, und ich hätte schwören können, dass ich Merle seufzen hörte.

Ich musste an die Pause denken, als alle über mich getuschelt hatten. »Vielleicht lasse ich es lieber«, räumte ich ein.

»Ich bin nicht scharf auf Ruhm. Lass uns die Idee lieber begraben.«

»Begraben?« Er rempelte mich kumpelhaft an der Schulter und wies auf die Terrasse des *Lorenzo*. »Da hast du aber viel zu buddeln, wenn du deinen Ruhm vergraben willst.«

Ich erstarrte. Das *Lorenzo* war rappelvoll. Kein Wunder, es war ein herrlicher Sommertag. Allerdings sahen uns die Gäste auf der Sonnenterrasse – alles ausnahmslos Schüler aus meinem Jahrgang oder darüber – neugierig an, reckten die Hälse und tuschelten. Sofort drehte ich bei. »Hey, lasst uns doch lieber an den Strand. Vielleicht finden wir eine Flaschenpost …«

»Aber da ist ein Tisch frei«, bemerkte Merle.

Ich versuchte, sie mit Blicken zu erdolchen, doch wie so oft war meine beste Freundin gegen solche Attacken immun.

»Und, hey«, murmelte sie, »sieht aus, als ob zwei Tische weiter Noah sitzt.«

Ich erstarrte erneut und wandte mich wieder langsam der Aussichtsterrasse zu. Tatsächlich. Da saß er mit den Jungs seiner Band.

»Wehe, du winkst«, zischte ich ihr zu.

»Also was ist, Mädels?« Ben hatte sein Board an einer Halterung an seinem Fahrrad befestigt und sah uns auffordernd an. »Ich hatte mich auf ein Banana Split gefreut. Und wenn ihr heute so fleißig gelernt habt, dann dürft ihr euch mit einer dieser XXL-Schokoladen belohnen.«

»Na komm.« Merle schubste mich an. »Vergiss den andern Kram. Sei einfach nur Julie.«

Mit einem tiefen Seufzer trottete ich hinter den beiden her. Vor dem Klatsch wegzulaufen würde nicht helfen. Am besten tat ich, als sei gar nichts Außergewöhnliches vorgefallen. Als sei ich immer noch die langweilige Julie. Wie oft hatten Schüler einem Lehrer schon einen Streich gespielt. Das war nun wirklich nichts Besonderes, machte ich mir Mut. Und überhaupt bildete ich es mir sicherlich nur ein, dass alle mich anstarrten und tuschelten.

Wir betraten die Terrasse und schlängelten uns zu dem freien Tisch durch. Und dann passierte es: Noah sah auf und unsere Blicke trafen sich. (Was musste ich ihn auch anstarren!) Natürlich fiel ich sofort über meine eigenen Füße. Doch damit nicht genug, rempelte ich ein Mädchen an, das eben an ihrem Glas – Kirschsaft! – genippt hatte. Natürlich trug sie ein helles Top. Toll, Julie, Volltreffer Hastig entschuldigte ich mich und flüchtete auf den Stuhl, den Ben mir hinschob. Am liebsten hätte ich mich unter dem Tisch versteckt. Mitfühlend reichte Merle mir die Karte, hinter der ich mich förmlich verkroch.

Nichts Außergewöhnliches vorgefallen! Mein Leben stand Kopf! Nicht nur, dass die Naturgesetze plötzlich nicht mehr galten, ich war außerdem Gesprächsstoff der Schule, und Noah hatte mich bemerkt – was das Unglaublichste überhaupt war. Und sicher war ihm aufgefallen, dass ich gerne schräge

Sachen anstellte, Dinge, die man nicht erklären konnte. Wie zum Beispiel einfach so über die eigenen Füße zu fallen.

Verstohlen schielte ich zu seinem Tisch.

Er guckte her!

Schnell vergrub ich mich wieder hinter der Speisekarte. Himmel. Julie. Sei doch nicht so albern!

»Nicht dein Ernst, Julie«, kommentierte Ben mein fieberhaftes Blättern in der Karte. »Wirst du dich tatsächlich an etwas anderes als eine Doppel-Schoko-Schokolade trauen?«

Wütend blitze ich ihn über den Rand der Karte an. »Sagt der Junge, der ein Jahr lang nichts anderes als Brot mit Emmentaler Käse und Paprikapulver gegessen hat.«

»Touché.« Er ließ sich wie von einer Kugel getroffen nach hinten in den Stuhl fallen. Sehr realistisch. Mir fiel ein, dass Ben sich letztes Jahr bei der Theatergruppe eingeschrieben hatte. Sein Auftritt als Puck war ziemlich lustig gewesen.

Ein wenig beflügelt von meinem Sieg über ihn, wagte ich es, mich halbwegs gerade in den Stuhl zu setzen und mich wie beiläufig umzusehen. Noah guckte immer noch zu mir her.

Mein Herz versuchte davonzugaloppieren, doch ich ließ es nicht zu. Ich hielt die Luft an, nahm all meinen Mut zusammen und zwang mir ein süßes Lächeln auf die Lippen. Vermutlich sah es eher so aus, als würde ich von schrecklichen Blähungen gequält.

Doch Noah erwiderte mein Lächeln. Allerdings wirkte seines sehr entspannt. Als einer seiner Freunde etwas zu ihm sagte, wandte er sich ihm zu. Und ich schnappte nach Luft, kaum dass er den Blick abgewandt hatte.

»Alles klar?«, wollte Merle wissen.

»Ja, ich dachte nur, ich krieg Schluckauf.«

Sie zog eine Augenbraue hoch, wie es ihre Art war, wenn sie *Bullshit* dachte, aber nicht laut sagen wollte.

Schließlich bestellte ich mir, Ben zum Trotz, eine Karamell-Schokolade. (Und bereute es später. Es gab schlichtweg nichts Besseres als die Doppel-Schoko-Schokolade.)

»Hast du nicht den Kunstkurs belegt?«, fragte Merle Ben, während wir auf unsere Bestellung warteten. Ich hörte nur mit halbem Ohr zu, denn mein Blick wanderte immer wieder zu Noah. Und mit einem seligen Lächeln musste ich feststellen, dass sein Blick auch immer wieder in meine Richtung wanderte. Während also Merle Ben über seinen Kunstkurs aushorchte und meine Karamell-Schokolade kalt wurde, war meine ganze Aufmerksamkeit bei Noah. Ich zählte die Sekunden, in denen er nicht herübersah. Die Intervalle verkürzten sich. Doch dann zahlten er und seine Kumpel, und alle standen auf. Obwohl wir die ganze Zeit Blicke getauscht hatten, geriet ich nun in Panik und verschwand erneut hinter der Speisekarte. Denn der Weg nach draußen führte an unserem Tisch vorbei. Ich zählte gefühlt bis 4999 und hoffte, dass es überhaupt nicht seltsam war, dass ich Noah quasi ignorierte. Das Nächste, das in mein Bewusstsein drang, war Merles Stimme. »Deine Schokolade ist kalt.«

Nach einem kurzen prüfenden Blick zum Ausgang – Noah war nicht mehr zu sehen – schnappte ich mir ertappt die Tasse und zwang mir die Tunke hinunter. Das Blöde an den Schokoladen ist, dass sie wirklich dick und zäh werden, wenn sie abkühlen. Nicht weniger lecker, aber extrem schwer zu trinken.

Als ich die Tasse wieder absetzte, sahen meine Freunde mich fragend an.

»Was?«, fragte ich abwehrend. Hatten sie etwa meine Flirterei mit Noah mitbekommen?

Merle reichte mir wortlos ein Papiertaschentuch. »Oh«, nuschelte ich und wischte mir hastig den dicken Schokobart ab, der meine Oberlippe zierte.

»Und, Merle? Willst du in den Kunstkurs wechseln?«, fragte ich in das Papiertuch, in der Hoffnung, sie hatten meine geistige Abwesenheit nicht bemerkt.

»Julie«, seufzte Merle. »Du bist einfach wirklich schlecht im Schauspielern. Also lass es.«

Natürlich wurde ich tomatenrot. Ich konnte regelrecht spüren, wie mir das Blut in die Wangen schoss. Ben lümmelte entspannt in seinem Stuhl und beobachtete uns mit einem amüsierten Lächeln.

»Okay. Ich war mit meinen Gedanken woanders«, lenkte ich ein. »Entschuldige. Also was ist nun mit Kunst?«

»Klingt blöde. Wenn dieser Kurs nach den Ferien wieder von Schröder-Lenz gegeben wird, lass ich lieber die Finger davon.« Seufzend kratzte sie den Rest ihrer Schokolade aus der Tasse und schleckte den Löffel ab. »Wie weit sind denn eigentlich deine Pläne?«

»Meine Pläne?« Wie konnte sie mich das vor Ben fragen! War ihr nicht klar, dass diese Zauberei-Sache unser Geheimnis bleiben musste?

»Ja, die *Pläne.*« Sie rollte vielsagend mit den Augen. Doch mir sagte das gar nichts.

»Na ja …« Jetzt rollte ich mit den Augen, um ihr zu signalisieren, dass ich vor Ben nicht über die Zauberei sprechen wollte. Nicht mal andeutungsweise.

Zum Glück lag Bens Aufmerksamkeit gerade auf einer Gruppe Surfer-Kids, die ihre Boards an den Strand geschleppt hatten und nun auf gute Wellen warteten.

»Die Pläne sind in Planung«, zischelte ich Merle zu.

Verwirrt sah sie mich an. »Meinst du nicht, du solltest da mal langsam alles vorbereiten?«

Verständnislos runzelte ich die Stirn.

»Na wegen deiner Party …«

Meine Party! Oh, Himmel. Meine Party!

Ich hatte meine Sweet-Sixteen-Party völlig vergessen. Wie hatte das nur passieren können? Es war DAS Event! Seit einem halben Jahr war ich alle möglichen Szenarien möglicher Katastrophen durchgegangen und hatte einen detaillierten Plan ausgearbeitet, damit keines dieser schrecklichen Ereignisse eintrat: zu knappes T-Shirt, das beim Tanzen unvorteilhaft verrutscht; neugierige Eltern; zu wenig (und vor allem richtig schlechte) Musikauswahl; neugierige Eltern; zu wenig Essen; zu wenig Sonne; zu viel Sonne; Regen!; neugierige Eltern; falsche Getränkeauswahl. Hatte ich schon neugierige Eltern erwähnt?

Nur die Gästeliste war noch nicht perfekt.

Noah.

Ich hatte bisher weder Mut noch Gelegenheit gehabt, ihn einzuladen.

Drei Tage hatte ich ja noch. Immerhin wusste er nun, dass es mich gab, und fand diese Tatsache anscheinend auch nicht ganz uninteressant. Das war doch ein wundervoller Anfang … heimlich getauschte Blicke im Eiscafé, besser hatte der Tag nicht laufen können.

11

Offensichtlich war Streiten bei uns zu Hause plötzlich in, denn am nächsten Tag platzte ich nach der Schule direkt in einen dicken Zoff zwischen Paps und Mike. Die beiden standen sich im Wohnzimmer gegenüber wie bei einem Showdown in so einem alten Western.

»Es war eine einfache Bitte! Du gehst jeden Tag zweimal an dem Kasten vorbei!« Paps explodierte fast vor Wut, sein Gesicht war feuerrot. Hilflos fuhr er sich durch seine wenigen Haare und wandte sich von Mike ab, um in den Garten zu starren.

Ich blieb in der Tür zum Wohnzimmer stehen, damit ich nicht noch etwas von dem Ärger abbekam. Mike wirkte allerdings nicht sehr betroffen. Eher so, als hätte er sich nur kurz irgendwo untergestellt und warte nun einfach ab, bis das Gewitter vorübergezogen war.

Doch so wie Paps wieder herumfuhr, war dieses Donnerwetter noch lange nicht am Ende. »Ich habe dir gesagt, dass dieser Brief wichtig ist. Dass er pünktlich da sein muss. Deshalb habe ich ihn dir anvertraut, da ich keine Zeit hatte. Und du bist am Postkasten vorbeigegangen!«

Mein Blick fiel auf einen ziemlich zerknitterten Umschlag, der auf dem Couchtisch lag. Es war eindeutig einer von den wichtigen Briefen, die Paps immer für sein Planungsbüro verschickte. Normalerweise nahm er sie mit in sein Büro, doch wenn er – weil Mom in irgendwelchen Häusern Vorhänge drapierte und Mike und ich uns nicht wie arme, verlassene Kinder fühlen sollten – von zu Hause aus arbeitete, kam es schon mal vor, dass er solche Unterlagen selbst verschickte. Immer dann, wenn sie eilig waren. Dieser Brief war vermutlich eilig gewesen. Bevor er in Mikes Rucksack zerquetscht, besudelt und vergessen worden war. Um nichts auf der Welt wollte ich jetzt in Mikes Hoody stecken. Wie hatte er das nur vergeigen können!

»Sag was!«, brüllte Paps Mike an, doch Mike rührte sich nicht. Nach einer gefühlten Ewigkeit murmelte er »'tschuldige«, drehte sich um und schlurfte an mir vorbei hinauf in sein Zimmer.

Fassungslos sah ich ihm hinterher, dann zu Paps. »Ist noch was zu retten?«, fragte ich betroffen.

»Zu retten?« Paps mühte sich, mich nicht auch anzufahren. Er war noch immer auf hundertachtzig. »Was willst du retten? Meinen Job? Oder Mikes Leben?«

»Deinen Job?« Ich wurde blass. »Von dem Ding hing dein Job ab?« Die Bemerkung, warum er dann um alles in der Welt ausgerechnet Mike diesen Brief anvertraut hatte, schluckte ich hinunter.

»Nein.« Paps ließ sich in einen Sessel fallen und schnappte sich das zerknüllte Stück Papier. »Aber der Job von anderen schon. Das hier war mal eine Auftragsbestätigung. Nun ist die Frist um. Der Auftrag ist nicht erteilt worden. Das bedeutet nicht nur für mich ziemlichen Ärger und Überstunden. Auch für sehr viele andere Leute.« Wütend schleuderte er den Brief von sich. »Und das nur, weil dein Bruder so ein dämlicher Nichtsnutz geworden ist! Wie konnte ich nur so dumm sein und ihm so was Wichtiges anvertrauen?«

Jetzt lieber nichts sagen, dachte ich mir. Die tiefe Sorgenfalte auf Paps Stirn ließ mich aus dem Zimmer und die Treppe raufschleichen.

Ich konnte es nicht leiden, wenn Paps auf einen von uns wütend war. Und ich merkte, dass es mich ebenfalls traf, dass er Mike für einen Nichtsnutz hielt. (Obwohl – stimmte ja komplett.) Aber Mike war mein großer Bruder, und ich konnte mich noch gut an die Zeit erinnern, als ich ihn vergöttert habe. Als er noch cool war, weil er Skateboard fuhr und surfte – einfach so viele tolle Sachen schon durfte und ich nicht.

Jetzt war ich die, die coole Sachen machte. Auch wenn ich immer noch nicht alles davon offiziell durfte. Er stellte irgendwie gar nichts mehr an, außer online sein. Alleine, in seinem Zimmer.

Ich blieb vor Mikes Tür stehen. Ob es ihm leidtat? Er hatte den Brief sicherlich nicht absichtlich vergessen. Andererseits war er mit seinen achtzehn Jahren eigentlich wirklich alt genug, um so eine Kleinigkeit, wie einen Brief in den Postkasten zu stecken, auf die Reihe zu kriegen. Er hatte echt großen Mist gebaut.

Zögernd legte ich die Hand auf die Türklinke. Ich wollte mit ihm reden, ihm sagen, dass es so nicht weiterging. Vielleicht war es ja sein Ding, sein Leben ins Leere laufen zu lassen, bis Mom und Paps ihn irgendwann vor die Tür setzen würden, aber es war nicht okay, die Familie hängenzulassen. Er war ein Teil von uns, nicht nur weil er zufällig hier wohnte. Und wenn er etwas verbockte, hatten wir alle darunter zu leiden. Genau genommen fing es schon damit an, dass ich seit Monaten seinen Müll- und Geschirrdienst leistete. Hätte ich seine Verpflichtungen nicht übernommen, hätte es nur Stunk gegeben. Und ich hasste Stunk. Ausgenommen, ich hatte recht, und Mom (oder Paps, was eher selten vorkam) sah es nicht ein.

Gerade wollte ich zu Mike ins Zimmer, als ein Gedanke in meinem Kopf aufblitzte. Denn im Prinzip wusste ich, dass es sinnlos war, mit Muffel-Mike darüber zu reden. Wie oft hatte Mom das schon versucht.

Nein. Mir kam eine brillante Idee.

Ich stürmte die Treppe hinauf und zog den Schmuckkasten hervor. Aus meiner Tasche kramte ich den Notizzettel aus der Bücherei und fuhr mit den Fingern die Symbole ab, die wir gefunden hatten. Da war es: die Wellenlinie! Sie bedeutete Harmonie. Wenn Mike also Schmuck, der in ihm das Bedürfnis nach Harmonie weckte, tragen würde … Ich durchsuchte den Kasten und fand das Fach mit der Wellenlinie. Darin lagen drei seidige Fäden. Sie waren gold, gelb und orange gefärbt, leicht wie Luft und geschmeidig wie Seide. Etwas ratlos ließ ich sie durch die Finger gleiten. Was konnte ich damit anfangen? Wie sollte ich es vor allem anstellen, dass Mike den Schmuck trug? Einen Ohrring oder gar eine Halskette würde er nicht mal im virtuellen Raum anlegen.

Die Fäden wären gut für ein Freundschaftsarmband. Aber von seiner Schwester? Würde er das Tag und Nacht tragen?

Und während ich noch darüber grübelte, wie ich das fertige Stück Mike unterjubeln konnte, begannen meine Finger wieder ganz selbstvergessen zu arbeiten und ein Band zu flechten. Meine Gedanken drifteten zu den Dingen, an denen es meiner Meinung nach in dieser Familie mangelte. Sich und die eigenen Wünsche für den anderen mal hintanzustellen, hin und wieder auch Dinge zu erledigen, die man blöde findet – oder eklig! –, sich die Zeit zu nehmen, da zu sein und zuzuhören, und natürlich ehrlich zueinander zu sein. Besonders das. Nicht wahr, Mom? Aber auch aufeinander zu achten. Denn, das musste ich schon zugeben, keiner hatte die letzten Monate groß auf Mike geachtet. Er war quasi erwachsen und irgendwie dadurch nicht mehr zu betüddeln. Er machte einfach sein Ding, doch das tat weder ihm noch uns anderen gut. Es war klar wie Bergkristall, wir brauchten mehr Harmonie zwischen uns allen.

Ich betrachtete das Band, das ich geflochten hatte. Die drei Fäden hatten gerade mal für ein vielleicht acht Zentimeter langes Stück gereicht. Ich ließ es wie ein Pendel vor mir baumeln und versuchte, auf eine Idee zu kommen. Wie konnte ich Mike das nur als ein modisches Must-have verkaufen?

Würde es überhaupt wirken, wenn es kein Schmuckstück war? War der Zauber auch wirksam, wenn es nur ein geflochtenes Band war? Ich zog meinen Planer heran. Wenn das Band funktionierte, hatte ich eine Teilantwort auf Frage Nummer sechs: Wie funktionieren die Zauber genau?

Doch wo würde Mike es nicht bemerken?

Gab es etwas, das er immer bei sich hatte? Sein Handy. Nein … Sein Hoody. Aber wenn ich es ihm in die Tasche steckte, würde es sicher herausfallen. Die Kordel damit zu umwickeln wäre zu auffällig. Nein. So sicher das Hoody etwas war, das er immer anhatte, so blöd war es auch als Versteck für einen Zauber. Es musste noch etwas anderes geben.

Seine Kopfhörer? Nein. Viel zu auffällig. Aber vielleicht – ja, jetzt wusste ich, wo ich das Band unterbringen konnte. Kichernd sprang ich auf und lief zu ihm hinunter.

»Mike?« Anstatt zu klopfen, öffnete ich einfach die Tür. Wie erwartet lag er auf seinem Bett und hörte Musik.

Auf die Ellbogen gestützt, die Kopfhörer in den Ohren, tippte er auf seinem Handy herum. Als ich mich neben ihn setzte, sah ich kurz über seine Schulter auf das Display. Er schrieb sich anscheinend mit einem seiner Kumpels. Warum er sich nicht mehr mit ihnen irgendwo draußen in der realen Welt traf, war mir ein Rätsel.

»Hey, Brüderchen«, begann ich. »Ich hab ja keine Ahnung, was da eben los war, aber ich find es ganz schön ätzend. Du hast Zoff mit Paps – ich mit Mom.« Natürlich reagierte Mike nicht. Lautes Wummern drang durch die Kopfhörer. Mir war klar, er wusste, dass ich neben ihm saß. Aber seine Verleugnung meiner Anwesenheit war mir ganz recht. Sollte er mal schön weiter auf sein Handy starren, so konnte ich den Zauber wunderbar unbemerkt anbringen.

Der Boden vor seinem Bett war übersät mit Müll. Leere Chipstüten und Krümel, alte Socken, Hefte, Zeitschriften, ein paar Boxershorts – hoffentlich ungetragen – und seine Chucks. Einer neben mir, einer auf einer gammeligen Pizzaschachtel weiter rechts. Mit der Zehenspitze angelte ich nach dem Schuh neben mir und stellte ihn zu mir aufs Bett. Während ich Mike damit zutextete, wie dämlich sich Eltern verhalten konnten, dass man meinen könnte, sie wären nie sechzehn oder achtzehn Jahre alt gewesen, verknotete ich das Band mit dem Schnürsenkel und führte es im Inneren des Schuhs entlang. Von außen war es nicht zu sehen. Zufrieden ließ ich den Chuck zurück in das Chaos plumpsen.

»Aber weißt du, vielleicht sollten wir mal klüger sein als unsere Eltern.« Ich rempelte ihn an, so dass er ein *Muff* von sich gab, einen Stöpsel aus dem Ohr zog und mich über die Schulter genervt ansah.

»Du hast mir gar nicht zugehört«, meinte ich total vorwurfsvoll.

»Hä?«

»Ich finde, wir müssen uns mit Mom und Paps irgendwie wieder vertragen. Wie wäre es mit einer kleinen Geste des guten Willens? Du wärst schon lange mal wieder mit dem Müll dran.«

Er sah mich schweigend an – eigentlich hatte ich den Eindruck, er sah durch mich hindurch. Ich gab meinen Worten Zeit, damit sie sich durch all den Youtube-Kram zu seinem Speicherzentrum arbeiten konnten. Als er immer noch keine Miene verzog, setzte ich hinzu: »Paps würde das sicher als eine Entschuldigung auffassen. Er ist ja wirklich schwer sauer auf dich.«

Jetzt sah er mich direkt an, seufzte, setzte sich auf und schnappte sich seine Chucks. Ich musste ein Jubeln unterdrücken, während er die Schuhe anzog. Dann verließ er das Zimmer und ging hinunter. Gespannt lauschte ich am oberen Treppenabsatz auf seine Schritte.

»Mike?« Es war Paps. Anscheinend hatte er die ganze Zeit auf dem Sofa gesessen, während ich meinen Bruder verzaubert hatte. Oder auch nicht. Das würde sich hoffentlich gleich zeigen.

»Entschuldige, Paps«, sagte Mike. Und es war überhaupt

nicht genuschelt! »Ich weiß auch nicht. Ich hatte den Kopf mit meinem Kram voll, da hab ich deinen Brief einfach vergessen. Es tut mir wirklich sehr leid.«

Ich schlich ihm die halbe Treppe nach und beugte mich schließlich mit einer ziemlichen Verrenkung über das Geländer, um einen Blick ins Wohnzimmer zu erhaschen. Paps sah völlig verdutzt aus. Mit so einer (ungenuschelten) Entschuldigung hatte er offensichtlich nicht gerechnet. Für Mike hingegen schien damit alles geklärt, und er wandte sich zum Gehen. Doch er kam nicht zurück, um wieder in seinem Zimmer zu verschwinden – stattdessen steuerte er die Küche an. Er öffnete den Müll und zog den vollen Beutel aus dem Eimer, verknotete ihn gewissenhaft und schlappte zur Haustür.

Voller Stolz sah ich ihm hinterher, als er nach draußen ging, um den Beutel in die Tonne zu werfen.

In diesem Augenblick hielt ein Auto mit quietschenden Reifen vor unserer Garage. Jemand schrie entsetzt auf, und ich hörte die Autotür. Es war Mom, die endlich von ihrem neuen Kunden heimkam. Sie sprang aus dem Wagen. »Mike?«, rief sie, und ihr war deutlich die Sorge anzuhören. »Mike?« Jetzt war es fast schon Panik, doch Mike schlappte schon wieder ins Haus.

Ich grinste in mich hinein und ging die Treppe ganz hinunter. Diese Magie war wirklich unglaublich! Mike ging an mir vorbei und lächelte mich an. »Hallo, Julie«, sagte er.

»Hi, Mike.«

Mom kam reingestürzt. Sah mich an, sah zu Mike, stolperte ihm nach.

»Um Gottes willen, was ist passiert? Ich hätte ihn beinahe beim Müll angefahren. Was macht er dort?«

»Setz dich doch, Mom«, meinte Mike. »Willst du Kaffee?«

Völlig perplex starrte sie ihren Sohn an. Inzwischen war auch Paps aus seiner Schockstarre erwacht und zu uns gekommen. Zu dritt beobachteten wir, wie Mike einen frischen Beutel in den Eimer steckte, Kaffee aufsetzte und sich dann dem Einräumen der Spülmaschine widmete.

»Das … das ist wirklich … großartig.« Fasziniert sah Paps zu Mike.

Ohne nachzudenken, meinte ich: »Ja, das finde ich auch. Wer hätte gedacht, dass es funktioniert.«

Meine Mutter sah mich fragend an. »Was funktioniert?«

Verdammt, dachte ich. Jetzt hatte ich mich verraten! »Was?«, stotterte ich verlegen, doch Paps kam mir zur Hilfe:

»Meine Standpauke!« Paps strahlte vor Stolz.

»Welche Standpauke?« Mom nahm von Paps den kaum mehr lesbaren Brief entgegen.

»Dein Sohn hat den Auftrag für die Brücke versaubeutelt. Mein Fehler. Ich hätte ihm den Brief niemals anvertrauen dürfen. Andererseits … Sieh dir das an!«

Mike wischte gerade die Arbeitsplatte. Er summte dabei.

»Was hast du zu ihm gesagt?« Mom setzte sich auf die

Lehne eines Sessels und sah sprachlos zu, wie Mike einen regelrechten Putzfimmel entwickelte.

»Na ja«, Paps räusperte sich. »Was man halt so sagt, wenn man gerade rausfindet, dass der eigene Sohn ein seit zwei Jahren geplantes Bauvorhaben versaut hat.«

Mom nickte. Anscheinend konnte sie sich sehr gut vorstellen, was man in so einem Fall alles sagt.

Als der Kaffee fertig war, arrangierte Mike Tassen auf einem Tablett, kramte Kekse aus dem Vorratsregal und servierte uns alles auf dem Couchtisch.

»Für dich extra schokoladiger Kakao, Julie.« Er schob mir eine dampfende Tasse hin. Wann hatte er denn die gemacht?

»Danke«, sagte ich überrascht.

»Ich dachte, ich erledige mal das lästige Zeug« – er nickte Richtung Küche –, »damit wir mehr Zeit für uns haben. So als Familie. Mal reden. Wir wissen ja kaum noch, was den anderen so beschäftigt, weil jeder sein eigenes Ding macht.«

Mom und Paps nickten nur, und ich nippte an meinem Kakao und platzte innerlich vor Glück. Dieser Harmoniezauber war der Hammer! Ich musste dringend Merle davon erzählen. Außerdem war jetzt klar, dass der Zauber nicht zwingend die Form eines klassischen Schmuckstücks haben musste. Die Frage war: Konnte ich auch mit Plastiksteinen aus dem Bastelladen so einen Zauber erzeugen?

Und da fiel mir siedend heiß ein, was ich heute eigentlich

vorhatte: Ich wollte meine Checkliste für die Feier abarbeiten. Es mussten noch so viele Sachen für meine perfekte Party besorgt werden!

»Also, da mach ich gleich mal den Anfang«, sagte ich deshalb eilig. Noch immer war es Mom und Paps deutlich anzusehen, dass sie Mikes Verwandlung nicht glauben konnten.

»Ich werde jetzt einkaufen gehen«, verkündete ich. »Für meine Party. Ich hab da noch ’ne lange Liste, denn ich will, dass die Feier perfekt wird. Und wenn ich mir da noch was wünschen darf, dann wäre das, dass meine Eltern nicht alle fünf Minuten aufkreuzen und nachsehen, ob wir auch alle brav sind.«

»Was?« Mom löste endlich ihren Blick von Mike und sah mich mahnend an. »Du magst jetzt sechzehn sein, aber eine Party allein zu Hause, das geht nicht.«

Ich versuchte es mit einem Schmollmund. Damit hatte ich bisher Paps immer auf meine Seite ziehen können. Doch es war unnötig, denn ich hatte jetzt Mike. Mike, den besten Bruder der Welt.

»Kein Problem, Mom. Ich verstehe Julie, aber ich verstehe auch euch. Deshalb schlage ich vor, dass ihr zwei euch einen richtig schönen Abend macht – ihr wart schon lange nicht mehr aus. Ich passe auf, dass Julies Party nicht über die Stränge schlägt.«

»Du willst bei Julie und ihren Freunden bleiben?« Paps’ Mund blieb offen stehen.

»Kein Schnaps in die Bowle, kein Rumgeknutsche in eurem Schlafzimmer. Ich pass auf.«

Mit einem Jubelschrei fiel ich Mike um den Hals.

Und fast hätte ich Mom die Zunge rausgestreckt, weil ich über die Magie, die sie mir verbieten wollte, so, so, so glücklich war.

Mit meinem Planer und einer großen Tasche machte ich mich auf den Weg in die Fußgängerzone. Mein erstes Ziel war der Nippesladen. Für das Büfett wollte ich Windlichter besorgen. Die Auswahl war groß, und ich entschied mich für silbrigglänzende, die ein Lochmuster hatten. Das Kerzenlicht würde ein Sternenmuster auf die Tische zaubern. Hochromantisch, fand ich und malte mir aus, wie wunderbar dieser Abend werden würde. Zufrieden packte ich die Lichter ein und zog den Planer heraus. Feinsäuberlich strich ich den Punkt *Windlichter* von der Liste. *Kerzen* stand als Nächstes auf meinem Check.

Gutgelaunt schlenderte ich die belebte Fußgängerzone entlang bis zum Kerzenladen. Es kam nämlich gar nicht in Frage, irgendwelche normalen Teelichter zu benutzen. Ich wollte farbige, am besten mit Duft. Ich wählte fünf rosafarbene, fünf lilafarbene und fünf violette aus.

»Ist das alles?«, maulte die gelangweilte Kassiererin, als ich sie beim Nägelpolieren störte. Doch an diesem Tag konnte mich die schlechte Laune anderer Leute nicht runterziehen. Vergessen waren all meine dämlichen Missgeschicke der letzten Tage. Ich war sechzehn, ich hatte einen Plan und eine großartige Gabe! Die Welt war einfach nur wundervoll!

Kaum auf der Straße und wieder vertieft in meine Einkaufsliste, stieß ich mit jemandem zusammen. Ihm fiel ein Stapel Blätter aus der Hand, und sofort war der Wind da und versuchte, sie zu entführen.

»Oh! Entschuldigung! Es tut mir leid, ich -« Hastig half ich ihm, seine Notizen einzufangen. Es waren jedoch keine Notizen, sondern Notenblätter. Und als ich zu ihm aufsah, verschlug es mir die Sprache (Oh. Mein. Gott!).

»Hey, Julie.« Noah lächelte mich breit an.

»Eh-ghm«, brachte ich heraus. Wundervoll, Julie. Reiß dich zusammen! Alles ist cool. *Du* bist cool.

Ich reichte ihm die Blätter, die ich aufgesammelt hatte. Dabei berührte seine Hand die meine, und der Boden unter meinen Füßen gab nach. Fast wäre ich gegen ihn getaumelt, konnte mich aber gerade noch abfangen. Er musste mich für so was von oberdämlich halten! Um mein Gleichgewicht wiederzufinden, starrte ich auf meine Sandalen.

»Es tut mir leid«, sagte er, und natürlich hob ich doch den Blick. Er sah mir direkt in die Augen.

Mir blieb sprichwörtlich die Luft weg.

Ich war mir sicher: Das war Liebe. Und ich ließ mich regelrecht in dieses Sternengrau seiner Augen sinken.

»Ich hatte den Kopf in den Noten. Wir proben ein neues Stück. Für den Band-Battle. Ich hab dich nicht gesehen.« Er hielt mir die Blätter hin, damit ich lesen konnte, doch der Titel des Stücks sagte mir nichts. Außerdem badete ich noch in diesem wundervollen Grau.

»Ich auch nicht.« Meine Stimme klang dünn. Und mir wurde bewusst, dass ich zusammenhangsloses Zeug brabbelte. »Also gesehen. Dich«, kiekste ich und klang geistig verwirrt. »Jetzt schon.« Julie! Am liebsten hätte ich mich selbst an den Schultern gepackt und geschüttelt, damit ich zu mir kam und aufhörte, Blödsinn zu stammeln.

Noah lachte nur charmant. »Wohin musst du jetzt?« Er deutete auf meine übergroße Einkaufstasche. »Oder hast du schon alles?«

Ich schüttelte den Kopf und schrie mich innerlich an, endlich etwas zu sagen. Etwas Vernünftiges!

»Ich will zur Papeterie.« Hurra! Ein normaler Satz! Ich strahlte Noah an.

»Kann ich dich begleiten?«

Ich strahlte noch mehr. »Ä-öm.«

»Ist das ein Ja?«

Immerhin nickte ich. (Kommunikation ohne Worte ist meine Stärke.)

Zusammen schlenderten wir durch die Einkaufsstraße. Bei jedem Schritt hüpfte mein Herz.

»Stimmt das, was sie über Herrn Fuchs sagen?«, fragte er.

Ich verdrehte die Augen. Ausgerechnet. Warum musste er mir denn diese Frage stellen! Was sollte ich darauf antworten?

»Ähm – wieso? Was erzählen sie denn?«

»Dass du so ’nen Psychotrick bei ihm angewendet hast …«

Das war so absurd – und gleichzeitig so beängstigend nah dran –, dass ich laut auflachte. »Das glaubst du?«

Er musterte mich von oben bis unten. »Nein«, antwortete er schließlich, und mir fiel ein Stein vom Herzen. »Obwohl dich so eine Aura umgibt …«, meinte er dann.

»Eine Aura?« Ich schluckte. Wie meinte er das denn? Umschloss mich etwa ein magisches Glimmen? Unauffällig musterte ich meine Hand, sie sah ziemlich normal und unmagisch aus.

»Ich weiß nicht. Ich find dich – « Er zögerte, sah mich direkt an.

Inzwischen waren wir an der Papeterie angekommen. Zum Glück, so konnte ich mich unbemerkt an den Türrahmen lehnen, denn meine Knie waren durch seinen forschenden Blick zu Wackelpudding mutiert.

» – ziemlich swag.«

»swag …«, antwortete ich und schenkte ihm mein bestes Lächeln. Während mein Herz einen wilden Jubeltanz vollführte.

Keine Ahnung, wie lange wir uns einfach nur so ansahen – die Zeit hatte aufgehört zu existieren. Denn ich hatte das Gefühl, dass wir eine Reise begannen. Und sie würde bis ans

Ende aller Tage andauern, nur wir zwei waren da, und das war alles, was zählte.

Bis mich der Ellbogen einer Kundin traf, die sich rüde an mir vorbei in den Laden drängte.

Wir fielen zurück auf den Erdboden.

»Du wolltest da rein?«, fragte er.

»Ja. Richtig. Also …« Ich drückte die Tür auf, hielt dann jedoch inne. Jetzt oder nie! Dies war mein Augenblick, auf den ich so lange gehofft hatte. Entschlossen drehte ich mich zu ihm um. »Ich geb 'ne Party. Und, also, wenn du Zeit und Lust hast, Noah …« Gott, seinen Namen zu sagen fühlte sich regelrecht berauschend an. »Ich würde mich sehr freuen, wenn du auch kommen würdest.«

Er lächelte, und seine Augenfarbe kippte von Sternenfunkel-Silbergrau in ein strahlendes Nach-dem-Regen-Himmelblau. »Gerne. Wann denn?«

»Diesen Samstag. Um sieben. Eine Gartenparty. Mit Musik und so.«

»Klingt cool. Ich komme gerne, soll ich was mitbringen?«

»Nur dich.« Meine Hand schloss sich fest um die Türklinke, als der Boden wieder kippte, weil er mir in die Augen sah. Mir wurde heiß und kalt zugleich. Und ich hoffte, er sah mir meinen bevorstehenden Kollaps nicht an.

»Okay. Dann sehen wir uns Samstag. Ich muss jetzt zu den Jungs.« Mit den Notenblättern in der Hand tippte er sich zum Gruß an die Stirn.

Ich nickte nur und sah ihm hinterher, wie er die Straße hinunter Richtung Dünen ging.

Die Kundin kam wieder heraus und stieß mich fast um, als sie die Tür aufdrückte. Ich murmelte eine Entschuldigung, doch in meinem Kopf tanzte alles zu irgendeinem kitschigen Lovesong.

12

Endlich war mein Samstag da, mein wundervoller Party-Samstag, der mit Sicherheit der beste Samstag meines Lebens werden würde. Denn Noah kam zu meiner Feier. In ein paar Stunden würde ich mit ihm lachen und quatschen und tanzen.

Merle hatte es gar nicht glauben können, als ich ihr erzählte, dass ich Noah eingeladen hatte. Auch von all den Schmetterlingen, die um uns herumgeflattert waren, wollte sie nichts hören. »Das glaube ich erst, wenn ich es sehe!«, hatte sie gesagt.

Doch die Stunden bis dahin waren endlos, und ich nervte meine Familie schon seit fünf Uhr morgens mit meiner Ungeduld. Deshalb war schon viel mehr aufgebaut, als mein Zeitplan vorsah. So hatten Paps und Mike bereits die Tische für das Essen aufgestellt und wuchteten gerade den Sonnenschirmständer auf die Terrasse. Zum Glück trug Mike brav seine Chucks und war somit ein großartiger Helfer für den Seelenfrieden und die Harmonie in unserer netten Familie.

Zufrieden blinzelte ich in die Sonne. Sosehr es meinen Geburtstag verregnet hatte, umso sonniger war nun mein Partywetter. Und ich musste zum Glück nicht auf Plan B ausweichen, der ein Feiern im muffigen Keller vorgesehen hatte.

Vor mich hin summend ließ ich den Blick durch den Garten schweifen. Moms Beete standen schon in voller Blüte und bildeten den perfekten Rahmen für das Büfett. Durch die Blätter der Birke spielte das Licht, und der sanfte Seewind flüsterte dazu.

Ich war glücklich.

»Hallo, Julie.« Merle kam durch das Gartentürchen, das auf die Straße hinausging und heute, für die Party, unser Haupteingang sein würde. Es war von einem Holzspalier gerahmt, an dem sich Rosen rankten. Mom wollte keine dreckigen Schuhe im Haus, und ich fand es total romantisch, meine Gäste durch den Rosenbogen willkommen zu heißen – eine Win-Win-Situation also.

»Du bist aber früh dran.«

Merle hatte sich tatsächlich schon für die Party rausgeputzt. Sie trug die türkis-violetten Glitzerohrringe und die dazu passende Endloskette, die ich ihr letztes Jahr zum Geburtstag gemacht hatte. Ich fand, dass die Kombination von Türkis und Violett ihr unheimlich gut stand. Durch das dunkle, taillierte Shirt zur Jeans leuchteten die Farben der Kette erst richtig. Umrahmt von ihren dunklen Locken sah sie wirklich umwerfend aus. Ihre Brille hatte sie gegen Kontaktlinsen getauscht, was ich schade fand, denn das Lila stand ihr. Warum trug sie solche Klamotten nicht öfter? Meist verhüllte sie sich in ausgewaschenen Schlabberpullis und schlurfte wie ein Shar-Pei-Welpe durch die Welt.

»Ich dachte, ich helfe dir. Du hast doch so viel geplant, da schaden ein Paar Hände mehr bestimmt nicht.«

»Super. Aber …« Ich deutete zu Mike. »Es ist quasi schon fast alles geschafft.«

Sie sah zu Mike, der gerade mit Paps darum stritt, wer nun den schweren Sonnenschirm aufstellte. »Ist es immer noch in den Schuhen?«, flüsterte Merle, und ich nickte.

Eine Weile beobachteten wir, wie Mike versuchte, Paps alle Arbeiten abzunehmen und dadurch nur Chaos anrichtete, da er über Blumenkübel fiel, Gießkannen umstieß und fast Mom umrannte, die schon eine Kuchenplatte nach draußen bringen wollte.

»Du könntest die Lichterkette am Rosenbogen anbringen«, schlug ich Merle vor. »Das wird total schön, wenn es dunkel ist. Und es ist weit weg von Mike. In seiner Nähe ist es gerade nicht sehr sicher.«

Merle kicherte, nahm mir das Kabelgewirr ab und machte sich damit zum Eingang auf. »Dann sehe ich ja auch als Erste, wer zur Party kommt und wer nicht«, rief sie mir zu und zwinkerte lachend.

Ich streckte ihr gespielt die Zunge raus und beobachtete dann verträumt, wie sie die Lichterkette drapierte. Ich sah mich schon mit Noah unter den Rosen stehen, zwischen denen die Lichter funkelten. Dicht an dicht.

Grinsend wandte ich mich wieder dem Haus zu und rannte fast in meine Mutter. Sie sah gestresst aus und drückte mir frisch gebügelte Tischtücher in die Arme.

»Ich weiß nicht, wie lange Paps' Standpauke bei Mike noch anhält«, murmelte sie. »Aber ich hoffe, nicht mehr lange.«

Ich nickte nur, nicht weil ich mich nicht verraten wollte, sondern weil es mir in diesem Moment ziemlich egal war. In meinen Gedanken tanzte ich mit Noah.

Während meine Mutter schließlich die Tische mit Tüchern aufhübschte, schnappte ich mir die Pompons, die ich in der Papeterie besorgt hatte, um sie zusammen mit den Lampions in die Birke zu hängen. Nachdem ich die unteren Äste mit den weißen Papierkugeln dekoriert hatte, trat ich unschlüssig zurück. Irgendwie hatte ich mir das anders vorgestellt. Die Pompons hingen alle an einem Zweig – aus dem schlichten Grund, weil ich zu kurz war und an keinen höheren heranreichte. Also schleppte ich die Gartenleiter aus dem Schuppen herbei. Allerdings teilte sie offensichtlich mit mir das gleiche Schicksal: Sie war zu kurz. Es wollte mir einfach nicht gelingen, die weißen Bälle auf unterschiedliche Höhen im Baum zu verteilen.

»Sieht aus, als könntest du Hilfe brauchen.«

Fast wäre ich von der Leiter gefallen, so überrascht war ich.

»Was willst du denn schon hier?« Eiligst kletterte ich wieder runter, und Ben umarmte mich. Wie immer roch er nach Meer. Ich mochte diesen Geruch wirklich sehr, und ich fragte mich, welches Parfum er wohl dafür benutzte.

»Noch mal, auch wenn ich neulich schon gratuliert hab: Alles Gute, Julie. Mögen sich all deine Träume erfüllen.«

»Danke, Ben.« Etwas ratlos wedelte ich mit den Pompons herum.

»Die sollen da rauf?«, fragte er.

»Der Kleber hält nicht. Sie fallen immer wieder runter«, witzelte ich.

»Kein Thema.« Er schnappte sich die beiden, die ich gerade versucht hatte, in die oberen Zweige zu *werfen*.

Nachdem er die Leiter weiter in den Baum hineingestellt hatte, war es ihm ein Leichtes, die Pompons in die Zweige zu hängen. (Wann war er eigentlich so groß geworden?) Von unten konnte ich gut sehen, wo sie hinmussten, und Ben verstand meine Anweisungen – »Ja, nein, weiter rüber, nee den da mit dem Dings, ja genau.« – ziemlich gut, so dass wir schnell alle Pompons und Lampions in die Birke gehängt hatten.

Glücklich strahlte ich ihn und den Baum an. Währenddessen wurde es hinter mir laut. Paps und Mike waren in Streit geraten, da Mike erneut einen Blumenkübel umgestoßen hatte und die Erde sich quer über die Steinplatten verteilte. Zusammen hatten sie den alten Kühlschrank auf die Terrasse gewuchtet, damit wir unsere Limonaden kühlen konnten. Anscheinend hatte Mike sich in dem Kabel verheddert und nicht nur den Kübel, sondern auch Paps halb umgeworfen. Nun war Paps' Geduldsfaden gerissen.

»Es ist wirklich nicht mein erstes Gartenfest, Mike! Ich bin auch kein greiser alter Mann. Es ist wirklich lieb und bemerkenswert, wie du mit anpackst – aber bitte! Bitte, Mike, geh mit deinem Handy spielen!«

Mike war von dem Wutausbruch sichtlich schockiert. Doch er gab keine Widerworte, sondern verschwand im Haus.

Merle und ich tauschten einen beunruhigten Blick.

Was passierte, wenn man unter einem Harmoniezauber stand, aber jegliche Harmonie selbst verbockte, weil man schlicht zu tollpatschig war?

Besorgt sah ich zu Paps, der vor sich hin grummelnd Blumen und Erde zurück in den Topf schaufelte. Hoffentlich schlug Mike jetzt nicht über die Stränge und harmonisierte uns mit Baldriantee oder etwas Ähnlichem.

Mom kam auf die Terrasse, eine Platte belegter Brote in den Händen. Ihr Blick ging sofort zu mir. (Mütter! Sehen ja geradewegs in den hintersten Winkel deines schlechten Gewissens. Grässlich.) Mir war klar, dass sie mich wie ein offenes Buch las. Vermutlich wich mir deshalb für eine Sekunde sämtliche Farbe aus den Wangen. Sie wusste, dass ich meinen Bruder verhext hatte.

Und sie wusste, dass ich wusste, dass sie es wusste.

Aber was würde sie deswegen unternehmen? Einen Moment lang fixierte sie mich, doch dann schob sie nur das Tablett auf den Tisch und ging wortlos zurück ins Haus.

»Dicke Luft bei euch?«, fragte Ben und lugte neugierig unter eine der Abdeckhauben auf dem Büfett. »Mönsch. Da hat deine Mom aber wieder gezaubert.«

»Was? Nein. Niemand zaubert hier!«, entfuhr es mir.

Verwundert sah er mich an. »Entschuldige?«

»Wie?« Jetzt hatte ich sicherlich wieder knallrote Wangen. »Was meinst du?«

»Die Muffins. Die sind doch von deiner Mom, oder?«

»Ach, ja, klar.« Ich lachte. Es klang ziemlich gekünstelt.

Ben grinste. »Schon klar.« Er sah sich nach Merle um, die gerade dabei war, die letzte Gartenfackel in eines der Beete zu stecken. »Ich werde es Merle nicht sagen.« Er beugte sich zu mir. »Es bleibt unser Geheimnis, dass die besten Muffins der Welt von deiner Mom kommen.«

»Du bist ein wahrer Freund.« Spielerisch knuffte ich ihn in den Arm, und er knuffte mich lachend zurück. Allerdings so schwungvoll, dass ich taumelte und ihn kichernd zurückrempelte. Er wollte mich erneut anrempeln, doch ich wich aus und flüchtete auf den Rasen. Für einen kurzen Moment jagten wir uns völlig albern durch den Garten.

Bis Merle uns stoppte. »Sind wir fertig mit der Deko?«

»Öhm, ja, ich denke schon. Wie spät ist es?« Ein Blick auf meine Armbanduhr verriet mir, es war noch knapp eine halbe Stunde bis zum offiziellen Start der Feier. »Wir waren zu schnell.«

»Ach Quatsch«, sagte Ben. »Nichts ist schlimmer als ein total gestresster Gastgeber, wenn der erste Gast klingelt.«

»Die ersten Gäste sind doch schon da. Und ich war sehr gestresst, weil sie viel zu früh waren.«

»Dann entspann dich jetzt.« Er nahm meine Hand und zog mich zu der alten Hollywoodschaukel, die noch immer unter dem unfertigen Baumhaus stand. Lachend ließen wir uns hineinplumpsen. Sie quietschte entsetzlich.

»Ich geh mal ins Bad«, meinte Merle. Sie sah irgendwie mitgenommen aus.

»Ist alles okay?«, fragte ich besorgt.

»Vermutlich bin ich gegen irgendeine von den Blumen hier allergisch.« Sie sah sich suchend um. »Ich nehm meine Tropfen, dann geht es wieder.« Und schon war sie im Haus verschwunden.

Ich wusste, dass Merle heftigen Heuschnupfen hatte, doch mir war nicht bewusst gewesen, wie heftig sie auch auf Gartenblumen reagierte. »Die Arme. Hoffentlich hilft es.«

Ben sah mich schmunzelnd an.

»Was?«

»Ach, ich finde dich nur wirklich süß, Julie.«

»Quatsch.« Ich lachte und rempelte ihn erneut an. Er machte sich schon wieder lustig über mich. Also sprang ich auf und lief Merle hinterher.

Ich fand sie im Gäste-WC. »Alles gut bei dir? Geht es wieder?«

»Alles wieder fit.« Sie hatte ihr Mascara aufgefrischt, etwas Rouge aufgelegt und strahlte frisch und fröhlich. »Und bei dir?« Plötzlich sah sie mich eindringlich an.

»Was meinst du?«

»Hast du noch was ausprobiert?«

Ich schüttelte den Kopf.

»Wie lang wird es funktionieren, ich meine, bei Mike?«

»Bis er es entdeckt, nehme ich an.« Wir beide schielten in die Küche. Offensichtlich hatte Mike irgendetwas vor, um den Familienfrieden wiederherzustellen, denn er hantierte mit dem Küchenmixer.

»Bis er *was* entdeckt?« Ben war mir nachgeschlichen und guckte nun neugierig zur Küche. »Na so was«, meinte er überrascht. »War Mike nicht der, der immer einen Riesenbogen um Arbeiten in der Küche gemacht hat?«

»Ähm ja, deshalb ja. Hat er neu entdeckt. Die Küche.«

Ben zog die Stirn kraus. Hatte Merle gerade leicht aufgeseufzt? »Im Ernst?«

»Er … Also, er hat ein neues Hobby …«

»Cocktails!« Merle zupfte begeistert an meinem Ärmel.

Tatsächlich goss Muffel-Mike gerade die rote Flüssigkeit aus dem Mixer schwungvoll in Gläser.

»Genau. Cocktails. Die hat er entdeckt. Super Sache, nicht wahr?«

Ben musterte uns argwöhnisch. »Ihr zwei benehmt euch in letzter Zeit wirklich seltsam.«

Merle machte ein übertrieben ernstes Gesicht. »Ben, nur weil du als Junge uns Mädchen nicht bis auf den Grund unserer hochkomplexen Seele verstehen kannst, heißt das nicht, dass wir irgendwie verrückt sind.« Dann blinzelte sie ihn neckisch an. »Aber du kannst es ja versuchen. Ich kann dir da gerne ein paar Tipps geben.«

War das ein Flirtversuch?

Amüsiert schüttelte er den Kopf. »Ich bin mir nicht sicher, ob ich das versuchen möchte. Ich fürchte um meine geistige Gesundheit. Ihr seid mir wirklich zu …« Er kreiste seinen Zeigefinger an der Schläfe und verdrehte die Augen.

»Kommt ihr bitte?«, rief Mike uns zu, drapierte noch ein Minzblättchen auf jedes Glas und trug das Tablett dann auf die Terrasse.

Natürlich folgten wir ihm schnellstens.

»Bitte alle einmal relaxen«, verkündete Mike und drückte Paps ein Glas in die Hand. Mom bekam ebenfalls eins gereicht, bedankte sich und sah mich wieder forschend an. Ich versuchte, unschuldig auszusehen, was sich nicht sehr überzeugend anfühlte. Deshalb schob ich Merle und Ben, sobald wir auch einen Cocktail hatten, wieder zur Hollywoodschaukel.

Wir quetschten uns zu dritt hinein, was das alte Ding mit einem Ächzen quittierte.

Neugierig schlürfte ich den Mix von Mike und war überrascht. Der Cocktail war großartig, sehr erfrischend und fruchtig. Ich fragte mich, woher Mike das Rezept und die Zutaten hatte.

»Wow«, murmelte Merle. »Wer hätte das gedacht.« Sie hatte ihr Glas schon zur Hälfte ausgetrunken.

Der Zauber brachte ungeahnte Talente bei ihm zum Vorschein, dachte ich, während Ben und Merle über die Zutaten des Drinks rätselten.

Es freute mich, dass Mike endlich wieder etwas lebte. Wie lang wäre er wohl noch so dahingegammelt, wenn ich nicht den Zauber gewirkt hätte?

Ich beobachtete Mom, wie sie Mike von Kopf bis Fuß musterte, dann schüttelte sie den Kopf und verschwand im Haus. Innerlich breit grinsend lehnte ich mich zurück. Sie hatte nach dem Schmuckzauber gesucht. Ha! Ich hatte sie mit dem Band im Schuh ausgetrickst.

13

Als Erstes trafen Chrissy und Leonie ein und gaben damit meinen Eltern das Aufbruchsignal. Ich konnte es kaum abwarten, dass die beiden endlich unser Grundstück räumten, und schob Mom und Paps zum Gartentürchen.

»So, viel Spaß euch beiden. Und nicht erschrecken – Kino ist inzwischen 3D.«

Doch Mom nahm mich zur Seite und sah mich mahnend an. »Ich wünsche dir eine wirklich tolle Feier. Aber – mach keinen Unsinn, verstanden?«

»Ich bin so was von vernünftig!«, erwiderte ich mit einem treuherzigen Augenaufschlag. Ich meinte es auch so. Es war nicht mein Plan, Alkohol auszupacken und irgendwelche blöden Trinkspiele zu spielen. Ich wollte tanzen und fröhlich sein und ich wollte Noah näherkommen. Ich dachte an das Herz auf meiner Liste. Aber das war auf keinen Fall Unsinn. Das war Schicksal!

»Es mag dir so vorkommen, als würdest du das Richtige tun, weil du die Konsequenzen noch nicht kennst. Aber die

Konsequenzen sind immer furchtbar. Also bitte, tu nichts Unüberlegtes.« Sie sah zu Mike, der sich von Paps noch mal seine Pflichten als Aufsichtsperson vorbeten lassen musste. Da wurde mir klar, dass sie sich nicht darum sorgte, dass die Party wegen Knutschereien aus dem Ruder lief. Doch bevor ich tatsächlich etwas Unüberlegtes antworten konnte, mischte sich Ben ein.

»Machen Sie sich keinen Kopf, Frau Weidmann.« Er balancierte einen Teller mit Nuggets, Cupcakes und Nudelsalat in der einen und einen Becher Limo in der anderen Hand. »Wir sind doch alle erwachsen.« Er grinste und prostete ihr zu.

Mom seufzte. »Denk an meine Worte, Julie«, flüsterte sie mir zu und mahnte dann Paps, sich zu beeilen. Ich konnte es ihr ansehen, dass sie viel lieber im Haus geblieben wäre und hin und wieder nach uns gesehen hätte. Doch Paps hatte Kinokarten und wollte sie dann noch zum Essen ausführen. Keine Ahnung, wann meine Eltern das letzte Mal einen Abend zu zweit verbracht hatten. Aber ich fragte mich, ob Mom größere Angst davor hatte, ich könnte einen Schmuckzauber wirken, oder dass sich die Party in eine wilde Teenager-Sause verwandeln würde.

Paps hingegen strahlte. »Bist du startklar? Ich freu mich schon. Wann waren wir das letzte Mal im Kino? Zu Julies zwölftem Geburtstag? Irgendein Film mit Pferden …«

Mom zuckte nur mit den Schultern und ging zum Auto.

Natürlich konnte Paps nicht anders, als mir zum Abschied durch die Haare zu wuscheln. (Na toll. Danke, Paps.)

»Besser, ihr verschwindet jetzt. Macht euch einen schönen Abend«, grummelte ich und strich mir meine Haare wieder glatt. Es hatte ewig gedauert, bis ich mit meinem Look zufrieden gewesen war. Merle hatte sich gestern bemüht, mir mit Rat und Tat zur Seite zu stehen, doch nichts schien mir perfekt für diesen Abend. Denn ich wollte umwerfend aussehen, wenn Noah kam. Aber auf keinen Fall durfte es so wirken, als hätte ich mich extra in Schale geworfen.

Nun trug ich eine Jeans mit einer weißen Tunikabluse und dazu eines meiner himmelblauen Häkel-Colliers. Merle hatte scherzhaft vorgeschlagen, ich solle die Sternenohrringe tragen. Sie hätten sicher toll dazu gepasst, doch ich wollte kein Chaos auf meiner perfekten Sweet-Sixteen-Party.

Als meine Eltern losgefahren waren, sah ich mich zufrieden um. Alles lief nach Plan, und im Geiste hakte ich einen Punkt meiner Liste ab: ohne Eltern feiern.

Nach und nach füllte sich der Garten mit Gästen. Da waren neben Chrissy – die ohne ihren Superhelden Paul gekommen war – und Leonie – die ebenfalls solo war, vermutlich war schon wieder Schluss mit … ähm, vergessen – auch noch Pauline, Franzi und Anna, und von den Jungs waren schon Lasse und Karim da, die mit Ben bei Mike an der Bar standen und sich Drinks mixen ließen. Tim kam wenig später mit Jason, und Lucy kam als Letzte.

Mike hatte Musik aufgelegt, die Abendsonne tanzte auf den Blumen, und jeder schien sich wohlzufühlen. Chrissy und Leonie quatschten am Büfett über die neuen Sommerlooks, Merle hatte sich zu Anna, Pauline und Franzi gesellt, während die Jungs an der Hollywoodschaukel herumlungerten. Unschlüssig beobachtete ich die Grüppchen und stellte fest: Das war doch keine Party.

Vielleicht ein nettes Gartenfest, aber keine Sweet-Sixteen-Party.

Ich wollte, dass meine Gäste tanzten, lachten und ausgelassen waren. Ich wollte, dass super Stimmung herrschte, wenn Noah eintraf.

Ich marschierte zu Mike. »Haben wir keine Tanzmusik?«

»Das ist doch Tanzmusik«, meinte er irritiert. Er hatte ja recht, seit einer halben Stunde folgte ein Dancefloor-Hit dem anderen, dennoch kam keine Stimmung auf. Alle standen in irgendwelchen Ecken, hielten sich an ihren Getränken fest und redeten leise.

Merle kam zu mir und drückte mich. »Warum guckst du so unglücklich?«

»Es ist lahm! Meine Party ist total lahm«, jammerte ich.

Bedächtig nickte Merle. »Ja, das stimmt irgendwie. Ausgelassenes Feiern geht anders.«

»Was mach ich denn jetzt?«

Merle überlegte kurz. »Wir könnten so Kennenlernspiele spielen, dann wird es vielleicht lockerer.«

»Hier kennt jeder jeden. Wir gehen alle in eine Klasse«, antwortete ich pampig. Nervös sah ich auf die Uhr. Noah hatte noch einen Termin gehabt und deshalb schon gesagt, dass er erst später käme. Eigentlich hatte ich gedacht, dass dann alle schon schön am Feiern wären, und er könnte sehen, wie cool ich war. Weil meine Freunde cool waren. Nun hatte ich noch eine knappe Viertelstunde, um Schwung in die Bude zu bringen.

Zu meiner Überraschung schaltete Mike sich ein. »Denk nicht mal dran, Schwesterchen. Ich hab euch alle genau im Auge, wenn sich irgendwer den Getränken nähert oder was auf die Kekse streut … Ich merk das. Das ist mein Job.«

»Mike!« Genervt sah ich ihn an. Dachte er im Ernst, dass ich Alkohol oder Haschkekse dazu benutzen würde, meine Party in Schwung zu bringen? Wie lame wäre das denn!

»War 'n Scherz, Schwesterchen. Schätze, du musst ihnen einfach was vortanzen.« Grinsend drehte er am Lautstärkeregler und ließ den nächsten Tanzbeat durch den Garten dröhnen. »Aber ich finde es sehr harmonisch. Das ist toll, Julie. Eine super Party.«

Ich vergrub das Gesicht in meinen Händen. O Mann! Wieso war nur alles so blöde! Ich hatte wochenlang an der Planung gesessen, alles stimmte bis ins Detail. Warum kam keine Stimmung auf?

Merle zupfte mich an der Bluse. »Pst.« Sie nickte verschwörerisch zum Wohnzimmer.

»Was?«, flüsterte ich.

»Mach ein bisschen Budenzauber.«

»Budenzauber?«

»Na, du weißt doch. Mach Theater.« Sie betonte *Theater* sehr seltsam. Doch bevor ich noch mal nachfragen konnte, war Ben schon wieder neben uns. Sein Teller beladen mit Käsesticks und Frikadellen. Was Jungs so wegessen, ist ein echtes Wunder.

»Du willst ein Theaterstück aufführen?« Skeptisch sah er uns an. »Auf einer Party?«

»Die Party ist etwas lahm, findest du nicht?« Meine aufkommende Panik war deutlich zu hören.

»Ach, lass der Sache Zeit, wenn es erst dämmert und deine ganzen Lichter zum Einsatz kommen, dann wird's hier richtig kuschelig. Wirst sehen.«

Zweifelnd sah ich ihn an. Kuschelig? Ja, gerne – mit Noah –, aber nicht sterbenslangweilig.

»Entschuldige. Ich glaub, ich muss mit Julie mal so ein Mädchen-Ding besprechen.« Merle ließ Ben stehen und schob mich zum Haus. »Mach was mit den Theaterperlen! Du weißt schon, die mit den Masken«, flüsterte sie. »Wenn alle ein wenig Show und Unterhaltung liefern, wird es sicher lustig.«

»Was? Nein! Was, wenn wir die Symbole falsch gedeutet haben?«

»Irgendwann musst du es ausprobieren. Oder willst du den Kasten verstauben lassen?«

Ich warf einen zweifelnden Blick in den Garten. Sollte ich wirklich versuchen, durch Magie meine Party aufzupeppen?

Mit Besorgnis beobachtete ich, wie Tim gähnte und auf die Uhr sah.

»Also, was ist?« Merle brannte richtiggehend darauf, dass ich einen Schmuckzauber wirkte.

»Wenn ich das mache, dann wird es dich auch betreffen.«

Sie zuckte mit den Schultern. »Was soll schon sein, wir machen eben ein wenig Theater, eine Show, da kann doch gar nichts Schlimmes passieren.«

Ich atmete tief durch und nickte. Na gut. Wozu hatte ich diese tolle Fähigkeit, wenn ich sie nicht für solche Notfälle nutzte? Und Muffel-Mike war doch der Beweis dafür, wie gut es laufen konnte.

»Halt die Stellung.« Ich flitzte nach oben. Hastig zerrte ich den Kasten hervor und suchte das Fach mit den Theatermasken. Es lagen kleine Schellen darin. Sie erzeugten einen leisen, aber melodischen Ton. Ein kurzer Blick auf meine Uhr sagte mir, dass Noah bestimmt bald kommen würde. Schnell schnappte ich mir ein Lederband und fädelte die Schellen auf. Das musste einfach funktionieren. Ich hoffte so sehr, dass meine Gäste dadurch ihre Hemmungen verlieren würden und endlich eine fröhliche, ausgelassene Stimmung aufkam. Flüstern im Garten! Brav rumstehen. Auf die Uhr sehen und gähnen! Ich wollte keine Orgie, aber mal loslassen und gut drauf sein wäre doch wirklich nicht zu viel verlangt.

Im Nu hatte ich alle Schellen aufgereiht, schlang das Band um mein Handgelenk und verknotete es. Bei jeder Bewegung klingelte ich nun. Verlorengehen konnte ich so nicht mehr.

Erwartungsvoll lief ich zurück in den Garten und betrachtete meine Gäste. Einige Jungs fläzten auf der Hollywoodschaukel. Die Mädels tuschelten unter der Birke. Chrissy schien Mike anzubaggern, während er ihr einen Drink mixte. Wo war eigentlich Paul? Warum hatte sie ihn nicht mitgeschleppt? Alles unverändert.

Nervös schüttelte ich das Armband, doch das Klimpern schien nichts zu bewirken.

Merle kam zu mir. Sie hatte gerade Teller zusammengeräumt und ein wenig Ordnung in die leeren Flaschen gebracht. Super! Das machte Partystimmung.

»Und?«, fragte sie.

Ich hob mein Handgelenk, an dem die Schellen baumelten.

Skeptisch betrachtete sie es.

»Merkst du schon was?«, wollte ich von ihr wissen, doch Merle schüttelte den Kopf.

»Klingt aber lustig. Wie die Hofnarren im Mittelalter«, meinte sie. »Was ist mit Chrissy, reagiert sie auf den Zauber?«

Neugierig sahen wir zu ihr hinüber. Sie hatte nun einen Cocktail in der Hand und unterhielt sich sichtlich gelangweilt mit Leonie, die irgendetwas vor sich hin schnatterte.

»Verdammt, es funktioniert nicht!« Ich drehte das Armband und rieb die Schellen, als würde dann ein Dschinn daraus hervorkommen und meine Party retten. Oder besser, mein Leben retten. Nicht nur, dass Noah mich nun für die totale Langweilerin halten würde, es war wie ein Fluch! Mein ganzes Leben war öde! Und daran konnte anscheinend weder der sechzehnte Geburtstag noch ein Zauberkasten etwas ändern.

»Ich bin sooo langweilig«, schniefte ich. »Noch nicht mal die Zauberperlen können mir helfen.«

»Ach«, aufmunternd klopfte Merle mir auf die Schulter. »Vielleicht braucht der Zauber nur noch ein bisschen. Weil wir nicht in einem engen Raum sind.«

»Was hat das damit zu tun?«

»Vielleicht verbreitet sich dieser Zauber durch die Luft – man muss ihn einatmen oder so. Und im Freien verflüchtigt es sich dann … halt … eben, also …« Sie verstummte. Ihr war klar, dass sie Blech redete.

Und mir war klar, dass ich verloren war. Meine Party war die langweiligste unter allen langweiligen Partys des Universums.

Dann – völlig überraschend – sprang Merle mitten auf den Rasen und rupfte sich die Schuhe von den Füßen. »In einem Garten, da muss man barfuß laufen!«, jubelte sie. »Ihr müsst das Leben spüren!«

»Merle. Ist gut. Mach dich nicht lächerlich. Ist jetzt, wie es ist«, zischte ich ihr zu.

Mit ausgestreckten Armen begann sie sich zu drehen und laut zu lachen.

»Wirklich, Merle. Lass es. Danke für deine Initiative.«

Doch Merle beachtete mich gar nicht. »Spürt die Energie!«

Verblüfft starrte ich sie an. Konnte es sein? Wirkte der Zauber nun doch? So peinlich würde Merle sich noch nicht einmal für mich freiwillig aufführen, oder? Mein Blick flog zu den anderen, die Merle ebenso befremdet beobachteten. Immer schneller wirbelte sie herum und pries den Himmel und die Erde und die Sonne.

Okay. Alles klar. Übertrug sich der Zauber tatsächlich durch die Luft?

Ich schlenderte zu Chrissy und Leonie, damit das Armband seinen Zauberduft verbreiten konnte. Doch die beiden blieben gelangweilt. Hatte Merle es angefasst? Nein. Ich fühlte mich auch noch nicht so, als müsste ich barfuß tanzen. Doch Merle schien immer mehr in eine Art Ekstase zu fallen. »Liebt das Leben!«, rief sie. »Macht euch frei von allen Regeln! Seid frei!«

Chrissy stupste mich an und ließ ihren Finger an der Schläfe kreisen. »Völlig irre, deine Freundin. Mir kam sie ja schon immer etwas seltsam vor … Oder hast du hier doch ein paar echte Drinks?«

»Betrunken?« Verunsichert sah ich die anderen an, viele grinsten und tuschelten über Merle. Die Arme, dachte ich. Jetzt wird sie zum Tratsch-Thema Nummer eins.

»Liebe! Lass sie zu!«, trällerte Merle und tanzte zu Ben.

Was um alles in der Welt … Mit offenem Mund beobachtete ich, wie Merle sich mit Schwung Ben an den Hals warf. Sie versuchte, ihn zu küssen!

»Wow! Mädel, pass auf!« Ben tauchte hastig unter ihrer Attacke weg und brachte sich in Sicherheit.

Anscheinend war Leonie über Merle ebenso geschockt wie ich, denn sie verlor das Gleichgewicht und rempelte gegen mich.

Allerdings bemerkte ich dann, dass Chrissy daran schuld war. Grinsend dotzte sie Leonie immer wieder mit der Hüfte an, denn sie wippte – tatsächlich! – zur Musik. Und Leonie machte kichernd mit. Ehe ich begriff, tanzten die beiden synchron die Choreografie des Songs mit. Es war Beyonce mit *Put a ring on it*. Die beiden waren gut, und mich überkam der Verdacht, dass sie diese Tanzschritte zu Hause vor dem Spiegel übten. Das Schütteln konnte Chrissy besonders gut.

Verblüfft machte ich ihnen Platz. Und dann wurde mir klar, wie der Zauber wirkte: Chrissy hatte mich angetippt, Leonie war mit mir zusammengestoßen, Merle hatte mir die Schulter geklopft! Ich musste die Leute berühren!

Ich eilte zu den Mädels bei der Birke, die sichtlich erheitert dem Tanz von Chrissy und Leonie zusahen.

Franzi berührte ich am Arm und fragte, ob sie etwas bräuchte, ich legte die Hand auf Paulines Schulter, erkundigte mich, ob sie Spaß hätte, und rempelte Anna aufmunternd an, ob sie nicht mittanzen wollte. Dann ging ich zu Lasse, Karim und Tim und klopfte ihnen kumpelhaft auf die Schultern.

Ben kam aus seinem Versteck. »Pass auf, Merle hat 'nen Sonnenstich!«

Ich lachte. »Jedenfalls ist sie mal richtig locker.«

»Locker? Sie hat versucht, mich zu küssen!«

Ben war sichtlich entsetzt über diesen Gedanken, und ich beschloss, so zu tun, als ob es nur Zufall gewesen war. »Ach, Quatsch. Du warst nur gerade im Weg. Schau, jetzt küsst sie die Blumen.«

Tatsächlich war Merle ins Blumenbeet gesprungen und umarmte Moms prächtige Stauden. Mom würde schimpfen, wenn Merle ihren Blumen etwas antat.

»Merle, komm da raus«, forderte ich sie auf.

»Wir sind alle frei!«, bekam ich zur Antwort. Sie umarmte einen Busch Margeriten und zog daran.

»Merle!« Ich stieg ins Beet, um sie daran zu hindern, doch da hatte sie schon etliche der Blumen abgerissen. Lachend warf sie die weißen Blüten in die Luft.

»Okay. Das ist zu viel. Merle, hör auf damit.« Doch bevor ich Merle zu fassen bekam, schrie jemand. Ich fuhr herum und sah, dass Franzi auf einen Tisch geklettert war. Sie stand lässig da und begann aus voller Kehle und absolut schief zu singen. Mir fiel im wahrsten Sinn die Kinnlade runter. Franzi versuchte, einen auf Adele zu machen. Dabei war sie mit Abstand die schlechteste Sängerin der Schule, sie drückte sich zu Recht um jedes Vorsingen im Unterricht. Allerdings konnte ich mich nicht auf ihre inbrünstige Darbietung von *Rolling in the deep* konzentrieren, da Pauline in die Birke geklettert war und der Welt verkündete, dass sie nie mehr herunterkommen würde. Sie wollte endlich etwas Besonderes tun, und wir wären doch alle nur Langweiler, die der Konformität des Durchschnitts entgegenstreben würden. Meine Herrn, wer hätte solch eine Rede von Streberin Pauline erwartet!

»Ich weiß nicht, wie du es anstellst, aber diese Party wird legendär. Sie wird in die Riege der größten Partys eingehen. Ganz sicher.« Ben nippte an seiner Limonade und sah sich kopfschüttelnd das Theater an.

Alle, die ich mit dem Zauber infiziert hatte, benahmen sich mehr als auffällig. Die Jungs hatten das Wohnzimmer gestürmt und lieferten sich nun auf der Terrasse mit Moms Designerkissen eine Kissenschlacht. Lucy, unsere Diät-Königin, hatte sich das Tablett mit den Cupcakes geschnappt und kauerte damit unter einem der Tische. Wie ein ausgehungertes Tier stopfte sie sich die süßen Kuchen in den Mund. Aber es kam noch viel schlimmer, denn die beiden Beyonces waren anscheinend in Streit geraten. Ihr schlagendes Argument war der Nudelsalat, den sie sich inzwischen um die Ohren pfefferten. Mein Blick glitt hilfesuchend zu Mike. Der versuchte, zwischen die beiden Diven zu gehen, mit dem Erfolg, dass diese *ihn* attackierten. Der Arme bekam eine volle Breitseite Ketchup auf Hose und Schuhe ab. Wie ein begossener Pudel stand er da und sah an sich hinunter. Mir stockte der Atem, er würde doch nicht etwa –! Bevor ich etwas unternehmen konnte, hatte Mike sich die total bekleckerten Chucks ausgezogen. Sein Blick traf den meinen, und ich sah nur blanke Wut in seinem Blick. Vorbei war es mit der Harmonie. Sichtlich unausgeglichen stapfte er ins Haus. Von ihm konnte ich keine Hilfe mehr erwarten.

»Das ist wirklich der Hammer«, lachte Ben und legte seinen Arm um meine Schulter.

»Nein!« Ich sprang zur Seite, aber es war zu spät. Nun war auch Ben verloren.

»Julie, die Sonne!«, rief Ben begeistert.

»Die Sonne? Ben, das ist meine kleinste Sorge!« Alles war ins Chaos gestürzt. Merle rupfte Moms Blumen aus und ließ sie auf sich niederregnen, Pauline hielt von der Birke aus nun eine flammende Rede pro Gleichberechtigung, und Franzi hatte ihren Anstrengungen, Adele vom Thron zu stoßen, auch noch ballettähnliche Tanzeinlagen hinzugefügt. Die Jungs waren in der Küche zugange, von wo jetzt verdächtiges Geschepper drang, während die Beyonces ihr Schlachtfeld zum Cocktailbereich verlagert hatten. Und Ben – er war auf die Knie gesunken und himmelte die Sonne an, womit er wenigstens weder sich noch andere, noch irgendwas von Mom in Gefahr brachte.

Ich musste diesen Wahnsinn beenden. Schnellstens. Verzweifelt versuchte ich, den Knoten des Lederbandes zu lösen, doch er hatte sich festgezogen. Mit den Zähnen zerrte ich daran. Da packte mich plötzlich Ben. Erschrocken schrie ich auf, als er mich hochhob und auf einem der Tische abstellte. Die Tischdecke war vollgesogen mit Ketchup und Nudelsalat. Mom bringt mich um, schoss es mir durch den Kopf. Sie wird mich vierteilen!

Hektisch riss ich am Armband, warum, verflixt, hatte ich es so eng verknotet!

»Ben, ich brauch 'ne Schere!« Ich versuchte, vom Tisch runterzuspringen, doch Ben ließ mich nicht. »Oh, sie glänzt mehr als all diese Lichter zusammen …«, stammelte er.

»Herr im Himmel, es ist die Sonne! Jetzt lass mich runter!« Diese dämlichen Theatermasken-Schellen hatten nicht die Bedeutung, einen netten Abend zu garantieren. Sie schienen alle in den Wahnsinn zu treiben.

»Ihre Schönheit hängt an den Sternen der Nacht.«

»Ja, alles klar. Es dämmert schon.« Ich sprang vom Tisch und schlug einen Haken, um Ben zu entkommen, doch er robbte mir jetzt auf Knien hinterher. Irgendwo musste doch ein Messer liegen. Mein Blick suchte das völlig verwüstete Büfett ab. Da! Bei den Cocktails! Mike hatte damit die Limetten geschnitten. Ich duckte mich unter einem fliegenden Cupcake weg, den Leonie gerade geschleudert hatte – zielen war wohl nicht ihre Stärke –, und hechtete zur Bar.

Doch Ben war schneller. »Geh auf, schöne Sonne, und lösche diese neidische Luna aus, die schon ganz bleich und krank vor Verdruss ist, dass du, ihr Mädchen, schöner bist als sie.« Erwartungsvoll strahlte er mich an.

»Ich wusste gar nicht, dass du dich so sehr für Astronomie interessierst«, antwortete ich, schnappte mir mit einem Ausfallschritt das Messer und setzte es am Handgelenk an, um –

»Julie?«

Ich zuckte zusammen.

»Noah?« Meine Stimme war nur ein heiseres Quieken. Mein Blick huschte von ihm zu Ben, der neben mir kniete, zu Merle, die sich in Blumen wälzte, zu Franzi, die noch immer nicht aufgegeben hatte, zurück zu Noah, der – ob er Pauline im Baum schon bemerkt hatte? – cool wie eh und je aussah. Hielt er da einen Blumenstrauß hinter dem Rücken?

Stirnrunzelnd zeigte er auf das Messer. »Was … Was hast du vor?«

Ich folgte seinem Blick und biss mir auf die Lippen, denn es sah ganz danach aus, als hätte ich vorgehabt, mir die Pulsader aufzuschlitzen. Langsam ließ ich das Messer sinken.

»Noah – ich – also – Das ist alles …«

»Naja, ich bin überrascht.« Er lächelte, und mein Herz flatterte davon. »Ich hätte ehrlich gesagt gedacht, deine Freunde wären irgendwie langweiliger.« Er nickte zu Adele-Franzi hinüber, die gerade versuchte, den Regen anzuzünden. Es misslang kläglich. Ben kniete noch immer im Gras und betrachtete Noah ziemlich verwirrt.

Es gibt ja Momente, da kann man nicht mehr, da muss man einfach loslachen. Dies war einer davon, und ich klappte regelrecht zusammen vor Lachen.

»Alles gut?« Noah streckte die Hand aus, um mir aufzuhelfen, doch in letzter Sekunde wurde mir klar, dass ich ihn unter keinen Umständen berühren durfte und machte einen Satz nach hinten. Wenn ich Noah berührte, würde er auch völlig irre werden!

Schmerzhaft rumste ich an Mikes Bar. Eine Flasche fiel runter und zerbarst auf den Fliesen.

»Ich helfe dir.« Wieder seine Hand und ein besorgter Blick.

»Nein. Schon gut. Nichts passiert. Ich kann allein …« Ich kroch von ihm weg. Jetzt sah er mich befremdet an. Dieser dämliche Zauber. Mein erstes Date mit ihm, und es war eine Riesenkatastrophe.

Wo war das Messer? Ich entdeckte es unter dem Tisch. Verflucht!

Zu meiner Überraschung angelte Ben es hervor. Er kam damit zu mir, beäugte Noah immer noch misstrauisch und flüsterte: »Zweifle nicht; es wird eine Zeit kommen, wo alle diese Widerwärtigkeiten uns zum Stoff angenehmer Gespräche dienen werden.«

»Was?« Kein Wort hatte ich von dem verstanden, was Ben da murmelte.

»Meint er das ernst?« Noah kam näher und wollte mich (beschützend!) von Ben wegschieben. Wieder wich ich seiner Berührung aus, konnte mir noch schnell das Messer schnappen und schnitt beherzt das Band durch.

Mit einem weiteren Sprung war ich am Kühlschrank, riss

das Eisfach auf, schmiss das Armband hinein und knallte die Tür zu. (Yes! Geschafft.) Auf Noahs fragenden Blick reagierte ich mit einem Lächeln. »Milben. Hat schrecklich gejuckt. Alles gut jetzt. Was zu trinken?«

»Du bist irgendwie wirklich … besonders«, meinte Noah und reichte mir endlich den kleinen Strauß.

»Danke. Ich weiß.« Ich nahm ihn entgegen, und unsere Finger berührten sich. Fast wäre ich juchzend durch die Beete gesprungen. Und ich ertappte mich dabei, dass ich ihm ein flirtendes Schmunzeln zuwarf. Als er mir direkt in die Augen sah, vergaß ich alles. Da gab es nur ihn und mich. Und es war so wundervoll! Es gab nur noch uns – und ein lautes Jammern, das mich zurück in die Realität riss.

Aufgeschreckt sah ich mich um und entdeckte Merle. Sie wälzte sich auf dem Rasen und heulte lauthals.

»O nein!« Als ich bei ihr war, erschrak ich zutiefst. Sie sah grauenvoll aus! »Was ist passiert?«

Ihr Gesicht war aufgequollen wie Hefeteig. Sie konnte kaum noch etwas sehen! »Kannst du atmen? Soll ich einen Arzt rufen?« Sie hatte garantiert einen allergischen Schock oder so etwas. »Warum hast du nur mit den Blumen geschmust?« Panik stieg in mir auf, wie hatte ich das zulassen können? Was war ich nur für eine miese Freundin.

»Mir geht's blendend«, röchelte sie.

»Blendend?« Ben half ihr auf die Beine. »Ich finde, blendend sieht anders aus.«

Vermutlich lächelte sie. »Ach, ich muss nur heim. Duschen. Sag deiner Mutter, sie hat hier hochallergene Pflanzen. Ich glaube, ich habe eine Reaktion. Tut mir leid, Julie, dass ich schon gehe.«

Mir war klar, dass sie nicht mehr wusste, dass sie sich in den Blumen gewälzt hatte. Genauso wie die anderen, die sich verwirrt umblickten. Als wären sie gerade vom Schlafwandeln erwacht. Ich versorgte Merle mit feuchten Handtüchern, die sie sich um ihr Gesicht wickelte.

»Kommst du so heim?«

»Na klar. Hab es ja nicht weit.« Sie versuchte ein Grinsen, es sah aber eher gruselig aus. »Siehst du, die Party ist doch klasse. Du hast dir ganz umsonst 'nen Kopf gemacht.«

Es war genau wie bei den Ohrringen: Keiner, der unter dem Zauber gestanden hatte, wusste noch etwas. Für Pauline war es am schwierigsten, denn sie hatte Höhenangst und keine Ahnung, wie sie auf den Baum gelangt war. Geschweige denn, wie sie wieder runterkam. Karim war so nett und half ihr.

»Coole Feier.« Chrissy drückte sich an mir vorbei. »Leider gab's da ein Missgeschick.« Sie meinte ihr völlig besudeltes Outfit. »Keine Ahnung. Bin beim Tanzen wohl gestolpert.«

»Das tut mir leid«, murmelte ich und versuchte ein Grinsen zu unterdrücken. Missgeschick? Das war wohl die Untertreibung des Jahrhunderts. Nudeln hingen ihr in den Haaren, ihr Top troff vor Ketchup und Zaziki, Schokoladenmousse klebte an ihrer Stirn.

»Ja, super Leistung. Direkt in mich rein«, motzte Leonie, die ebenfalls wie ein wandelndes Büfett aussah. »War aber echt klasse, die Party.«

»Na dann. Schön, dass ihr da wart.« Ich nickte nur. Immerhin würde man in der Schule die nächsten Wochen von meiner Sweet-Sixteen-Party schwärmen.

Noah sah Chrissy und Leonie amüsiert nach. »Mir scheint, ich hab den besten Teil verpasst.«

»Ach.« Ich winkte erschöpft ab. »Alles ganz normal. Chrissy ist eben ein wenig ungeschickt.«

»Genauso wie Merle. Und die da …« Er deutete auf Pauline, die sich anscheinend einen Fuß verstaucht hatte und sich nun an Kerim klammerte. Allerdings sah sie dabei ziemlich happy aus.

Nach und nach stolperten all meine Freunde (wie Krieger nach einer verlorenen Schlacht) an mir vorbei. Alle wollten nach Hause. Franzi hatte Halsschmerzen, Lucy Bauchschmerzen – wieso nur? –, die Jungs sahen aus, als wären sie in einen Löwenkäfig gefallen. Nur Ben blieb bei mir und Noah stehen.

»Kopf hoch, Julie. Ich helfe dir beim Aufräumen. Das kriegen wir wieder hin«, sagte er und meinte es so. Der gute Kumpel. Ich war ihm ja dankbar, aber … Merkte er noch was? Nicht nur, dass ich mehr als zweifelte, dass hier irgendwas wieder hinzukriegen war – hier lief gerade etwas ganz, ganz anderes. Und Ben hatte in dieser Szene keine Rolle.

Sauer sah ich ihn an. Doch anstatt die Augen aufzumachen

und zu begreifen, dass es auch für ihn Zeit war zu gehen, legte er den Arm um meine Schulter.

»Komm schon!« Er drückte mich aufmunternd. »Die Party war wirklich genial! Dass zum Aufräumen keiner bleibt, war doch klar.«

Ich drehte mich aus seiner Umarmung. »Ben! Lass gut sein.«

»Dann bin ich wohl zu spät.« Noah räusperte sich.

»Was? Nein!« Entsetzt sah ich zu ihm, aber er musterte Ben nachdenklich.

»Tut mir leid«, sagte er sich schließlich wieder zu mir gewandt. »War nicht meine Absicht, dazwischenzufunken.« Er tippte sich an die Stirn und ging. Einfach so.

»Warte!« Ich wollte ihm hinterher. Ihm sagen, dass er doch bleiben konnte. Ich würde uns Cocktails machen, und die Hollywoodschaukel war sauber … er konnte doch noch bleiben!

»Wir schaffen das auch ohne ihn«, meinte Ben und krempelte sich die Ärmel hoch.

»Sag mal, peilst du es noch?«, blaffte ich ihn an.

Doch Ben war schon dabei, das Büfett abzuräumen und reagierte gar nicht.

Mit einem Wutschrei trat ich gegen den Kühlschrank.

14

Tatsächlich hatte Ben beim Aufräumen ordentlich mit angepackt. Wir waren ein gutes Team im Einsammeln und Wegwerfen. Und nach und nach verzieh ich ihm, dass er überhaupt nicht geschnallt hatte, wie gerne ich mit Noah allein gewesen wäre. Sicher würde Noah wegen dieser blöden Party nicht unsere Seelenverwandtschaft ignorieren, oder?

Während Ben und ich die Tischtücher, getränkt mit Fleckenmitteln, in die Waschmaschine stopften, überlegte ich, wie ich Noah auf ein Date einladen konnte. War es zu platt, ihn direkt zu fragen? Eine kurze Nachricht auf sein Handy … doch ich hatte seine Nummer nicht. Mist.

»Schmeiß rein«, forderte Ben mich auf und hielt mir einen Müllbeutel hin. Für eine Sekunde wusste ich nicht, was er meinte, da ich mit meinen Gedanken bei Noah gewesen war. Doch dann schob ich den Stapel Muffinförmchen – es waren zweiundzwanzig, und ich hatte sie unter Lucys Tisch zusammengeklaubt –, in den Beutel und beschloss, dass so ein Date-Plan noch ein Weilchen zu warten hatte.

Viel dringender waren zum Beispiel Mikes Schuhe. Ich brauchte meinen harmonischen Bruder zurück! Mit viel Seife säuberte ich die Chucks und ließ sie eine Runde im Trockner drehen. Danach fummelte ich das Band wieder an seinen Platz und stellte sie ihm neben sein Bett, was er mit einem muffeligen Grunzen quittierte.

Zum Glück trieb ihn dann doch irgendwann die Neugier herunter. Vermutlich hatte Mike vorgehabt, sich an meinem Desaster zu ergötzen, aber dank Bens Hilfe war das Chaos gar nicht mehr so schlimm. Und das Zauberband der Harmonie tat wieder seinen Dienst, denn Mike pflanzte sogar ein paar der Blumen wieder ein, die Merles Enthusiasmus zum Opfer gefallen waren. Dennoch brauchte ich eine Erklärung für meine Mom, warum Haus und Garten so verwüstet waren. Und für den Zustand der Tischtücher – falls all die Chemikalien nicht helfen sollten. Die Kissen hatten die Schlacht bis auf ein paar Flecken ganz gut überstanden, und in der Küche war wie durch ein Wunder alles heil geblieben.

Erschöpft ließ ich mich in einen der Gartenstühle plumpsen und musterte den Stand der Dinge. Ben zog sich ebenfalls einen Stuhl heran und reichte mir einen erfrischenden Drink. Mike hatte noch Reste in seiner Cocktail-Bar gefunden, die Chrissy und Leonie übersehen hatten. Ich prostete Ben und meinem Bruder dankend zu. »Ich danke euch, Jungs.«

»Nichts zu danken. Dafür sind wir doch Freunde.« Ben lehnte sich entspannt zurück.

Mit einem Seufzer tat ich es ihm gleich. Ich musste an Merle denken und schickte ihr eine Nachricht, ob es ihr schon besserging. Doch es kam keine Antwort. Erschöpft nippte ich an dem leckeren Drink. Da flammte die Beleuchtung am Rosenbogen auf, denn inzwischen war es dunkel geworden. Wie Glühwürmchen funkelten die Lichter. Und die Lampions und Pompons saßen wie Feen in der Birke und wiegten sich zu einer Melodie, die ihnen der Wind zuflüsterte.

Tränen kullerten mir über die Wange, als ich daran dachte, wie wunderbar der Abend mit Noah hier, in diesem romantischen Garten, hätte werden können.

»Na, Jewels, nicht heulen. Die nächste Party kommt bestimmt.« Ben stupste mich an.

»Schon gut. Ich bin einfach kaputt. Ich werde ins Bett gehen und mir Moms Donnerwetter morgen abholen.«

Ben nickte. »Alles klar. Dann mach ich auch mal die Biege. Bis Montag.«

»Jepp.«

Ben stellte seinen Stuhl noch zurück und verabschiedete sich von Mike.

»Komm. Lass gut sein«, meinte Mike ein paar Minuten später und reichte mir die Hand, um mich hochzuziehen. »Wir reden morgen mit Mom und Paps. Es ist auch meine Schuld. Ich hätte besser aufpassen sollen.«

»Nein. Du kannst nichts dafür. Ich hab es vermasselt, ich hätte einfach noch abwarten sollen.«

Für einen Augenblick sah er mich irritiert an. Dann nahm er mich in den Arm, um mich zu trösten. Keine Ahnung, wann Mike und ich uns das letzte Mal so nah gewesen waren. Aber es fühlte sich gut an, mein Leid mit dem großen Bruder zu teilen. So fürchterlich der Partyzauber gewesen war, umso glücklicher war ich über den Zauber für Mike.

Endlich hatte ich ihn wieder, meinen coolen großen Bruder.

15

Am nächsten Morgen traute ich mich nicht nach unten. Obwohl mein Magen knurrte, hatte ich nicht den Mut, mich am Frühstückstisch blicken zu lassen. Ich hatte Mom in der Dusche und meinen Vater die Treppen rauf- und runtertapsen gehört. Mike hatte sich mit dem Staubsauger bemerkbar gemacht. Doch irgendwann wurde der Hunger übermächtig und ich musste meinen Eltern wohl oder übel gegenübertreten. Ich schlüpfte in Jogginghose und Schlabber-T-Shirt und wollte gerade hinunter, als es klopfte.

»Ja?«

Es war Paps, der hereinlugte. »Ich dachte, ich seh mal nach, ob du wieder unter den Lebenden weilst.« Als er die Tür weiter aufdrückte, bemerkte ich das Frühstückstablett. Brötchen, Butter, Marmelade, Kakao. Und eine Vase mit ein paar Margeriten. (Woher die wohl stammten?)

»Oh, Paps. Du bist mein Lebensretter.«

Ich nahm ihm das Tablett ab und setzte mich damit aufs Bett. Er ließ sich auf meinem Schreibtischstuhl nieder.

»War anscheinend eine gute Party, hm?«

»Ist Mom sehr sauer?«

Erstaunt zog er die Augenbrauen hoch. »Sauer? Weshalb?«

»Na komm. Die Party hat heftige Spuren hinterlassen.«

Paps lachte amüsiert. »Wieso denkt der Nachwuchs eigentlich immer, die eigenen Eltern wären nie jung gewesen?«

Überrascht zog ich die Augenbrauen hoch. »Wie … Mom und du … ihr wart mal *sechzehn*?«

»Nach meiner ersten Party hatte ich zwei Wochen Hausarrest.«

Ich verschluckte mich fast an meinem Brötchen.

»Da war allerdings auch etwas in Brand geraten«, räumte er ein und grinste. (*In Brand geraten*? Warum kannte ich diese Geschichte nicht?) »Also mach dir keinen Kopf. Die paar Flecken und Blümchen.«

»Wirklich?«, stammelte ich mit vollem Mund.

»Wirklich.« Er klopfte mir aufmunternd aufs Knie und erhob sich. »Mom musste leider schon weg. Ich soll dich grüßen. Wir sind stolz auf dich.«

Es klingelte unten. »Ich geh schon«, meinte er.

Für einen kurzen Augenblick saß ich völlig verblüfft da. Dann genoss ich mein Frühstück im Bett. Mit Kakao prostete ich Herrn Ha zu. Zumindest aus der Perspektive meiner Eltern war es eine gelungene Party gewesen. Jippijayjey.

Es klopfte erneut.

»Ja?«, rief ich zur Tür.

Es war Merle. »Hey, guten Morgen.«

»Guten Morgen! Komm rein.« Ich schob das Tablett zur Seite, damit sie sich zu mir setzen konnte. »Wie geht es dir?«

Sie sah wieder wie Merle aus. Von den Schwellungen war nichts mehr zu sehen. »Alles wieder gut. Aber … die Feier gestern«, begann sie. »Also ich weiß noch, dass sie ziemlich öde war. Und dann, dann hab ich dich überredet zu zaubern.«

»Schon gut«, wehrte ich ab. Ich wollte nicht, dass Merle sich die Schuld an diesem Desaster gab.

»Du hast den Theaterzauber angewendet, oder?«

»Ja. Schon. Aber glaub mal nicht dass es deine Schuld ist. Es war schließlich meine Entscheidung. Und – na ja – ich bin mit einem blauen Auge davongekommen, würde ich sagen. Dank Ben.«

»Ben?« Verlegen zupfte sie an ihrem Ärmel herum. »Was genau ist denn passiert?«

Ich biss mir auf die Lippe. »Ach, alles halb so wild. Paps hat dich schließlich reingelassen.«

Verwirrt zog Merle eine Augenbraue hoch. »Oh. So schlimm. Du meinst, es ist besser, wenn ich nicht frage.«

Statt zu antworten, lächelte ich. Vielleicht war es ja ganz gut, dass sie sich nicht erinnerte. Aber Merle ließ nicht locker.

»Aber – also … ich hatte da so einen Traum, aber, na, ich vermute, es war gar keiner.«

Interessiert horchte ich auf. »Du erinnerst dich doch?«

Merle nickte. »Ich schätze, es ist so, wie wenn man einen

Kater hat. Die letzte Nacht ist etwas verschwommen. Und da sind Lücken in meiner Erinnerung.«

Ich musste grinsen. »Vielleicht besser so.«

Sie wurde blass. »Um Gottes willen! Was hab ich getan?«

»Abgesehen davon, dass du Moms Blumenbeete verwüstet hast?«

»Verdammt. Ich hatte da so ein paar Bildfetzen.« Sie vergrub das Gesicht in den Händen.

»Du sahst schlimm aus«, meinte ich mitleidig.

»Aber das war anscheinend nicht das Dämlichste, das ich angestellt habe, oder?« Sie linste zwischen den Fingern durch. »Was ist noch passiert?«

»Du erinnerst dich an noch etwas?«, fragte ich vorsichtig. Denn wenn sie sich nicht erinnerte, musste ich ihr die Sache mit Ben ja nicht sagen. Es würde sie nur in Verlegenheit bringen, wenn sie davon wusste. Noch dazu, da Ben sie anscheinend nicht so süß fand wie sie ihn.

»Irgendwas mit Ben …«, tastete sie sich vor.

Na gut. Dann eben doch, dachte ich und nickte langsam.

Merles Gesichtsfarbe wechselte ins Weiß. »Nein, alles gut«, versuchte ich sie zu beruhigen. »Du hast die Blumen geknutscht und das Leben gepriesen. Ich hab Ben gesagt, dass er dir nur zufällig im Weg stand und du eben gerade alles knutschst.«

»Geknutscht?« Merle wurde noch blasser – was mich überraschte, denn sie war schon weiß wie eine Wand.

»Du hast ihn aber gar nicht richtig erwischt. Er ist ausgewichen. Ehrlich!«

»Und das hat er dir geglaubt, das mit Sie-ist-gerade-total-auf-einem-Love-'n-Peace-Trip?« Sie hielt die Luft an, bis ich nickte, dann sackte sie erleichtert zusammen.

»Julie, wir müssen dringend herausfinden, was die Zeichen wirklich bedeuten!«

»Jedenfalls stehen die Theatermasken nicht für einen amüsanten Abend. Wir müssen noch mal in die Bücherei.«

»Wir sollten vorsichtiger sein … Kein neuer Zauber, bis wir nicht mit Sicherheit wissen, was er bewirkt.« Sie streckte mir mit ernster Miene die Hand hin und wir besiegelten dieses Keine-Zauberei-Versprechen mit einem Handschlag. Sie hatte absolut recht. Und ich hatte es mir an diesem Morgen auch schon geschworen, als ich mir die Szenerien von gestern noch mal ins Gedächtnis gerufen hatte. Allerdings hatte ich auch ein wenig schmunzeln müssen. Adele war wirklich eine große Nummer gewesen. Und ich war neugierig, ob sich irgendwas zwischen Pauline und Kerim ergab.

»Ben hat mich ja dann leider auch berührt«, sagte ich mit einem Grinsen. »Weißt du was? Er fing an, die Sonne zu lobpreisen.«

»Die Sonne?« Überrascht sah sie mich an. »So wie ich?«

Ich zuckte mit den Schultern. »Nee. In Reimen. Ganz geschwurbeltes Zeug. Aber Ben stand an dem Abend sowieso komplett auf der Leitung.«

Nachdenklich musterte Merle mich. »Was meinst du?«

»Na, wegen Noah.«

»Noah? Was war denn mit Noah? Ich hab gar nicht mitgekriegt, wann er gekommen ist.« Vor Aufregung wippte sie, dass meine Bettfedern quietschten. »Verdammt. Ich hab das Beste verpasst!«

Ich winkte ab. »Ja, er war kurz da. Doch weil ja dank des Zaubers alle völlig durchgeknallt waren und Ben, nachdem ich den Zauber endlich gelöst hatte, nicht von meiner Seite wich, ist er gleich wieder gegangen.«

»Wie? Kein Knutschen?«

Kichernd pikste ich sie in die Seite. »Merle! Hier geht es nicht ums Knutschen. Ich glaube, Noah ist mein Seelenverwandter. Nein – ich weiß es! Und ich hoffe, er weiß das auch. Das ist viel mehr als blöde Knutscherei.«

»Aber er ist gegangen«, stellte Merle fest. Manchmal konnte sie echt fies sein.

»Na ja, ich glaube, er war ziemlich sauer«, entschuldigte ich ihn. »Und wenn sich Ben nicht so dämlich verhalten hätte, dann wäre er sicher noch geblieben.«

»Was hat Ben denn gemacht?«

»Er hat einen auf großen Bruder gemacht. Und Noah gesagt, dass jetzt hier aufgeräumt wird. Klar hätte er bleiben können und helfen. Aber Ben hat gemeint, das sei nicht nötig, und da ist er gegangen.« Ich fragte mich, ob es jemals wieder so einen perfekten Moment für einen Kuss geben würde. Sehnsuchtsvoll ließ ich mich in einen Tagtraum gleiten, in dem Noah und ich uns unter den Feenlichtern der Birke an den Händen hielten, uns tief in die Augen sahen und –

»Julie, ich helfe dir.«

Ich fuhr hoch … Ach menno! Nicht mal mit geträumten Küssen wahrer Liebe klappte es!

»Also, pass auf«, begann Merle. »Ich hab da ja in gewisser Weise Schuld dran, dass diese Party so … ähm … *extrem* gelaufen ist. Ich helfe dir mit Noah.«

»Helfen? Mit Noah? Wie willst du das denn anstellen?« Ich versuchte, das herrliche Bild von mir und ihm, Hand in Hand, wieder in meinen Kopf zurückzuholen, doch Merle deutete auf den Schmuckkasten. In der Hektik hatte ich ihn gestern einfach auf dem Schreibtisch stehen lassen.

»Du gibst mir das Wahrheitsarmband.«

»Was? Nein! Also …« Im ersten Moment war ich geschockt. Schon wieder Zauberei? Hatten wir nicht eben einen Pakt geschlossen? Weil es gestern so furchtbar schiefgegangen war? Aber andererseits wussten wir ziemlich genau, wie das Armband wirkte. Die Gefahr, dass es in eine Katastrophe mündete, war relativ klein. Wenn es überhaupt ein Risiko gab.

Nachdenklich kaute ich auf meiner Unterlippe, stand auf und klappte den Kasten auf. Das Armband lag in seinem Fach und funkelte in geheimnisvollem Blau.

Abwartend musterte Merle mich. »Und? Was meinst du?«

»Wie genau willst du das anstellen?«

»Heute hat Noah Bandprobe. Ich könnte ihn dort in ein Gespräch verwickeln, und dann leg ich das Armband an und frag ihn, ob er dich mag.« Sie sagte es, als sei es so simpel und alltäglich, wie Milch einzukaufen.

Mein Herz hüpfte mir erst bis zum Hals und versteckte sich dann irgendwo ganz tief in meinem Bauch. *Ob er mich mag*? Und wenn er Nein sagte? Er würde Merle so oder so die Wahrheit sagen. Und wenn es eine Wahrheit ist, die ich gar nicht wissen will?

Natürlich sah Merle meine Zweifel.

»Wir fahren zusammen. Du versteckst dich irgendwo in Hörweite, dann weißt du sofort Bescheid. Was meinst du?«

»Und wenn er sagt, dass er mich nicht mag?«

Wieder neigte Merle den Kopf ein klein wenig. »Wenn es so ist, dann verschwendest du nicht deine Zeit. Dann hast du dich mit diesem Seelenverwandten getäuscht.« Sie sah meinen entsetzten Blick und setzte hinzu: »Ich bin sicher, man kann auch heute noch ins Kloster gehen.«

Ich konnte es nicht fassen, was ich hier tat. Ich kauerte hinter dem geöffneten Torflügel des ehemaligen Bootshauses der Seenotrettung. Der Schuppen war schon ein paar Hundert Jahre alt, und die Stadt hatte längst ein modernes Haus spendiert. Nun stand das geräumige Holzhaus der Jugend als Treffpunkt zur Verfügung. Und jeden Sonntagnachmittag übte dort Noah mit seiner Band. Es war ein sehr guter Platz zum Jammen, da es so weitab vom Dorf und seinen Lokalen lag, dass sich niemand an der Lautstärke störte.

Unsere Fahrräder hatten wir hinter dem Haus abgestellt, und etwas widerstrebend hatte ich Merle das Armband überlassen. Mit Daumen nach oben zwinkerte sie mir zu und ging ins Bootshaus. Von meinem Versteck aus hörte ich sie mit den Jungs von der Band quatschen und dann Noahs Stimme.

Sofort stellten sich mir die Nackenhärchen vor Aufregung auf. Ich mochte den Klang seiner Stimme. Und ich fragte mich, wieso er eigentlich nicht Sänger war. Er spielte Gitarre und manchmal Bass. Mit Musik kannte ich mich zu wenig aus, um sagen zu können, welche Art die *Drunken Seagulls* spielten. Aber sie war schnell und schwungvoll und richtig gut tanzbar. Deshalb durften sie auch bei jedem Schülerfest auftreten. Sie spielten aber ebenso oft im örtlichen Club oder im Umland. Jedoch hatte ich bisher nicht in die Musik-Clubs gedurft, da ich zu jung gewesen war. Noch ein Punkt auf meiner Liste, den ich sicherlich schnell abhaken konnte.

»Was gibt es?«, hörte ich Noah. »Du bist Merle, oder? Bist du wegen der Anzeige hier?«

Merle lachte nervös, und mir schlug das Herz bis zum Hals. Hoffentlich verbockte sie es nicht. Was, wenn sie ihm erzählte, wie verliebt ich in ihn war? Mir wurde schlecht. Wir hätten diese Aktion besser vorbereiten müssen.

Ich war zu weit entfernt, um sie klar und deutlich zu verstehen. Da entdeckte ich ein Astloch im Torflügel und spähte hindurch. Merle hatte Noah von seinen Freunden weg vor das Haus gelotst. Ein Lächeln huschte über meine Lippen, denn er sah heute wieder mal unverschämt gut aus. Wie immer trug er nur ein T-Shirt und Jeans. Merle und ich hatten uns Jacken übergeworfen, da der Seewind frisch war. Aber Noah reichte ein T-Shirt. Auf dieses hatte er die Skizze einer Möwe gedruckt, die einen Fisch wie ein Mikrofon hielt und hineinsang. Es war das Logo der Band. Sicher nicht sein bestes Motiv, aber ich mochte den frechen Strich der Zeichnung.

»Anzeige? Nein. Ich, also ich wollte dich was fragen.« Sie sah sehr nervös aus. Ich rechnete es ihr hoch an, dass sie das für mich tat.

»Aha. Okay. Was denn?«

Ich hielt die Luft an. Merle zog ihre Hand aus der Jackentasche, und ich sah das Armband aufblitzen.

Nein! Tu es nicht!, schoss es mir durch den Kopf. Für einen kurzen, panischen Augenblick wollte ich aus meinem Versteck aufspringen und Merle den Zauberschmuck wegreißen.

Wenn er mich nicht mochte – das würde ich nicht überleben!

Aber es war völlig ausgeschlossen, dass er nicht das Gleiche empfand wie ich. Es konnte nicht anders sein. Ich hatte es doch in seinen Augen gesehen. Schon als wir uns vor einem halben Jahr das erste Mal begegnet waren, hatte ich es gespürt. Und vor der Papeterie? Das hatte er auch gespürt! Ganz sicher.

»Also, du warst doch auch auf Julies Party«, hörte ich Merle – ziemlich laut – fragen und rückte wieder an das Astloch heran.

»Ja, genau«, fuhr Merle fort, denn Noah hatte nur genickt.

»Und also, ich hab mich da was gefragt«, sagte sie. »Und weil Julie meine beste Freundin ist, dachte ich, ich frag dich jetzt einfach mal direkt. Bevor irgendwelche Gefühle verletzt werden.«

Pause.

Ich merkte, wie sich meine Finger in den Sand krallten. Mein ganzer Körper verkrampfte sich, und ich begann zu hyperventilieren.

»Magst du Julie? Also … Du weißt schon …«

Mir schien, als brauche Noah ewig, um zu antworten. Durch das blöde Astloch sah ich einfach zu wenig. Also robbte ich auf Knien vor und lugte um den Torflügel herum.

Warum sagte Noah nichts?

Merle trug doch das Armband, es zwang ihn zu antworten! Es zwang ihn, die Wahrheit zu sagen.

Na los, flehte ich. Sag es ihr! Sag ihr, was du für mich empfindest.

Es schien Noah sehr unangenehm zu sein, ihr seine Gefühle für mich zu offenbaren. Deutlich kämpfte er gegen den Druck des Zaubers an.

Endlich nuschelte er eine Antwort. Fluchend lehnte ich mich noch weiter vor, als ob ich dann besser hören könnte.

»Ich kenn sie nicht. Aber sie ist cool«, murmelte er endlich. »Ich würde sie sehr gern besser kennenlernen. Sie mal treffen. Aber – das spielt keine Rolle.«

Was? *Aber!* Was hieß denn hier *aber*? Und wieso spielte das keine Rolle? Und wie das eine Rolle spielte! Ich verlor das Gleichgewicht und rempelte gegen die Tür, die ein Stück zuschwang. Merle bemerkte mich und wedelte hektisch mit der Hand, damit ich wieder hinter dem Tor verschwand, doch ich gestikulierte ihr, sofort nachzuhaken.

»Aber, was?«, fragte Merle laut.

»Aber sie hat einen Freund.« Diesmal musste Noah nicht um die Antwort ringen. Er hatte es ganz klar ausgesprochen. Irrtum ausgeschlossen.

Vor Schreck kippte ich um. Zum Glück fiel ich nach hinten in den Sand und nicht gegen das Tor.

Was hatte er gerade gesagt?

Ich hatte einen Freund? Totaler Quatsch! Wie kam er denn auf diese idiotische Idee? Wie konnte Noah so einen Mist unter Einfluss des Armbands sagen?

Weil es seine Wahrheit war, schoss es mir durch den Kopf. Er war davon überzeugt, dass ich vergeben war! Fast hätte ich losgelacht, so abstrus war sein Verdacht.

Doch dann traf es mich wie ein Blitz.

Natürlich! Die Party! Und nicht nur die, auch mein Geburtstag im *Lorenzo*. Und all die Pausen! Immer klebte er neben mir!

»Ben!«, sagte Merle erschrocken und sprach genau das aus, was ich dachte: Ben!

Noah nickte nur, und bevor ich hinstürzen konnte, hatte Merle das Armband gelöst und einer der Jungs Noah zur Probe gerufen. Eilig ging er in den Schuppen, während Merle langsam zu mir kam.

Ben!

Schweigend vor Entsetzen radelten Merle und ich davon. Wir mussten gar nicht absprechen, wohin wir fuhren. Es gab nur einen Platz, der in so einer Situation in Frage kam: unser Leuchtturm.

In wenigen Minuten hatten wir die Düne erreicht, auf der sich ein kleiner Leuchtturm erhob. Er lag weitab vom Zentrum, weshalb kaum Besucher kamen. Dennoch hatte irgendwer mal eine Holzbank davor aufgestellt.

Wann immer ich nachdenken musste, kam ich hierher. Ich liebte die Stille, den Seewind und den Blick aufs Meer. Es war der perfekte Ort, um einen klaren Kopf zu bekommen.

Wir lehnten die Räder an den verwitterten Holzturm und setzten uns auf die Bank.

»Wie kommt Noah nur auf diese blöde Idee?« Merle klang fassungslos.

Ich hatte mich noch nicht von dem Schreck erholt. Als ob ich es geahnt hätte, ich hatte es ja fast kommen sehen. Schon im *Lorenzo*. »Ben ist doch ständig mit uns unterwegs. An meinem Geburtstag im *Lorenzo* hat er mich regelrecht abgeknutscht.«

Befremdet sah Merle mich an. »Er hat dir gratuliert.«

»Ja, klar. Aber für Noah hat das offenbar anders ausgesehen. Und bei der Party war Ben dann echt richtig dämlich. Er hat mir sogar den Arm um die Schultern gelegt, während ich mit Noah geredet habe.«

»Was hat er?« Merle starrte mich an, und mir wurde klar, sie befürchtete gerade, Noah könnte etwas gesehen haben, für das sie blind gewesen war. Dabei war das alles totaler Blödsinn!

Ärgerlich warf ich ein Steinchen in den Sand und sah zu, wie es eine kleine Lawine auslöste. »Sag ich doch, er hat überhaupt nichts kapiert. Ben ist mein Sandkastenkumpel. Das ist doch auf 'ner ganz anderen Schiene!« Die eine Hälfte von mir war stinksauer, während die andere sich vor Lachen kringelte. »Vielleicht haben Jungs keine Antennen für so was.«

Merle schüttelte den Kopf und starrte düster aufs Meer hinaus. »Das ist doch voll – na du weißt schon.«

Plötzlich hatte ich das Gefühl, Ben verteidigen zu müssen. Ich wollte nicht, dass sie böse auf ihn war. Er hatte doch gar nichts getan. Ben war einfach Ben. »Er macht das ja total oft, dass er sich kumpelhaft bei uns unterhakt oder so. Weißt du doch. Da ist gar nichts dahinter. Aber woher soll Noah das wissen?«

Zögernd nickte Merle. »Okay, Noah weiß nicht, dass es einfach nur eine freundschaftliche Geste ist.«

Mir war bewusst, dass es diese Antwort für sie auch nicht besser machte. Schweigend sahen wir aufs Meer, und ich merkte, wie der Teil, der sauer auf Ben war, langsam die Oberhand gewann. Noah war davon überzeugt, dass ich mit ihm zusammen war. Ich und Ben! Das war so was von … von … na, lächerlich! Dennoch musste ich schmunzeln, denn ich hatte recht gehabt mit meiner Meinung über Noah. Er würde sich nie an ein Mädchen ranmachen, von dem er dachte, es sei vergeben. Sehr nobel von ihm. (Trottel!) Auch wenn er Interesse an mir hatte, etwas für mich empfand, war er Gentleman und wollte meine Beziehung zu Ben nicht zerstören. (Absoluter Totaltrottel!) Ich schüttelte den Kopf und schnaubte wütend.

»Was willst du jetzt machen?«, fragte Merle.

Zwei Möwen zankten sich am Strand um einen Krebs. Keine war geschickt genug, um mit ihm davonzufliegen.

»Keine Ahnung«, antwortete ich. »Auf jeden Fall hatte ich recht: Wir sind füreinander bestimmt. Noah fühlt genauso wie ich.«

Merle kramte aus ihrer Jackentasche das Armband und reichte es mir. »Dann hat mein Plan ja doch funktioniert.«

Lächelnd ließ ich das Schmuckstück zwischen meinen Fingern hindurchgleiten. Ja, die Schmuckmagie hatte geholfen. Jetzt konnte ich Noah und mein Schicksal endlich auf den richtigen Weg bringen.

16

Auch wenn mir der Start der Schulwoche unbarmherzig, Woche um Woche, durch Sport vergällt wurde, hatte der Montag ebenso ein Gutes: kein Mathe. Mein sicher sehr herzliches Wiedersehen mit Herrn Fuchs musste noch warten. Deshalb blickte ich diesem Tag relativ gelassen entgegen. Außer Komplimenten für die gelungene Party gab es nichts, das diesen Vormittag interessant machte. Ich hielt zwar nach Noah Ausschau, doch er lief mir nicht über den Weg. In den Pausen tauchte er nicht an seinem Stammplatz auf. Etwas enttäuscht träumte ich mich durch die Stunden.

Ich musste unbedingt mit ihm sprechen. Unbedingt! Bevor es jemandem auffiel, dass ich alle Hefte mit Herzchen bemalte.

Als ich nach der Schule nach Hause kam, öffnete Mike mir die Tür. Er trug eine Haushaltsschürze und war mit Glasreiniger und Putzlappen bewaffnet. »Patsch bitte nicht wieder auf das Glas«, mahnte er mich, als ich die Haustür zudrücken wollte.

»Okay«, antwortete ich überrascht und stellte meine Tasche unter die Garderobe.

»Und die Tasche hängst du bitte hier an den Haken. Ich habe gerade gesaugt und gewischt.«

Tatsächlich waren neue Haken unter der Garderobe angebracht, und Moms Handtaschen hingen dort ordentlich aufgereiht. Ich tat wie befohlen und schlappte ins Wohnzimmer, wo Paps grinsend im Sessel saß. Er trank einen Kaffee und beobachtete seinen Sohn.

»Setz dich zu mir, Prinzesschen«, forderte er mich auf und stellte den Kaffeebecher ab. Sofort sprang Mike dazu.

»Nicht auf den Tisch! Ich habe ihn eben geputzt! Nimm das!« Von irgendwoher zauberte er einen Filzuntersetzer. Paps und ich tauschten einen Blick. Wir beide mussten uns anstrengen, nicht zu lachen.

»Das geht schon die ganze Zeit so«, flüsterte Paps. »Ich überlege ernsthaft, ob er irgendwie krank sein könnte.«

»Vielleicht ist er nur erwachsen geworden.« Stolz beobachtete ich, wie Mike das Terrassenfenster reinigte. Er machte das klasse. Um auf alle Arten von Schmutz vorbereitet zu sein, trug er eine Art Handwerkergürtel, in dem eine Armada an Schwämmen, Lappen und Sprühflaschen steckte. Ich musste zugeben, dass sein Putzfimmel manisch zu werden drohte. Ob ich das Band kürzen sollte? Vielleicht würde dadurch dieser Sauberkeitswahn etwas gemildert. Das Telefon klingelte, und Paps ging in die Küche, um den Anruf entgegenzunehmen.

»Mike?«, fragte ich.

»Ja? Kann ich dir helfen?«

»Nein, aber Mike, lass mal das mit dem Putzen. Ich glaube, es ist sauber genug bei uns. Und ganz ehrlich, ich denke nicht, dass die Harmonie in dieser Familie davon abhängt, ob die Scheiben blitzblank sind.«

»Es ist mir klar, dass du dem keine Bedeutung beimisst.« Seufzend steckte er sich das Reinigungstuch in seinen Handwerkergürtel und kam zu mir. »Sonst würdest du sicher auch dazu beitragen.« Mike musterte mich genau wie Mom, wenn sie sich wegen meiner Dauerfünf in Mathe Sorgen um meine Zukunft machte.

»Bitte?«, entfuhr es mir. Machte Mike mich gerade an, dass ich mich zu wenig an der Hausarbeit beteiligte?

»Liebe Julie«, begann er seinen Vortrag. »Die Unordnung in diesem Haus belastet Mom. Sie empfindet es so, als ließen wir sie damit allein. Sie ist gestresst, denn ihr Job fordert sie schon genug. Wenn Mom gestresst ist, hat Paps schlechte Laune, denn er muss meist Moms Ärger aushalten, was dazu führt, dass auch Paps anfällig für schlechte Laune ist. Auch er hat im Büro schon genug um die Ohren. Deshalb sollte unser Zuhause ein Raum der Fröhlichkeit und Harmonie sein.« Ich starrte Mike mit offenem Mund an, doch seine Predigt war noch nicht zu Ende. »Was passiert, wenn Mom und Paps gestresst sind? Sie haben keine Geduld mit ihren Kindern. Und gerade du, Julie, reagierst sehr emotional auf diesen elterlichen Stress. Womit wir bei deiner These wären, dass unser Familienglück nicht von sauberen Fenstern abhängen würde. Falsch, Julie! *Alles* hängt von sauberen Fenstern ab. Alles!«

Paps kam von seinem Telefonat zurück und räusperte sich. »Mike?« Sein Tonfall war ernst.

»Noch einen Kaffee, Paps?« Mit einem freundlichen Lächeln wollte er an ihm vorbei zur Küche. Doch Paps hielt ihn zurück.

»Mike, das war die Schule.« Er hielt das Telefon hoch, wie zum Beweis. Mir stockte der Atem. Hatte er etwa auch dort alles geschrubbt?

Ich hörte die Tür von Moms Arbeitszimmer und dass sie die Treppe herunterkam. Hatte sie an ihrem Anschluss das Telefonat mitgehört?

»Sie sagen, du wärst heute nicht im Unterricht gewesen. Und Freitag auch nicht.« Paps sah Mike durchdringend an.

»Mike?« Mom stellte sich neben Paps. »Mike, hast du einen Grund für dein Schwänzen? Gibt es Probleme in der Schule?«

Verständnislos schüttelte Mike den Kopf. »Was denkt ihr denn! Es ist viel wichtiger, hier zu sein und für euch zu sorgen! Was soll denn aus uns allen werden, wenn wir hier keine Harmonie haben!«

»Das ist jetzt nicht dein Ernst!« Paps schnappte nach Luft und setzte zu einer seiner Strafpredigten an.

Ich starrte Mike an. Was hatte er gerade gesagt? Er schmiss die Schule, um bei uns zu putzen?

Noch bevor ich realisierte, was das bedeutete, fuhr Mom herum und packte mich am Arm. »Es reicht!«, zischte sie und zerrte mich hinaus auf die Terrasse.

»Mom! Au. Was soll das? Du tust mir weh!« Ich versuchte, mich aus ihrem Griff zu drehen, aber sie ließ es nicht zu. Erst als wir außer Hörweite der anderen waren, blieb sie auf dem Rasen stehen.

»Ich habe dich gewarnt«, fuhr sie mich an. »Ich habe dir gesagt, du sollst die Finger von Dingen lassen, die du nicht verstehst! Deren Konsequenzen du nicht kennst!«

Meine Gedanken rasten, ich überflog alle Optionen, die ich noch hatte. Leugnen? Auf blöd machen? Oder einfach alles zugeben?

»Du wirst mir sofort den Kasten aushändigen und Mike das Zeug abnehmen! Wo immer du es angebracht hast.«

Option eins und zwei entfielen. Es war zwecklos. Sie wusste über den Zauber Bescheid. Noch immer wollte ich Mom gegenüber nicht zugeben, dass ich Mike verzaubert hatte. Aber das musste ich gar nicht. Sie wusste viel besser als ich, was los war. Genau wie ich – und sicher auch Daria – hatte sie auch dieses magische Talent. Sie war eine Hexe – oder wie auch immer sie es nennen mochte! Sie hatte es gewusst und mir verheimlicht.

»Nein. Zuerst bist du dran.«

»Was? Du bist nicht in der Position –«

»Falsch«, unterbrach ich sie. »*Du* bist nicht in der Position, mir irgendwas vorzuschreiben. Du schuldest mir Antworten.« Mom musste endlich die Wahrheit sagen!

Sie presste die Lippen zusammen und schüttelte den Kopf. »Niemals. Gib mir den Schmuck. Jetzt, Julie!« Sie sah mich so voller Wut an, dass ich nicht anders konnte, als mich zu wehren.

»Der Kasten gehört mir«, giftete ich sie an. »Ich werde ihn dir nicht geben.«

Da packte sie mich an den Schultern. »Du musst ihn mir freiwillig geben, nur so wird das Blutsiegel gebrochen. Also gib mir das verfluchte Ding!«

Das Blutsiegel? War es etwa kein Versehen gewesen, dass ich mich gestochen hatte? »Nein!« Ich war so wütend auf Mom, darauf, dass sie mehr wusste als ich. Sie kannte die Magie, sie kannte ihre Funktion, und sie gönnte mir nicht meine Zauberei. Sie war so ungerecht! »Mike ist super so!«

Sie stieß mich entsetzt von sich. »Du findest es also super, dass dein Bruder die Schule schmeißt, um dir Kakao zu kochen? Du lässt ihn seine Zukunft wegwerfen, nur damit du mehr Komfort genießen kannst?«

Jetzt war sie diejenige, die zurückwich. Ihr Blick ging mir durch Mark und Bein. Wäre sie nicht meine Mutter, hätte ich schwören können, dass hinter der Wut über mich auch Hass steckte. Sie hasste mich für das, was ich Mike angetan hatte. Vielleicht war es ja auch falsch oder es war einfach außer Kontrolle. Zu viel Magie. Denn natürlich wollte ich nicht, dass

Mike sein Leben als Leibeigener fristete. Das war nie meine Absicht gewesen. Das musste ihr doch klar sein!

»Wenn dein Bruder noch einen Tag schwänzt, läuft er Gefahr, von der Schule zu fliegen. Was dann?«

»Das ist Quatsch!«, blaffte ich sie an. »Ich hab Mike erst wieder zurückgeholt. Der hat doch gar nicht gelebt. Der ist doch nur schlafgewandelt!« Für eine Sekunde dachte ich, dass sie mich ohrfeigen würde. Mom hatte mich noch nie geschlagen, aber sie schäumte vor Wut, ihr ganzer Körper war angespannt.

»Lös den Zauber!«

»Nein!« Mit geballten Fäusten schrie ich sie an. »Du bist doch an allem schuld! Du hast versucht, den Kasten vor mir zu verstecken! Sag mir endlich die Wahrheit! Dann brauche ich auch keine Dummheiten mehr zu machen! Bring es mir bei.«

»Kommt nicht in Frage!« Sie schnappte vor Entsetzen regelrecht nach Luft. »Du wirst nie wieder Schmuck machen! Hast du mich verstanden?«

Und ob ich sie verstanden hatte. Hasserfüllt starrte ich sie an. »Niemals«, zischte ich. »Niemals werde ich damit aufhören. Du kannst mich nicht zwingen.« Unwillkürlich versuchte ich, mich größer zu machen. »Du kannst niemandem die Wahrheit sagen. Nicht mal Paps weiß von deinem Geheimnis. Du bist der Grund, warum unsere Familie so kaputt ist. Du und deine Lügen!«

Anscheinend hatte ich ins Schwarze getroffen, denn sie wankte, als hätte meine Breitseite sie körperlich getroffen.

»Ich will dich doch nur beschützen.«

»Darauf kann ich verzichten. Es ist *mein* Leben!«

Sie machte einen Schritt auf mich zu, wollte meinen Arm greifen, doch ich wich ihr aus. »Du darfst nicht dieselben Fehler machen wie ich!«

»Keine Sorge, es werden *meine* Fehler sein. Du darfst deine Lebenslügen behalten.«

In diesem Moment kam Paps in den Garten. »Und?«, meinte er. »Habt ihr die Sache mit den Blumen geklärt?«

Mom und ich starrten uns nur an. Sie sagte nichts, doch ich sah ihr an, dass sie fast vor Wut platzte. Ihr ganzes Leben war eine Lüge. Diese Schmuckmagie war der Grund, warum sie nicht mehr mit ihrer Mutter redete. Und wenn sie auch nur annähernd so fühlte wie ich, wenn ich Schmuck machte, dann war es ein wichtiger Teil von ihr. Ein elementarer Teil, den sie seit Jahrzehnten unterdrückte und verleugnete. Meine Wut wandelte sich in Verachtung.

»Lügnerin«, zischte ich ihr zu und ging.

Paps sah mich verwundert an und wandte sich dann Mom zu. »Ähm. Also Mike meinte, er geht morgen wieder zur Schule, der Harmonie wegen. Und … ähm … bei euch Mädels?«

Als ich ins Haus stürmte, hastete Mike mit einem Tablett Kaffee und Sahnewindbeuteln an mir vorbei in den Garten.

17

Mit dem Fahrrad raste ich zur Bücherei. Wie eine Furie schoss ich den Dünenweg entlang und strampelte all meine Wut aus dem Bauch. Ich schmeckte die salzige Luft und das Salz meiner Tränen, die mir warm die Wangen hinabrannen. Der kühle Wind trocknete sie, noch bevor ich die Bücherei betrat. Ich hoffte, dass ich die geröteten Augen mit dem Fahrtwind erklären konnte, falls Frau Soma sie bemerkte.

Mein Atem flog noch, als ich schon im Eingangsbereich der Bibliothek stand. Mein Blick suchte die hilfsbereite Bibliothekarin, doch ich konnte sie nirgends entdecken. Also ging ich zu Frau Jensen an der Ausleihe und fragte nach ihr.

»Es tut mir leid, Frau Soma hat Urlaub«, gab sie mir zur Antwort. Frau Jensen arbeitete mindestens so lange wie Frau Soma hier. Aber seltsamerweise war mit ihr nie solch ein freundschaftliches Verhältnis entstanden. Obwohl sie um einiges jünger als Frau Soma war und wir aller Wahrscheinlichkeit nach den gleichen Buchgeschmack hatten, funkten wir nicht auf derselben Wellenlänge.

Enttäuscht über Frau Somas Abwesenheit wandte ich mich ab, denn ich hatte gehofft, mit ihrer Hilfe noch andere Bücher zu finden, die mir vielleicht besser weiterhalfen.

»Du bist Julie Weidmann, nicht wahr«, fragte mich Frau Jensen.

Verwundert wandte ich mich zu ihr um. »Ja. Wieso?«

»Frau Soma sagte mir, dass du kommen würdest. Sie meinte, du würdest dich sicher über diese hier freuen.« Sie wuchtete einen Stapel Bücher auf den Tresen. Frau Soma hatte mich nicht vergessen!

»Das ist ja super! Vielen Dank!« Sofort kippte ich mir die schweren Lexika in die Arme und schleppte sie zu einem freien Tisch. Es waren Fachbücher über magische Zeichen und Runen. Ein dünneres Büchlein befasste sich mit der Entstehung der Verkehrszeichen. Darüber musste ich leise lachen. Aber Frau Soma hatte natürlich recht, auch diese fielen unter unsere sehr vage Ansage, alles über alle möglichen Arten von Symbolen erfahren zu wollen.

Aus dem Automaten holte ich mir eine kalte Limonade und machte mich ans Werk. Zuerst zog ich mir den dicken Wälzer über Runen heran. Beim Durchblättern wurde mir schnell klar, dass keines meiner Zeichen eine Ähnlichkeit mit dem Alphabet der Wikinger und Kelten hatte. Doch wenn ich ehrlich war, studierte ich die Abbildungen sowieso nicht richtig. Mit meinen Gedanken war ich bei Mom.

Noch nie hatten wir so einen heftigen Streit gehabt. Mir

schnürte es bei dem Gedanken daran, welche Gefühle ihre Worte bei mir ausgelöst hatten, die Kehle zu. Und wenn ich daran dachte, wie starrsinnig sie sich weigerte, mit mir über die Schmuckmagie zu reden, schäumte erneut Wut in mir hoch. Vor welchen Fehlern wollte sie mich denn bewahren? Und seit wann konnte man seine Kinder durch ein Verbot von Dummheiten abhalten? Das hatte noch nie funktioniert! Schon bei Rotkäppchen hatte die mütterliche Ermahnung nicht geholfen. Ich empfand das Verhalten meiner Mutter als ziemlich selbstsüchtig und arrogant. Wieso half sie mir nicht? Warum hatte sie mich nicht darauf vorbereitet, dass ich zaubern konnte? Jetzt hatte ich ihre Hilfe sicher doppelt nötig.

Stattdessen saß ich in der öffentlichen Bücherei, und eine Wildfremde half mir, Antworten zu finden. Wie konnte es sein, dass jemand wie Frau Soma – trotz Urlaub – an mich dachte und Bücher für mich zurücklegte, um mich bei meiner Suche nach Antworten zu unterstützen, während meine eigene Mutter mir jegliche Antworten und Hilfe verweigerte?

Tränen schossen mir in die Augen, und ich blinzelte sie weg. Etwas zu laut ließ ich den Wälzer zuklappen, was mir einen mahnenden Blick von Frau Jensen einbrachte. Ich lächelte entschuldigend und schlug das nächste Buch auf. *Magische Zeichen und Rituale* lautete der vielversprechende Titel. Entschlossen verbannte ich Mom aus meinen Gedanken und konzentrierte mich auf das Buch. Doch ich wurde enttäuscht, es war kein lang verschollenes Grimoire – kein hochgeheimes, von echten Hexen verfasstes Zauberlexikon –, sondern lediglich eine für eine Fernsehserie auf den Markt geworfene Sammlung netter Tricks und esoterischer Weisheiten. Wie hatte dieses Buch nur seinen Weg in die Bücherei gefunden?

Enttäuscht schubste ich es weg, als ich bemerkte, dass ein Zettel zwischen den Seiten steckte. Als ich die Stelle aufschlug, entkam mir ein erstauntes *Oh!* – zum Glück leise genug, um mir keinen weiteren Rüffel einzufangen. Aus dem Buch grinste mich von einem Foto ein zotteliges Gesicht mit geöffnetem Maul an. Das war eindeutig die Fratze aus meinem Kasten! Die, auf der die Perlen für das Wahrheitsarmband gelegen hatten. Unter dem Bild stand: *Mund der Wahrheit*. Ein Relief, das in Rom an einer Kirche angebracht war. Die Legende besagte, dass jedem, der seine Hand in den Schlund steckt und nicht die Wahrheit spricht, die Hand abgebissen würde.

Da hatte ich ja Glück mit meinem Armband, niemand hatte eine Hand verloren. Aber die Wahrheit gesprochen. War es ein Zufall, dass ausgerechnet diese Seite ein Lesezeichen hatte?

Jetzt erst betrachtete ich den Zettel. Das Papier war gelb und rau und die Druckbuchstaben *FB/M/G2–0013* waren darauf regelrecht eingeprägt. Vermutlich war dieser Code noch mit einer Schreibmaschine getippt worden. Hoffentlich konnte Frau Jensen etwas mit dieser Notiz anfangen.

Sie bediente noch einen Kunden, dann war ich an der Reihe. Ich schob ihr den Zettel über den Tresen. »Sagt Ihnen das etwas?«

Sie musterte den Zettel interessiert. »Wo hast du denn den gefunden?«

»In einem der Bücher.«

»Das ist noch eine Karteinotiz aus uralten Büchereizeiten.« Sie lachte verwundert. »Der ist sozusagen antik.«

»Und wofür waren die Zettel gut?«

»Letztendlich war es das gleiche System wie heute, die Nummer steht für ein Buch. Nur jetzt werden alle Informationen dazu blitzschnell im Computer angezeigt, und wir können sofort sehen, ob das Buch da ist oder ausgeliehen oder gar überfällig. Damals musste man die Zettel immer in die richtige Box sortieren und jede dieser Boxen durchsehen, wenn man ein Buch suchte.«

Was tat ein so alter Zettel in so einem neuen Buch? Es war sicher erst vor zwei oder drei Jahren erschienen. »Meinen Sie, dieses Buch gibt es noch?«

»In unserem Bestand?« Sie zuckte mit den Schultern.

»Würden Sie nachsehen? Nur so aus Neugier.«

Etwas, das vielleicht ein Anflug von Abenteuerlust war, funkelte in ihrem Blick, und mit einem verschwörerischen Lächeln verließ sie die Ausleihe, den Zettel wie eine Wünschelrute vor sich haltend.

Es dauerte eine geschlagene Viertelstunde, bis sie zurück war. Zuerst dachte ich, sie hätte nichts gefunden, doch wieder hinter ihrem Tresen angelangt, legte sie ein sehr dünnes Heftchen vor mich hin.

Mir stockte der Atem. Das konnte doch nicht sein!

Auf der Vorderseite des vergilbten Papiers schlängelten sich filigrane Ranken im Kreis, wie auf meinem Kasten. Sie waren sehr verblichen, kaum mehr als ein Schatten, aber es waren eindeutig Ranken mit weißen Knospen!

»Ich hab es zuerst übersehen«, meinte Frau Jensen stolz. »Es ist so dünn und klebte an einem anderen Buch fest. Ich schätze, in der Fachabteilung für *Geschichte der Mathematik* herrscht keine rege Ausleihe.«

»Es gibt hier Fachbücher zur Geschichte der Mathematik?«, fragte ich, ohne wirklich zugehört zu haben. Mit zittrigen Fingern zog ich das Heft näher zu mir.

Es gab keinen Zweifel. Meine Ranken!

Sie lachte. »Tja, wenn Google mal streikt …«

Behutsam nahm ich das Heftchen in die Hand, obwohl selbst die Bezeichnung *Heftchen* dafür zu viel war. Es bestand aus dem Deckblatt, drei Seiten und einer Rückseite. Mehr nicht. Auf der Vorderseite klebte dieselbe Nummer, die auf der Notiz gestanden hatte. Vorsichtig öffnete ich es, fast in der Erwartung, es könne jeden Augenblick zu Staub zerfallen.

»Was?« Fassungslos hielt ich Frau Jensen das aufgeschlagene Heft hin. »Was ist das denn?«

Die Seiten waren leer. Total absolut leer. Mit den Fingern wischte ich über das Papier, um vielleicht Vertiefungen zu spüren, wo einst Buchstaben gestanden hatten. Doch es fühlte sich makellos glatt an.

»Was ist damit passiert?«, fragte ich.

»Nun ja, es scheint mir, als stamme es noch aus dem letzten Jahrhundert. Vielleicht ist die Schrift verblichen?«

»Was kann denn da so Großartiges gestanden haben, dass es in die Fachabteilung für die Geschichte der Mathematik aufgenommen wurde?«

Ratlos zuckte Frau Jensen mit den Schultern. Schon wieder. Ein klares Zeichen, dass sie mir absolut nicht weiterhelfen konnte.

Musste sie auch gar nicht. Mir war klar, warum die Seiten leer aussahen. Dort standen Zauberformeln! Es war eindeutig, dass dieses Heftchen zu meinem Kasten gehörte!

»Kann ich es ausleihen?«

»Du willst ein altes, unbeschriebenes Heft ausleihen?« Ihr Blick sagte deutlich, dass sie an meinem Geisteszustand zweifelte. Ich überlegte kurz, welche überzeugende Geschichte ich ihr auftischen konnte. Doch so schnell fiel mir nichts ein. Dass die vergilbte Zeichnung auf dem Cover den Ornamenten auf meinem Schmuckkasten ähnelten, konnte ich schlecht als Argument anführen.

»Ja, bitte«, sagte ich deshalb schlicht, während mein Herz vor Aufregung raste.

Gehorsam tippte sie etwas in ihren Computer und – wer hätte es gedacht – zuckte mit den Schultern. »Es ist gar nicht mehr im System. Du kannst es also auch gern einfach behalten.«

»Wirklich? Das ist … Okay, vielen Dank.« Ich ging zu meinem Platz und verstaute mit zittrigen Händen das Heftchen sorgsam in meiner Tasche. Meine Gedanken überschlugen sich. Hatte ich endlich ein Handbuch für die Schmuckmagie?

Halbherzig blätterte ich noch in dem Buch über Verkehrszeichen, zückte schließlich mein Handy und kündigte Merle per Nachricht meinen Besuch an.

Ich musste dringend und sofort mit ihr über dieses Heft sprechen.

Ich liebte Merles Zimmer. Es glich einer Höhle – vollgestopft mit den verrücktesten Dingen. Eigentlich waren es gar keine verrückten Sachen, doch die Kombination machte es so … besonders … eigenwillig … verdreht.

So steckten neben ihrem Spiegel nicht nur Ansichtskarten von Orten, an die sie einmal reisen wollte. Sie kaufte die Karten auf Flohmärkten. (Völlig abgedreht, was manche Leute dort verkauften. Und wofür Leute Geld ausgaben.) Bunt gefärbte Federn jeder Größe und alte Scherenschnitte von adligen Damen, die einst in vornehmen Herrenhäusern lebten, lugten ebenso hervor. Die Zimmerdecke hatte sie mit großen, selbstgebatikten Tüchern abgehängt. Dazwischen baumelten getrockneter Lavendel, ein dicker Engel aus Ton, eine Plastikfigur einer reitenden Glitzerelfe auf einem Regenbogen-Einhorn aus dem Spielzeugladen und noch andere Fundstücke.

Außerdem hatte sie einer Wand einen dunkelroten Anstrich verpasst, wodurch das Zimmer noch mehr wie eine heimelige Wohnhöhle wirkte.

Mein Lieblingsplatz war der Kissenberg, der auf ihrem Bett thronte, und von dem aus ich jedes Mal neue Bewohner in ihrem Sammelsurium entdeckte.

»Wie hast du das Heft gefunden?«, fragte sie mich, doch mein Blick hing noch an einem neuen Mini-Diorama, das Merle gebastelt hatte. Ich war immer wieder von ihrem Geschick, ihren Ideen und ihrem Gefühl für Farben begeistert.

Im Schneidersitz setzte Merle sich auf den Boden und sah mich forschend an. Sie trug die plüschigen Hausschuhe, die wie Tigerkrallen aussahen. Ein Detail, das mich jedes Mal grinsen ließ.

»Wo ist es denn nun?«, sagte sie und riss mich aus meinen Betrachtungen. Ich zog die Tasche heran und nahm das Heft vorsichtig heraus, um es ihr zu geben.

»Ich bin sicher, dass es magisch ist«, sagte ich voller Ehrfurcht.

»Das olle Ding?« Enttäuscht blätterte Merle es durch, drehte und wendete es.

Ich rutschte vom Kissenberg zu ihr auf den Boden. »Siehst du nicht die Verzierungen? Das sind dieselben Ranken wie auf dem Kasten!«

Merle hielt das Heftchen ins Licht und musterte die blassen Linien. »Ja, okay. Könnte sein.«

Schmollend nahm ich ihr das Heft weg. »Wo ist denn dein Sinn fürs Außergewöhnliche? Warum bist du so skeptisch? Ich finde, es ist offensichtlich! Es hat mich gesucht.«

»Es ist leer.«

»Nein, sicher nicht.«

»Die Tinte ist verblasst. Und wo war es? In der Matheabteilung? Komm schon, Julie. Das ist Wunschdenken.«

Für einen kurzen Augenblick ließ ich mich verunsichern. Wollte ich in diesem Fundstück mehr sehen, als es war, weil ich so verzweifelt nach Antworten suchte? War es doch am Ende nichts anderes als ein blöder Zufall, dass ich es gefunden hatte? Merle hatte wohl recht. Was hätte mein Handbuch der Schmuckmagie auch all die Jahre zwischen Mathe-Fachbüchern in unserer Bücherei gesucht? Wahrscheinlich waren zu der Zeit einfach alle Schriftstücke mit Ranken verziert worden. Gab es da nicht mal so eine Epoche? Jugendstil oder so?

Grübelnd blätterte ich die leeren Seiten durch. Außerdem: Konnten Ausführungen über Schmuckmagie überhaupt in ein so schmales Heft passen?

Ja!

Denn dies war mein Zauberhandbuch! Ganz sicher.

Es konnte gar nicht anders sein. Es gab schließlich Magie, und deshalb war dies auch kein Zufall! Ich hielt Merle das Heft erneut unter die Nase. »Es gehört zum Kasten, ich bin ganz sicher. Vielleicht ist es verzaubert. Wir müssen nur einen

Weg finden, die Schrift sichtbar zu machen. Wir brauchen einen Enträtselungszauber.«

Mit schief gelegtem Kopf betrachtete Merle das Heftchen in meinen Händen. »Du meinst, es ist verschlüsselt? Also, der Text ist unsichtbar gemacht?«

Ich nickte und beobachtete, wie Merles Neugier erwachte.

»Also gut.« Sie stand auf und durchsuchte ihr Bastelschränkchen. Den Schubladenschrank, der ihr bis zur Schulter reichte, hatten wir auf einem Flohmarkt letzten Sommer entdeckt. Merle war in Rekordzeit zu ihrem Vater gerast, damit er ihn mit dem Auto abholte, während ich ihren Fund vor anderen Schnäppchenjägern verteidigen musste. Damals hatte mich ihre Begeisterung für das Möbelstück befremdet, da ich keinerlei Vorstellung davon hatte, was sie mit dem Ungetüm anfangen wollte. Mittlerweile sah der ehemalige Apothekerschrank mit den unzähligen kleinen Schubladen richtig niedlich aus. Sie hatte ihn bunt bemalt und mit Blumenmotiven bestempelt. In den Schubladen sammelte sie alles Mögliche für ihre Basteleien. Da gab es diese bunten Klebebänder, getrocknete Blumen und Samen, Nüsse, Federn, Papiere, Folien, Pappen und so weiter. Ein wahres Schatzschränkchen. Jetzt drehte sie sich wieder zu mir, mit zwei Kerzen und Feuerzeug in den Händen.

»Vanilleduft oder Kaffeehausaroma?« Sie hielt mir die Kerzen hin.

»Vanille«, antwortete ich sofort. Ich wollte nicht wissen,

wie Kaffeehausaroma roch. Kaffee wäre ja noch okay. Aber Kaffee-*Haus*? Zigarren und Druckerschwärze, aufdringliches, teures Parfum? Nein. Vanille klang besser.

Merle legte eine hübsche blau bemalte Fliese auf den Boden, platzierte die Kerze darauf und zündete sie an.

»Beschwören wir einen Geist?«

Merle kicherte. »Nein. Vielleicht ist das Papier mit einer Geheimtinte beschrieben.« Sie nahm mir das Heft ab, und hielt es aufgeschlagen über die Flamme.

»Halt!« Entsetzt wollte ich es ihr aus der Hand reißen. »Du verbrennst es ja!«

»Vertrau mir.« Ärgerlich befahl sie mir, mich wieder hinzusetzen. »Ich erwärme es doch nur. Wenn mit Zitronensaft oder Milch oder Ähnlichem geschrieben wurde, macht es die Wärme sichtbar.«

»Und wenn nicht?«

»Dann müssen wir weiterüberlegen.« Prüfend drehte sie es um, doch das Papier war noch genauso leer wie vorher. Wieder hielt sie es über die Flamme. Nach ein paar Minuten kontrollierte sie erneut …

Ich traute meinen Augen nicht.

Eine feine geschwungene Handschrift bedeckte das Blatt.

»Merle! Du bist ein Genie!«

Vor Aufregung waren meine Hände schweißnass. Ich rückte neben Merle und entzifferte den Text. Er war nicht besonders lang.

Finde Dein Schicksal!
Folge Deiner Bestimmung!
Komm zu mir bei Vollmond, wenn der neue Tag beginnt!

Mein Blick glitt fragend zu Merle. »Das ist kein Handbuch. Das ist irgendein Rätsel.«

Merle blätterte um und erwärmte das zweite Blatt. »Abwarten.«

»Was ist das denn?« Auf der zweiten Seite waren nur Linien erschienen. Einige verliefen parallel, andere kreuzten sich, mal leicht geschwungen, mal in scharfen Kurven.

Die Wärme der Kerze offenbarte auf dem dritten Blatt nur ein Kreuz, das wie zufällig auf die Seite gesetzt schien.

Schweigend betrachteten wir die drei Seiten, lasen die Zeilen wieder und wieder.

»*Komm zu mir bei Vollmond, wenn der neue Tag beginnt* – das ist leicht. Mitternacht bei Vollmond. Aber wohin denn?«, meinte Merle.

»*Finde und folge …*«, murmelte ich. *Finde und folge.* Was mochte das bedeuten? Mit dem Finger fuhr ich die Linien nach. Je länger ich sie betrachtete, umso vertrauter erschienen sie mir. An was erinnerte mich nur dieses Chaos …

»Kommen dir die Linien auch bekannt vor?«, fragte Merle.

»Dir auch? Was sieht so aus, das wir beide kennen?«

Wieder versanken wir in angestrengtes Grübeln. Und dann sah ich es plötzlich! Und ich wusste auch, was ich mit dem

Kreuz zu tun hatte. Aufgeregt löste ich die Seiten aus dem Heft.

»Was machst du denn?« Merle sprang mir nach, als ich mit den beiden Blättern zu ihrem Fenster rannte und das Papier mit den Linien dagegenhielt.

»Das ist eine Landkarte! Schau, hier ist die Küste, dort ist die Hauptstraße, diese Gräten da sind die Sackgassen hinten bei den Bootsschuppen.«

Mit großen Augen starrte Merle auf die Linien, die plötzlich ganz deutlich nichts anderes waren als eine Landkarte unseres Ortes. Ich legte das Blatt mit dem Kreuz darauf, und wir zwei hielten die Luft an.

»Wo ist das?«

Ich lächelte. »Auf den Klippen.« Ich ließ die Blätter sinken. Jetzt wusste ich, wohin ich musste, um meine Antworten zu bekommen. Die Frage war nur, wann der nächste Vollmond war. Natürlich hatte Merle schon längst ihr Handy gezückt und zeigte mir auf dem Display den aktuellen Mondkalender.

»Heute?«, stellte ich erstaunt fest. Das war wirklich Schicksal.

»Sag jetzt nicht, das wäre Zufall. Es gibt keine Zufälle …«, meinte Merle und grinste. »Also, wohin gehst du heute Nacht?«

Ich wusste, es würde gespenstisch klingen, und trotzdem überlief mich ein Schauer, als ich sagte: »Zur Hütte der Witwe.«

18

Die Hütte der Witwe war ein uraltes Steinhaus außerhalb des Ortes, wo die Dünen endeten und die Küste sich zu einer steilen Klippe aufbäumte. Vor einigen Hundert Jahren, so hieß es, war ein armer Mann zur See gefahren. Er hatte geträumt, den Fang seines Lebens zu machen, wenn er in dieser Vollmondnacht hinausfuhr. Doch er kam nie zurück. Seine Frau stand jeden Abend auf der Klippe und hielt Ausschau. Als die Kinder vor Hunger starben, wurde die Witwe wahnsinnig, so heißt es in der Legende. Sie baute das Haus auf der Klippe und hielt Tag und Nacht nach ihrem Mann Ausschau. Auch heute noch soll sie jede Nacht an der Klippe stehen und das Meer beobachten.

Eine Gruselgeschichte, die wir schon in der Grundschule gelernt hatten. (Heimat- und Sachkunde. Danke für die Albträume.) Deswegen zog es immer wieder Jugendliche nachts zur Klippe, um Mutproben abzulegen. Ich war noch nie dort gewesen – die unheimlichen Bilder aus Kindheitstagen steckten tief. Das verwitterte, von der Zeit und dem Seewind zur

Seite gedrückte Haus hatte ich bisher nur von weitem betrachtet.

Doch jetzt trat ich entschlossen in die Pedale. Ich würde meinem Schicksal folgen. Meine Bestimmung finden. Und wenn ich dafür einer alten Geisterfrau in die Augen blicken musste, war es eben so. Endlich würde ich Antworten auf meine Fragen erhalten. Woher diese Gabe kam und was ich mit ihr anfangen konnte. Gab es noch andere wie mich? Wie konnte ich Nebenwirkungen ausschließen?

Ein aufgeregtes Kribbeln überlief mich, als ich die Klippe vor mir aufragen sah. Dank des Vollmondes war der schmale Pfad hinauf zur Witwe deutlich zu erkennen. Das letzte Stück schob ich mein Fahrrad, denn der Weg war steil und steinig. Inzwischen hatte sich eine Wolke vor den Mond geschoben, und ich zückte mein Handy, um den Weg zu beleuchten.

Da tauchte das Häuschen vor mir auf. Ein dunkler Schatten vor dem nächtlichen Himmel, eingerahmt von zwei gedrungenen, ineinander verwachsenen Kiefern. Wie Krallen streckten sie ihre schwarzen Schattenzweige von sich.

Plötzlich verließ mich mein Heldenmut.

Julie, du dumme Nuss! Was tust du hier eigentlich! Mitten in der Nacht auf eine Steilklippe zu klettern war auch ohne Geisterstunde ziemlich dämlich!

»Hallo?«, rief ich ängstlich, doch nichts rührte sich. Nur der Wind raschelte durch das Dünengras, und von unten hörte ich die Brandung der Wellen.

Zögernd ging ich auf die Hütte zu.

Der Wind befreite den Mond von der Wolke, und sein Licht warf blaue Schatten. Ich spähte auf mein Handy, es war fünf Minuten vor Mitternacht. Die Geisterstunde würde gleich beginnen. Das Fahrrad lehnte ich gegen die von Flechten überzogene Steinwand des Häuschens und schlich nach vorne zur Kante der Klippe. Dort war der Eingang. Den Beschreibungen zufolge stand neben der Haustür eine Steinbank, auf der die Witwe zu sitzen pflegte, um das Meer zu beobachten. Wie ein Einbrecher drückte ich mich an die kalten Mauersteine und atmete tief durch, bevor ich all meinen Mut zusammennahm und um die Hausecke trat.

Keine Spukgestalt. Die Bank war leer. Nur das Mondlicht schimmerte auf dem Stein, als wolle es mir sagen: Nimm Platz.

Nachdem ich mir mehrmals eingeredet hatte, dass es keine Geister gab (Ah! Na klar! Magie existiert ja auch nur im Märchen!), umrundete ich das Haus und lugte durch die Fensterlöcher in die Finsternis hinein. Doch im Haus war nichts und niemand zu erkennen. Vielleicht verspäteten sich auch Geister oder Hexen oder Magier … oder wer auch immer hier auftauchen würde.

Ich setzte mich auf die Bank und sah hinaus aufs Meer. Der Wind türmte Wellen auf, die sich mit weißen Kronen krachend gegen den Strand warfen. Langsam begann ich, mich zu entspannen. Hier gab es nichts, wovor ich mich fürchten musste. Und wer auch immer mir diese Nachricht zugespielt hatte, wollte sicher nicht mein Unglück.

Mit dem Rücken lehnte ich mich an die Hauswand und beobachtete die weißen Schaumkronen, die im Mondlicht leuchteten. Außer der Brandung und dem Rascheln des Grases war es still. Ich empfand es jedoch nicht mehr als eine gespenstische Stille, eigentlich war es fast romantisch. Für einen Augenblick stellte ich mir vor, Noah säße neben mir. Arm in Arm. Mein Kopf an seiner Schulter. Ein wunderbares Gefühl. Das Mondlicht glitzerte auf den Wellen, der Wind strich mir warm über die Wangen – etwas knarzte hinter mir.

Mit einem Schrei sprang ich auf und wirbelte herum.

»Wer ist da?«, quiekte ich.

Keine Antwort.

Na gut. Ich hatte mich selbst belogen: Es gruselte mich zutiefst, hier oben alleine zu sein! Erneut knarzte es. Jetzt erkannte ich, woher es kam: Es waren die krüppeligen Kiefern, deren Stämme der Wind aneinanderrieb. Es dauerte einen Augenblick, bis der Schreck vorüber war und ich wieder gleichmäßig atmete.

Bald war es halb eins. Wie lange sollte ich hier warten?

Ratlos ging ich ums Haus, ließ meinen Blick über die Dünen wandern, sah den Pfad hinunter, der sich die Klippen entlangwand und bei einem Kiefernwäldchen verschwand. Niemand zu sehen.

Wie wahrscheinlich war es, dass jemand hier auftauchen

würde, um mich in die Geheimnisse der Schmuckmagie einzuführen? Es war idiotisch von mir gewesen, diesem seltsamen Hokuspokus der dämlichen Schatzkarte Glauben zu schenken! *Finde deine Bestimmung, folge deinem Schicksal.* Ja klar.

Wütend über mich selbst, stapfte ich an der Bank vorbei zum Fahrrad – und zuckte zusammen.

Was war das?

Ein Schatten kauerte unter der Bank!

Ich erstarrte vor Angst. Bewegungslos fixierte ich die zusammengekauerte Gestalt. War es eine Katze?

War sie die ganze Zeit über dort gewesen?

Sie bewegte sich gar nicht. Allmählich schlug mein Herz wieder, und ich ging langsam in die Hocke.

Und erkannte, dass es ein Stoffbündel war.

Mutig zog ich es hervor. Ein schweres eckiges Päckchen, eingeschlagen in ein helles Leinentuch. Mit zittrigen Knien setzte ich mich, nahm es auf den Schoß und wickelte es aus.

Mir stockte der Atem. Es war ein Buch, dessen dicker lederner Einband mit Ranken geschmückt war, die weiße Knospen trugen. Jede Knospe ein funkelnder Stein, gleich einem kleinen Diamanten.

Wie in Trance schlug ich es auf. Die dicken pergamentenen Seiten waren dicht beschrieben. Eine altertümliche Schrift mit dunkler Tinte, die Ausführungen mit wunderbaren Zeichnungen illustriert. Skizzen von Diademen und

Colliers, Fußbändern und opulenten Ringen. Aber auch Anleitungen – Anleitungen, um magische Schmucksteine selbst herzustellen. Ich konnte eigene Magie erschaffen? Nicht nur fertige Perlen zu einem Stück zusammenfügen? Ich war eine Do-it-yourself-Hexe!

Atemlos blätterte ich es durch. Die Wunder nahmen kein Ende. Aber ich merkte, dass die Schrift sich ab der Hälfte änderte. Sie war weniger schnörkelig, und auch die Tinte schien mir nicht mehr so dick. Hatte hier eine weitere Schmuckmagierin Rezepturen niedergeschrieben?

Es waren allesamt merkwürdige Anleitungen; Federn von Tieren, deren Namen ich noch nie gehört hatte; Rituale, die anwiesen, einen Stein im Mondfeuer zu schmieden. Statt Fragen zu beantworten, warf dieses Buch noch mehr auf. Doch ich war ganz in seinem Bann, sog die Beschreibungen und Wunder, die darin aufgezeichnet waren, regelrecht in mich auf.

Erst als der Himmel sich verdüsterte, bemerkte ich, dass es schon bald drei Uhr morgens war. Glücklich radelte ich nach Hause. Mein Zauberbuch fest an mich gedrückt.

19

»Meine Güte! Sag bloß, du hast tatsächlich einen Geist gesehen!« Mit entsetztem Blick empfing Merle mich am nächsten Morgen im Klassenzimmer. Eilig schob sie mir meinen Stuhl hin, und pünktlich mit dem Klingeln zur ersten Stunde ließ ich mich darauffallen.

»Dir auch einen guten Morgen«, murmelte ich. Am liebsten hätte ich meinen Kopf auf die Tischplatte gelegt und geschlafen. Denn ich war zwar um halb vier endlich ins Bett gekrochen, hatte aber natürlich in meinem neuen Schatz weitergelesen. Vermutlich war ich kurz vor fünf eingeschlafen. Den Wecker hatte ich jedenfalls überhört. Mike hatte mich ziemlich rabiat aus dem Bett befördert. Das war zehn Minuten vor Unterrichtsbeginn. Dementsprechend frisch fühlte ich mich jetzt – und roch sicherlich auch so.

Herr Fuchs kam in die Klasse, und ich stöhnte auf. Erste Stunde Mathe! Wie hatte ich das nur verdrängen können!

»Bücher in die Taschen zurück«, verkündete er, ohne uns einen Guten Morgen zu wünschen. Ein Aufstöhnen ging durch die Reihen, und ich bettete tatsächlich meine Stirn auf die Tischplatte. Verdammt. Der schrieb doch wahrhaftig den Test! Ich hatte keinen blassen Schimmer, welche Aufgaben, geschweige denn welche Lösungswege Herr Fuchs uns (netterweise) aufgeschrieben hatte.

Als er das Aufgabenblatt neben mich knallte, zischte er: »Glauben Sie ja nicht, dass Sie mit der Nummer durchkommen!«

Mühsam richtete ich mich auf und angelte das Federmäppchen aus meiner Tasche. Ich bemerkte die grinsenden Blicke meiner Mitschüler. Karim zwinkerte mir zu und zeigte Daumen hoch. Klasse. Sie freuten sich anscheinend, dass wir einen Test schrieben – besser gesagt, *den* Test. Unsicher sah ich zu Merle. Im Gegensatz zu den anderen Zaubern, die immer einen Gedächtnisverlust bei den Betroffenen ausgelöst hatten, wusste man nach dem Wahrheitszauber sehr wohl, dass man gerade Dinge ausgeplaudert hatte. Herr Fuchs würde niemals genau den Test …

»Zeit läuft.« Mit einem eiskalten Blick musterte er noch mal die Klasse, bevor er sich auf die Kante des Pults setzte und uns wie ein Habicht überwachte.

Blättergeraschel erfüllte den Raum, als alle den Test umdrehten, dann folgte Fluchen und Aufstöhnen.

Vorsichtig riskierte auch ich einen Blick.

Geometrie? Den Stoff hatten wir Anfang des Schuljahres durchgenommen! Wer sollte sich denn jetzt noch an den Mist erinnern? Sauer sah ich zu Fuchs, doch der starrte mich nur finster an.

Dann traf mich das erste Papierkügelchen an der Stirn. Karim zeigte mir wütend eine unflätige Geste. Alles klar. Eben noch war ich Miss Cool, und jetzt Miss ***. Danke auch. Hatte er allen Ernstes gedacht, Fuchs würde genau den Test schreiben lassen, den er uns verraten hatte? Wie doof musste man sein?

Für mich war es unterm Strich egal, ob es um unseren aktuellen Stoff oder alten Kram ging. An diesem Tag hätte ich jeden Test versemmelt. Und Mathe sowieso. Meine ganze Konzentration brauchte ich dafür, die Augen offen zu halten und halbwegs gerade zu sitzen. Für all diese Graphen und Tangenten war da nichts mehr übrig. Deshalb wurde mein Blatt nach und nach von Ranken überwuchert. Denn meine Gedanken waren einzig und allein bei meinem Buch.

Als endlich der erlösende Gong erklang und dieser Albtraum ein Ende hatte, sank ich in meinem Stuhl zusammen. Noch fünf Schulstunden. Immerhin: kein Mathe mehr.

Jemand rempelte – mit voller Absicht! – im Vorbeigehen gegen meinen Stuhl, so dass ich fast runterfiel. Billys böser Blick traf mich. »Danke, Julie. Super Test!«

Noch jemand schubste mich, dann klatschte mir eine Schultasche in den Nacken.

»Ist ja gut«, fauchte ich. »Ich hab den Test auch verhauen.«

»Hey, Leute«, mischte Ben sich ein. »Julies Trick war lustig. Aber im Ernst, habt ihr wirklich geglaubt, Fuchs lässt uns genau dieselben Aufgaben schreiben?«

Dankbar lächelte ich ihm zu. Aber die Klasse blieb sauer.

An dem Tag würden mich noch etliche Papierkügelchen, Schultaschen und Schultern treffen.

Schließlich scheuchte Ben meine netten Mitschüler auf den Flur.

»Na, Jewels, da hast du dir ja ganz schön was eingebrockt.« Er setzte sich auf die Tischecke und sah Merle und mich abwartend an.

Kein Wunder, dass Noah dachte, ich sei mit Ben zusammen. Er klebte ja regelrecht an uns Hatte er denn keine anderen Freunde? Obwohl ich es sehr lieb von ihm fand, dass er meine aufgebrachten Klassenkameraden verscheucht hatte, wäre es jetzt mal wieder Zeit für ihn zu gehen. Doch er blieb stoisch sitzen und sah uns erwartungsvoll an.

»Ähm«, begann Merle. »Wir wollten gerade noch was besprechen.«

»Ein neuer Streich?«

»Nein, Ben. Sicher nicht«, fuhr ich ihn an und biss mir auf die Lippe. »'tschuldige. Bin irgendwie neben der Spur.«

»Deshalb, Ben. Wenn du –« Merle machte eine auffordernde Bewegung, damit er das Zimmer verließ. »Frauengespräch«, fügte sie mit gedämpfter Stimme an.

»Oh! … Ähm. O ja. Klar.« Sofort erhob Ben sich verlegen.

»Ich … ähm … also, ich hab da auch noch so Jungskrempel zu erledigen.« Manchmal frage ich mich, was sich Jungs unter *Frauensachen* vorstellen. Es muss jedenfalls der Horror sein, da sie immer sofort panisch flüchten.

Grinsend rückte Merle zu mir heran und tätschelte meine Hand. »Und jetzt erzähl mir endlich von deinem nächtlichen Rendezvous.«

»Ich hab es.« Ein müdes, aber sehr glückliches Lächeln huschte über meine Lippen.

»Was? Was hast du?« Fast kroch sie mir auf den Schoß, so begierig war sie zu erfahren, was bei der Hütte der Witwe geschehen war.

»Ich habe das Handbuch. Und es ist unglaublich, Merle! Im Anhang sind die Symbole aus dem Kasten erklärt, aber – du glaubst es nicht – auch ganze Anleitungen für Schmuckstücke sind aufgeführt. Und!« Ich sah mich um, ob auch keiner lauschte. »Es stehen Rituale darin …«

»Rituale?«, wiederholte Merle atemlos.

Ich nickte. »Wie man Schmucksteine mit Magie auflädt.«

Ihr fiel im wahrsten Sinne des Wortes die Kinnlade runter. »Das glaub ich nicht«, flüsterte sie. »Ich komm gleich mit. Ich muss das sehen. Das ist – Julie! Das ist unglaublich!«

Ja, das war es. Nicht umsonst war ich die ganze Nacht wach geblieben und hatte in dem Buch gelesen. Vieles war mir noch unklar – wie man zum Beispiel an das Licht eines Gespensterfischs kommen sollte (es gibt Gespensterfische?). Aber ich hatte fest vor, jemanden zu fragen, der sich mit so was bestens auskannte.

»Tut mir leid, Merle. Du musst noch warten. Ich will erst mit Mom reden. Sie muss mir jetzt endlich die Wahrheit sagen.«

20

Als ich zu Hause war, ließ ich mich völlig erschossen auf mein Bett fallen. Herr Ha war zum Glück da und drückte sich tröstend an mich. Dieser Schultag ging auf jeden Fall als der unerträglichste in die Geschichte ein. Doch trotz aller Müdigkeit hielt ich es nicht lange aus und tastete nach dem Buch, das ich heute Morgen unters Bett geschoben hatte.

Es war noch da. Mit all seinen Geheimnissen und Zaubern. Glücklich streichelte ich den Einband, fühlte die Ranken nach und umkreiste die diamantenen Knospen. Immer wieder hatte ich in den letzten Tagen Zweifel gehabt, ob ich tatsächlich die Gabe der Zauberei besaß.

Jetzt hatte ich Antworten auf Frage vier meiner Magie-Liste: Es lag nicht am Kasten. Die Zauberwirkung steckte in den Objekten selbst. Und ich hatte die Fähigkeit, sie mit bestimmten Zaubern aufzuladen. Frage drei war mit einem ziemlich sicheren Ja zu beantworten: Daria wusste sehr genau, was sie mir da geschenkt hatte. Denn so viel hatte Mom verraten: Sie und Daria konnten ebenfalls Magie wirken.

Daraus ergab sich Frage sieben: Wie viele von uns gab es wohl auf der Welt? Hatte nur meine Familie dieses Talent? Daria wollte, dass ich – ebenso wie sie – lernte, Magie zu benutzen. Deshalb der Kasten und nun das Zauberbuch. Ich vermutete, dass sie mir das Rätsel und damit das Buch zugespielt hatte.

Aber warum war Mom nur so sehr gegen die Magie? War sie eifersüchtig auf meine Begabung? Sie hatte erkannt, dass die Ohrringe magisch waren und dass Mike verzaubert war. Und sie war überzeugt davon, dass die Schmuckmagie böse war.

Nachdenklich blätterte ich durch das Buch. Ich fand eine Anleitung für Levitations-Armreife – und kicherte. Ich brauchte keinen Besen, von dem ich runterfallen konnte! Es war einfach unglaublich! Ich konnte das Wetter beeinflussen, mich in der Schule verbessern, die Geheimnisse all meiner Freunde herausfinden, Liebe säen und Kriege gewinnen. War ich wirklich so mächtig? Meine Finger glitten über die Zeilen des Kriegsschmuckes – nun, vielleicht war ich tatsächlich so mächtig. Es hing davon ab, ob es mir gelang, einen (frischen!) Tropfen Blut eines echten Wikinger-Kriegers mit dem Horn eines Schomburgk-Hirschs zu zermahlen. Das Buch war definitiv schon ein paar Jahre alt, denn Wikipedia erklärte mir, dass diese Hirsche ausgerottet waren – Wikinger vermutlich auch.

Ich betrachtete die Zeichnung des Amuletts. Es sah fies aus.

Vielleicht hatte Mom recht und der Magie wohnte auch etwas Böses inne. Sicher konnte man auch dunkle Zauber wirken. Ein Kriegszauber in den falschen Händen war katastrophal. Aber ich würde niemals solche Magie anwenden. Und sie doch auch nicht. Warum also ihr Gezeter?

Ich klappte das Buch zu und ließ es einstweilen wieder unter meinem Bett verschwinden. Es war Zeit für Frage fünf. Es war Zeit, dass Mom endlich ehrlich zu mir war. Und ich wusste auch schon, wie ich ihr damit helfen konnte.

Bewaffnet mit meinem Wahrheitsarmband ging ich die Treppe hinunter. Sie war im Wohnzimmer, und das Schieben und Quietschen sagte mir, dass bald wieder Kunden ins Haus kamen. Kunden, die einen besonderen Look für ihr Heim suchten, weshalb Mom unser Haus erneut veränderte. Ein- oder zweimal im Monat lud sie Kunden ein und gestaltete dann immer vorher das Wohnzimmer um. Wandbilder und Vasen wurden aufgestellt, oft musste unsere heiß geliebte Fernseh-Couch das Feld räumen. So hatte sich einmal unser gemütliches Zimmer in einen Serail verwandelt. Von der Decke hingen aufwendig bedruckte Seidentücher, es stank nach orientalischen Gewürzen, und man musste sich auf den Boden setzen. Merle hatte es geliebt und Mom gleich zwei persische Sitzkissen abgeschwatzt.

Am Fuß der Treppe lauschte ich auf das Möbelrücken. Hoffentlich hatte Mom gute Laune. Andererseits war es egal, denn das Armband würde ihr alle Infos entlocken.

Als ich zur Wohnzimmertür ging, fiel mein Blick auf das Schuhregal. Mikes Chucks standen dort – ohne Schnürsenkel. Mom hatte den Zauber also gefunden und entfernt. Für eine Sekunde war ich traurig, denn auch wenn ich natürlich nicht wollte, dass Mike sich wie ein Haussklave benahm, hatte es in den letzten Tagen endlich wieder Momente zwischen uns gegeben, die geradezu innig gewesen waren. Ich hatte meinen Bruder zurückgehabt, und darüber war ich sehr glücklich gewesen. Vermutlich war er jetzt wieder in seiner Null-Bock-Blase verschwunden.

Aber es konnte mir herzlich egal sein, ob Mom wegen des Harmoniezaubers auf mich sauer war. Das Armband würde das Gespräch in die von mir gewünschte Richtung lenken. Jetzt bekam ich endlich meine Antworten!

Als ich das Wohnzimmer betrat, wäre ich allerdings am liebsten sofort wieder geflohen.

»Ist nicht dein Ernst«, stöhnte ich auf. »Wer will denn so wohnen!« Unser Sofa war mal wieder in der Garage, dafür stand irgendetwas Unförmiges in der Mitte des Raumes. Es erinnerte an eine Schale, die man in die Länge gezogen hatte und dann noch rund gebogen. Ich konnte mir nicht vorstellen, wie man auf dem Ding sitzen sollte. Abgesehen davon glänzte der Kunstlederbezug schrecklich künstlich und hatte die Farbe von Senf. Auch die schweren Vorhänge waren senffarben. Dazu hatte Mom eine weiße, ausladende Stehlampe neben einem dünnbeinigen, irgendwie zerflossenen Couchtisch drapiert. Zusammen mit dem Senfklecks thronte dieses Arrangement auf einem dunkelbraunen Flokati.

»Frau Heberlin möchte gerne so wohnen«, antwortete Mom, während sie riesige Sonnenblumen aus Plastik in einer schrecklichen Bodenvase – dunkelbraun mit Beige – arrangierte.

»Das kommt aber heute Abend wieder alles raus, oder?«

»Frau Heberlin wird uns morgen Nachmittag beehren.«

Mit gerümpfter Nase begutachtete ich die Scheußlichkeiten und beschloss, heute Abend bei Merle abzuhängen – oder mein Zimmer nicht mehr zu verlassen. Doch jetzt durfte mich diese Geschmacksverirrung nicht weiter ablenken. Hinter meinem Rücken spielte ich am Armband.

»Ich hab gesehen, du hast die Schnürsenkel aus Mikes Chucks rausgenommen. Er hätte dich wohl sonst nicht dieses unharmonische Zeug aufstellen lassen.«

Mom begutachtete die überdimensional hässlichen Sofakissen, die sie eben aus einem Karton ausgepackt hatte, und versuchte, sie irgendwie ansehnlich auf dem Sofa zu drapieren. »Die Schnur musste ich entfernen.«

Ich überlegte kurz, wie lang sie wohl gebraucht hatte, um den Ursprung des Zaubers zu finden. Dass sie schon die letzten Tage nach Schmuck an Mike gesucht hatte, war mir aufgefallen. Entsetzt schloss ich die Augen, als ich das Orange der Kissen bemerkte, das sich auf übelste Art mit dem Sofa biss.

»Du findest diese Farbkombi doch nicht wirklich schön, oder? Das schmerzt in den Augen.«

Mom trat einen Schritt von ihrem Werk zurück. »Nein«, seufzte sie. »Ich finde es grässlich. Aber die Kunden werden es lieben.«

Mit einem Schmunzeln musterte ich meine Mutter. Sie war gut in ihrem Job. Sie hatte ein Gespür für das, was die Leute suchten. Meist wusste sie besser als ihre Kunden, was sie wollten. Oder wie Mom es nannte: wonach sie sich sehnten. Sie hatte eben ein Gespür dafür! Ein Schauer überlief mich. Was, wenn es gar kein Gespür war? Was, wenn meine Mom einen Zauber dafür anwandte?

»Mom!« Mein Tonfall klang ernst. Und ich meinte es auch bitterernst. »Mom, bist du eine Hexe?«

Schweigend drehte Mom sich zu mir um und sah mich an. Noch immer hielt ich die Arme hinterm Rücken verschränkt, das Armband zwischen den Fingern. Ihr Blick durchbohrte mich und nahm mir fast die Luft zum Atmen. Sie war wütend und enttäuscht, aber ebenso verzweifelt und voller Traurigkeit.

Dass die Wirkung des Armbands den Betroffenen unter eine Art Wahrheitsbann stellte, ihn zwang, Unausgesprochenes preiszugeben und damit etliche Gefühle gleichzeitig in einem ausgelöst wurden, hatte ich ja am eigenen Leib erfahren.

Aber Enttäuschung und Traurigkeit?

Mit einem tiefen Seufzer ließ sie sich auf den Klecks Senf

sinken. Er quietschte ungemütlich. »Du meinst also, ich sage dir jetzt die Wahrheit.«

Ich erstarrte. Was hatte sie gerade gesagt? Das war keine Antwort auf meine Frage.

»Meinst du nicht, wenn ich es für richtig hielte, dir die Wahrheit zu sagen, dass ich es dann schon längst getan hätte?«

Eben hatte ich mich noch sehr schlau und unbesiegbar gefühlt. Nun schmolz meine Selbstsicherheit unter ihrem festen Blick dahin. Unwillkürlich zupfte ich hinter meinem Rücken am Armband. Klemmte es?

»Und vor allem, wenn du davon ausgehst, wir seien so etwas wie Hexen.« Sie sprach diese Bezeichnung angewidert aus. Als sei *Hexe* ein Schimpfwort. »Wie kommst du dann nur auf die Idee, dieser alberne Wahrheitszauber würde bei mir wirken? Glaubst du nicht, ich könnte ihn abwehren?«

Das Einzige, was ich darauf erwidern konnte, war ein entsetztes Blinzeln. Was hatte sie mir gerade gesagt? Ohne es mir wirklich zu sagen. Der Zauber wirkte nicht, weil sie einen Gegenzauber hatte?

»Ähm«, war die beste Antwort, die mir einfiel. Das Gespräch lief irgendwie ganz anders als geplant!

Sie stand auf und kam zu mir, zog meinen Arm mit dem Armband zu sich und betrachtete die blauen Steine. Ein fast wehmütiges Lächeln huschte über ihre Lippen. »Ich bin doch nicht blöd, Julie«, sagte sie mit leiser Stimme. »Was immer Daria auch plant, ich bin vorbereitet, mein Schatz. Ich habe nicht vergessen, was Schmuckmagie kann. Auch wenn ich diese Gabe aus meinem Leben verbannt habe. Wie man einen Abwehrzauber schmiedet, habe ich schon noch drauf.«

»Abwehrzauber? Mom! Was zum Kuckuck bedeutet das denn! Du musst mir endlich alles sagen!«

Kopfschüttelnd streichelte sie die Steine. »Nein, Julie. Meine Aufgabe ist es, dich zu beschützen. Und das werde ich mit allen mir zur Verfügung stehenden Mitteln tun. Das habe ich seit deiner Geburt getan. Deshalb wirst du mir nun auch endlich diesen Kasten geben. Und das Armband. Vertrau mir.« Dabei sah sie mich direkt an. Ich erschrak vor meiner eigenen Mom, denn irgendetwas war da tief in ihren Augen. Irgendein Schimmer, eine Glut, die ich nie zuvor an ihr bemerkt hatte.

Ich riss meinen Arm weg. »Das ist doch alles Quatsch! Du bist nur eifersüchtig, dass Daria zu mir Kontakt möchte, aber nicht zu dir! Dass sie mir diesen unglaublichen Kasten geschenkt hat. Du willst ihn für dich!«

Ihr Blick drang mir durch Mark und Bein. »Julie! Gib mir den Kasten. Er ist gefährlich.«

»Es ist nur Schmuck.« Ich klang selbst wenig überzeugt, und meine Mutter lachte auf.

»Ich denke, du weißt es besser. Bitte gib ihn mir, bevor Schlimmeres passiert. Mikes Putzfimmel war schon gefährlich. Noch ein paar Tage, und es hätte ihn zerstört. Es kommt nichts Gutes dabei heraus.«

Ich kann nicht sagen, was es war, das mich vor ihr zurückweichen ließ. Die Trotzigkeit der Tochter gegenüber der Mutter? Oder ein Bann, der von ihrer Magie ausging? Vielleicht war es beides zusammen, jedenfalls stolperte ich rückwärts aus dem Zimmer.

»Meinen Schmuckkasten bekommst du nur über meine Leiche«, brüllte ich. »Ich habe keine Angst. Die Magie ist ein Teil von mir, und du bist ein Feigling, wenn du vor dir selbst und dem, was du bist, wegläufst!«

Sie setzte mir nach und erwischte mich am Arm. »Julie! Bitte. Gib mir den Kasten. Er hat dein Blut, ich kann ihn dir nicht wegnehmen. Du musst ihn mir schenken. Beende es, bevor etwas Schlimmes geschieht!«

Wortlos riss ich mich von ihr los und stürmte hinauf, packte ein paar Sachen und das Buch und verließ das Haus. Ich würde bei Merle den Abend verbringen. Weit weg von Mom und ihren Lügen.

21

Am nächsten Morgen saß ich im Biologiesaal und versuchte, nicht an Mom zu denken. Und Merle zu ignorieren. Was wirklich schwierig war, denn seit der ersten Stunde hibbelte sie aufgeregt auf ihrem Stuhl und versuchte bei jeder Gelegenheit, mich über das Buch auszuhorchen. So auch jetzt. Sobald Frau Rieben sich der Tafel zuwandte, um etwas über Pantoffeltierchen anzuschreiben, löcherte Merle mich über magische Rezepte. Seit ich ihr das Buch gestern gezeigt hatte, schien sie regelrecht besessen davon. In ihrem Höhlenzimmer hatten wir zusammen darin gestöbert, und Merle hatte immer wieder hingerissen aufgequietscht. Wobei ich mir nicht sicher war, ob sie aufgrund der Möglichkeiten der Zauberei oder der wunderschönen Zeichnungen und Skizzen in Begeisterung ausbrach.

Dennoch war eine Biologiestunde über Pantoffeltierchen nicht der richtige Zeitpunkt, um weiter von dem Buch zu schwärmen.

Nach dem Streit mit Mom war ich erst spät in der Nacht

von Merle nach Hause gekommen. Paps hatte mir netterweise in der Mikrowelle eine Portion Auflauf reserviert. Ich hatte ihn kalt auf meinem Zimmer verspeist und eine Ewigkeit mit der Suche nach meinem Zimmerschlüssel verbracht. Bisher hatte ich nie das Bedürfnis gehabt, mich in mein Zimmer einzuschließen. Doch nun wollte ich dringend meine Familie ausschließen. Hauptsächlich Mom. Der Gedanke, dass sie ins Zimmer kommen und mir meine Magie stehlen könnte, hatte mich meine Sachen bis in den staubigsten Winkel durchwühlen lassen. Zum Glück fand ich den Schlüssel – ganz hinten in der Sockenschublade.

Dann hatte ich das Buch nach einem Schutzzauber gegen Magie durchsucht, war aber zu meiner großen Enttäuschung nicht fündig geworden.

In diesem Moment ertönte der Pausengong, und schon zerrte Merle mich am Ärmel hinaus, quer über den Hof zu unserem Stammplatz.

»Warum hast du das Buch denn nicht dabei?« Beleidigt verschränkte sie die Arme vor der Brust und sah mich vorwurfsvoll an.

»Du fragst mich allen Ernstes, warum ich ein einzigartiges, total altes und absolut geheimes Zauberbuch nicht mit in die Schule schleppe?«

»Ach komm. Ich erzähl doch keinem davon. Wir hätten aber noch weitergucken können …«

Kopfschüttelnd biss ich in mein Pausenbrot, kaute mit

dicken Backen und beobachtete das Treiben auf dem Hof. Natürlich wanderte mein Blick zu der Ecke, in der Noah immer war. Die letzten Tage hatte ich ihn nicht gesehen, doch heute – also genau jetzt, während ich wie ein fetter Hamster mit vollgestopften Backen und krümelnd hinübersah – war er da. Und sah zu mir. Und winkte.

Ich versuchte zurückzuwinken, doch ein Krümel geriet mir in die Luftröhre, weil ich (Hilfe! Noah winkt mir!) reflexartig nach Luft schnappen musste, und ich bekam einen handfesten Hustenanfall.

Merle klopfte mir auf den Rücken. Erst nachdem ich meine halbe Trinkflasche geleert hatte, ging es wieder.

Verstohlen sah ich noch mal zu Noah. Er stand mit seinen Kumpeln wie immer am Mäuerchen – doch … Was zum Henker? Fast hätte ich erneut einen Anfall bekommen. »Was macht denn Chrissy da?«, entfuhr es mir.

»Wo?« Merle folgte meinem Blick, sah, was ich sah, und murmelte ein knappes: »O-ha.«

»Was meinst du denn mit *O-ha*?«, fragte ich scharf.

»Nichts«, wehrte sie ab. »Also – ich mein. Da ist Chrissy. Na und? Irgendwo muss sie ja sein.«

»Aber nicht dort.«

»Ja und? Selbst wenn. Dann steht sie halt dort. Das bedeutet doch gar nichts.«

Ich sah ihr an der Nasenspitze an, dass sie log. »Merle. Du siehst dasselbe wie ich! Sie baggert Noah an.«

»Nein. Wieso. Sie weiß doch, dass du …« Merle war zu feige, es auszusprechen. Oder zu mitfühlend. Aber es war glasklar, was Chrissy da machte.

Wütend beobachtete ich, wie sie affektiert lachte und Noah anbiedernd einen Klaps auf die Schulter gab.

»Na, Mädels? Ihr wart aber schnell weg von den Pantoffeltierchen.« Ben ließ sich neben mir nieder und packte sein Pausenbrot aus. Der hatte mir gerade noch gefehlt. »Was gibt es Neues?«, fragte er.

Ich grummelte nur und ließ Noah keine Sekunde aus den Augen. Was sollte das, er mochte doch *mich*! Er wollte ein Date mit *mir*! Wir waren Seelenverwandte! Das war die Wahrheit. Er hatte es unter dem Bann des Armbandes gesagt. Warum gab er sich dann mit Chrissy ab? Warum kämpfte er nicht um mich, wenn er schon dachte, dass ich mit Ben …! Unwillkürlich rutschte ich ein Stück von Ben weg.

»Danke, geht schon«, kommentierte er. Offensichtlich dachte er, ich wollte ihm freundlicherweise mehr Raum für seine Pausenbrote lassen, die er neben sich aufstapelte.

Ich knurrte in mich hinein. In mir wuchs der Entschluss, Ben von nun an zu ignorieren. Ich musste Noah irgendwie zeigen, dass der Typ mich null interessierte, wir alles andere als ein Paar waren und er da etwas missverstanden hatte.

Und ich hoffte sehr, dass ich das dort drüben mit Chrissy auch gerade missverstand. Kichernd warf sie die Haare nach hinten.

Da! Noah sah zu mir. Ich konnte es nicht fassen. Ich hob die Hand und winkte. Und er winkte zurück.

Ein strahlendes Glücksgefühl erfüllte mich. Wir hielten unseren Blickkontakt, und gerade wollte ich ihm per Handzeichen verständlich machen, dass er mich doch anrufen solle – da rückte Ben an mich heran und hielt mir etwas unter die Nase.

»Schau mal, was ich gefunden habe. Magst du die immer noch so? Wir haben die früher kiloweise gefuttert.«

Noahs Lächeln erlosch.

Ben!

In mir brandete der Zorn hoch. Bevor ich mich selbst zügeln konnte, sprang ich auf und drehte mich dabei zu ihm. Leider erwischte ich die Bonbon-Dose, die er mir hingehalten hatte. Aus dem Augenwinkel erkannte ich noch die kleinen Lakritzmäuse, die ich tatsächlich immer noch liebte. Doch da flogen die Süßigkeiten auch schon quer über den Hof, und ich hörte mich Ben anbrüllen: »Sag mal, du bist doch wohl der letzte Vollpfosten, oder? Du kapierst gar nichts! Hau endlich ab! Du nervst!« Und mit diesen Worten stob ich davon. Flüchtete vor mir selbst. Was mir natürlich nicht gelang. Mein Entsetzen über mich blieb mir auf den Fersen.

Was um Himmels willen hatte ich nur getan? Ich wagte nicht, mich umzudrehen. Ich wollte nur weg! Auch wenn ich mich nicht traute, noch einmal zu Ben zu sehen, glitt mein Blick hastig zu Noah. Der starrte mich an. Unsere Blicke trafen sich, und ich hätte schwören können, dass er besorgt aussah.

Erst mit dem letzten Klingeln wagte ich mich ins Klassenzimmer zurück und schlich auf meinen Platz. Ich versuchte, mit Merle zu reden, doch die starrte mich nur schweigend an, schüttelte den Kopf und zeigte mir den Rest des Schultags die kalte Schulter.

Und als ich einen schüchternen Blick Richtung Ben warf, ignorierte der mich natürlich ebenso.

Das hatte ich verdient.

Als es zum Stundenwechsel klingelte, wollte ich zu ihm, doch Merle stellte sich mir in den Weg.

»Vergiss es, Julie.«

»Aber ich -«

»Nein«, schnitt sie mir das Wort ab. »Das kannst du nicht weglächeln. Das war das Schrecklichste, das ich jemals mit ansehen musste!«

Noch einmal setzte ich zu einer Entschuldigung an, aber ich musste mir eingestehen, dass alles, was ich sagen wollte, unglaublich armselig klingen würde. Vor der ganzen Schule hatte ich Ben eine Szene gemacht! Er würde wochenlang als Stalker gelten. Das hatte ich nicht gewollt.

Doch was musste er denn auch so saublöd sein! Ausgerechnet als Noah und ich gerade am Flirten waren.

Ich biss mir auf die Unterlippe. Über Merle hinweg sah ich zu ihm. Gebeugt über irgendein Schulbuch saß Ben da und starrte vor sich hin. Er wusste, dass ich ihn ansah, ich konnte seine Anspannung und Wut regelrecht spüren.

»Och, ich fand, das war mal ’n Statement«, mischte Chrissy sich grinsend ein und ließ eine Kaugummiblase platzen. »Wenn du jetzt also genug von deinem Club der Mauerblümchen hast …«

»Halt die Klappe, Chrissy! Du bist ja wohl auch die mieseste Freundin, die man sich denken kann«, blaffte ich und setzte mich wieder auf meinen Platz.

Den Rest des Tages verbrachte ich in wütendem Schweigen. Die Wut galt allein mir. Na ja. Auch Chrissy. Und Ben. Besonders ihm, denn ich wollte ihn nicht verletzen. Was musste er denn auch so dämlich sein und immer die schönsten Momente mit Noah versauen!

22

Als die Schulklingel mich erlöste, stürmte ich aus dem Schulgebäude. Dabei nahm ich auf niemanden Rücksicht und drängelte mich an jedem, der mir im Weg stand, vorbei. Ich versuchte auch nicht, ein weiteres Mal mit Ben oder Merle zu reden. Mein einziger Gedanke war Flucht. Ich schloss mein Fahrrad auf und wollte gerade los, da bemerkte ich Noah.

Er stand neben dem Steinwall mit Hundsrosen, der den Lehrerparkplatz umgab. Er winkte mir zu. Reflexartig sah ich hinter mich. Meinte er wirklich mich? Doch noch waren kaum Schüler am Fahrradschuppen angekommen.

Also gab es keinen Zweifel: Ich war gemeint.

»Hey«, sagte ich und schob mein Rad zu ihm. »Ich dachte, ich wäre heute die Schnellste in Sachen Schulflucht.«

Er schmunzelte. »Zumindest hast du heute einen bleibenden Eindruck in Sachen Pausengestaltung hinterlassen.«

»Meine Spezialität.« Ich konzentrierte mich auf eine Raupe, die sich durch ein Rosenblatt neben mir fraß. Auf keinen Fall wollte ich ihm zeigen, wie peinlich mir mein Auftritt war.

»Ist jetzt wieder alles gut?« Er beugte sich leicht zu mir vor und sah mich prüfend an.

Mein schlechtes Gewissen schnürte mir die Kehle zu. Ich wollte nicht, dass er dachte, Ben sei irgendwie fies zu mir gewesen. Andererseits wollte ich Noah auf keinen Fall den Eindruck vermitteln, mir läge etwas an Ben. »Na ja. Gut würde ich es nicht nennen.«

Inzwischen hatte der Strom an Schülern uns erreicht. Mit und ohne Räder schoben sie sich an uns vorbei. Ich kam mir wie eine Kuh vor, die in einen Fluss gefallen war, gegen die Strömung paddelte, aber immer wieder mitgerissen wurde. Dennoch klebte ein breites Honigpferd-Grinsen in meinem Gesicht.

»Soll ich dich heimbringen?«, fragte Noah und fing mich wie selbstverständlich auf, als sich wieder jemand an mir vorbeidrückte und das Fahrrad dabei umriss.

Eigentlich kippte ich gleich noch mal um, als mir klarwurde, dass er mich gerade in den Armen hielt. Und ein drittes Mal, als ich kapierte, dass er mir gerade angeboten hatte, mich nach Hause zu bringen.

»Was?« Es klang total entsetzt. Noah brachte mich zum Taumeln. Nicht etwa die rempelnden Schüler. Aber das konnte ich ihm ja kaum sagen. Schockiert über mein entsetztes *Was*, sagte ich hastig: »Warum?« (Meine Güte, Julie! Jetzt reiß dich zusammen.)

Er musterte mich nachdenklich.

Na toll. Jetzt hielt er mich endgültig für bekloppt. »Also, ich meine … Ich hab doch mein Rad«, versuchte ich, mich zu retten. »Ich bin ganz schnell daheim …« Weiter kam ich nicht, denn Merle und Ben bogen um die Ecke.

Mir entging nicht, dass Merle sich bei Ben einhakte und ihn demonstrativ mit sich zog – an mir vorbei. Mein Blick war auf Ben gerichtet – und seiner durchbohrte mich. Mir blieb die Luft weg. Ben war mein Freund, und ich war erschrocken darüber, wie sehr ich ihn verletzt hatte. Das hatte ich nicht gewollt! Noah war Bens Blick nicht entgangen und er schob sich zwischen Ben und mich. Plötzlich stand er dicht vor mir, schirmte mich ab. Noah roch unglaublich gut. Es war ein herber, aber zugleich auch frischer Duft. (Ich musste unbedingt herausfinden, welches Duschgel er verwendet.) Für eine Sekunde geriet ich ins Wanken, hätte mich am liebsten in diesen Geruch hineingeworfen.

»Habt ihr denselben Weg?«, fragte Noah mich, als Merle Ben mit sich gezogen hatte. Stirnrunzelnd sah er ihnen nach.

»Mach dir keine Sorgen.« War das süß! Er machte sich Sorgen um mich! Eine rosa Wolke schob sich unter meine Füße. »Ich schaffe es nach Hause.« Zum Beweis klopfte ich auf den Fahrradlenker.

Jetzt lächelte er. »Ich mache mir darum keine Sorgen. Ich hab ja gesehen, dass du deinen Standpunkt klar vertreten kannst.«

Mein Lächeln gefror. Wenn ich an Ben dachte, zerriss

es mich regelrecht vor Schuldgefühlen. Doch gleichzeitig schwebte ich auf Wolken, denn mein Ausbruch hatte genau das bewirkt, worüber ich die ganze Zeit gegrübelt hatte: Wie mache ich Noah klar, dass Ben und ich kein Paar sind.

Und nun stand er hier. Bei mir. Beschützte mich vor einem aufdringlichen Verehrer und …

»Wenn du Lust hast, Julie, dann komm doch in den Musik-Club. Wir treten am Wochenende dort auf, beim Vorentscheid für den großen Band-Battle. Ich würde mich sehr freuen!«

… und lud mich ein. Kein Date. Ganz klar. Er auf der Bühne, ich ihn aus dem Zuschauerraum anhimmelnd. Aber das war egal. Noah hatte mich eben eingeladen. Innerlich tanzte ich einen wilden Jubeltanz. Für ihn sichtbar brachte ich nur ein Kopfnicken zustande.

»Na, wenn das nicht Cooly-Julie ist.« Chrissy war mit Leonie um die Hecke gebogen. »Was geht?« In ihren Augen blitzte Schadenfreude.

»Ich hab sie zum Battle in den Club eingeladen«, meinte Noah. Er sagte es, als sei es das Normalste der Welt. Aber was hatte das Chrissy zu interessieren?

»Oh. Super. Dann sehen wir uns da ja, oder Noah?« Sie hakte sich bei ihm ein und drehte ihn von mir weg. »Wir zwei haben da noch einiges zu klären, findest du nicht?«

»Chrissy«, stöhnte Noah. »Ist es immer so nervig mit dir, wenn du deinen Willen nicht bekommst?«

Sie lachte ihr dämliches Lachen und zog ihn davon. Und er ließ es zu. Leonie trippelte den beiden hinterher.

Sprachlos starrte ich ihnen nach. Die zwei hatten noch was zu klären? War das ihr Ernst? Machte Chrissy Noah an, während er eindeutig mit *mir* flirtete?

Und wieso war sie auch bei dem Konzert? Hatte er sie schon vorher eingeladen?

Und wie konnte er mich so einfach stehen lassen? Gerade noch war er mein Held in schimmernder Rüstung gewesen – und jetzt galoppierte er mit Chrissy in den Sonnenuntergang!

Die rosa Wolke unter meinen Füßen implodierte in schwarzem Qualm, und ich und mein Herz knallten wieder auf den Bürgersteig.

23

Mein Leben war die Hölle.

Der Lebensplan *Sechzehn – jetzt geht's los!*, den ich so schön mit Glitzer und Herzchen verziert aufgeschrieben hatte, drohte grandios zu scheitern. Weder fühlte ich mich erwachsen, noch genoss ich die große Freiheit oder gar wahre Liebe. Stattdessen war alles nervig und einfach nur scheiße. (Ja, das darf man auch mal genau so sagen, wenn es sich genau so anfühlt!) Zu Hause herrschte eisiges Schweigen zwischen Mom und mir. Oder besser gesagt, sobald sie im Anmarsch war, machte ich mich aus dem Staub. Ich wollte sie nicht einmal mehr sehen. Geschweige denn irgendeinen blöden Smalltalk mit ihr halten müssen. Muffel-Mike muffelte wieder vor sich hin, und Paps verstand die Welt nicht mehr. Das Einzige, das ich von ihm zu hören bekam, waren Seufzer á la »Frauen!« oder »Teenager!«.

In der Schule lief es allerdings total gut. Ich konnte mich nicht erinnern, wann ich das letzte Mal so aufmerksam und konzentriert dem Unterricht gefolgt war. Ich quatschte mit niemandem, tauschte keine Zettel, malte nicht einmal mehr verliebt in mein Heft. Kontakt zu Ben vermied ich, so gut es ging, und mit Merle redete ich ebenfalls nicht.

In der Pause suchte ich mir eine andere Ecke – jedoch eine, von der aus ich Noah sehen konnte. Doch der sah mich nicht. Oder wollte mich nicht sehen. Dafür sah er Chrissy. Sie wich ihm keinen Millimeter von der Seite. So langsam begann ich, mich mit meinem Schicksal abzufinden, und ich bildete mir ein, dass er ihre Gegenwart mochte. Ihr ewiges An-ihm-kleben.

Doch schließlich war es Merle, der der Geduldsfaden mit mir riss.

Freitag stapfte sie in der Pause zu mir und baute sich vor mir auf. »So, jetzt ist gut, Julie. Du hast Mist gebaut. Dafür musst du gradestehen. Uns zu ignorieren, wird eine Entschuldigung nicht leichter machen.« Sie quetschte sich neben mich auf den Baumstumpf, den ich zu meinem neuen Pausenplätzchen auserkoren hatte. »Außerdem kann ich dir ja nur gratulieren. Dafür hast du also unser Dreamteam derart gegen die Wand gebrüllt.« Sie deutete Richtung Noah und Chrissy.

Ich grunzte unwillig. Wenn Merle gekommen war, um in meinen Wunden herumzubohren, konnte sie gleich wieder gehen. Was Chrissy da abzog, brachte mich zu sehr auf die Palme. Sie wusste doch ganz genau, dass Noah und ich seelenverwandt waren! Allerdings begannen auch Zweifel über Noah an mir zu nagen. Warum ließ er sich nur mit ihr ein?

»Julie Jewels!« Merle riss mich aus meinem Versuch, Chrissy hinterrücks mit Blicken zu erdolchen. »Jetzt lass diesen Kerl, und vor allem: Vergiss Chrissy. Sie ist eine dämliche Kuh! Ben und ich – wir sind deine *Freunde*!«

Getroffen seufzte ich. »Es tut mir leid! Wirklich! Ich vermisse euch.« Mein Blick glitt wieder zu Noah. »Er hat mich eingeladen, weißt du? Ihn zu einem Auftritt zu begleiten. Und da kommt sie einfach daherstolziert und schleppt ihn ab. Schiebt ihn von mir weg – und er lässt es zu!«

Merle sah mich sauer an. »Darum geht es jetzt nicht. Kannst du nicht mal für eine Sekunde an Dinge denken, die wirklich wichtig sind? An uns zum Beispiel?«

»Uns?«

»Ja, uns! Du, ich und Ben! Wir sind Freunde. Wir gehen zusammen durch dick und dünn. Du kannst Ben nicht öffentlich anbrüllen und mich ignorieren.«

»Das wollte ich doch auch gar nicht«, meinte ich kläglich. »Ich war in dem Moment nur so wütend. Und ich wollte mich ja auch entschuldigen – du hast es nicht zugelassen!« Mir war klar, dass dieser Vorwurf lächerlich war. Ich hätte es gestern versuchen sollen. Hätte beide nachmittags anrufen können. Zu ihnen fahren. Doch ich hatte wie ein Kleinkind geschmollt. Obwohl es meine Schuld war.

»Du musstest dich erst mal abkühlen«, meinte Merle. »Ben ebenso. Himmel, ist der gekränkt. So hab ich ihn noch nie erlebt. Du hast ihn wirklich verletzt.«

»Was muss er auch immer ankommen, wenn ich gerade mit Noah …«

»Julie! Jetzt vergiss Noah doch endlich!«, zischte Merle.

»Nein!« Ich war selbst darüber erschrocken, wie laut und entschlossen ich klang. Dabei hatte ich die letzten Tage immens viel Energie darauf verschwendet, mir einzureden, dass es okay war, wenn Noah auf Chrissy stand.

Es war aber absolut gar nicht okay.

Merle stand auf. »Reiß dich zusammen, Julie Jewels. Du bist total auf einen Kerl fixiert, der dich offensichtlich gar nicht will. Wenn dir jemand über diesen Idioten da drüben hinweghelfen kann, dann sind es deine Freunde. Also überleg dir gut, was du tust, bevor du am Ende ganz allein dastehst.«

Damit ließ sie mich auf meinem Baumstumpf hocken. Doch obwohl ich ihre Worte natürlich verstanden hatte, blieben meine Gedanken bei der Szene auf der anderen Seite des Pausenhofs. Bei Chrissy, die sich schon wieder über einen Witz vor Lachen ausschüttete, und bei Noah, der sie mit einem Lächeln dabei beobachtete.

24

Natürlich lief ich, als ich nach Hause kam, direkt in Moms Arme. Sie wollte gerade raus, ich rein, doch wir standen uns gegenseitig im Weg. Kein Wort kam über meine Lippen. Sie war wirklich der letzte Mensch, mit dem ich in diesem Moment reden wollte. Keine Ahnung, was sie dachte. In ihrem Blick lag abweisende Kälte. Ich schätzte, sie war noch immer genauso sauer auf mich wie ich auf sie. Deshalb drückte ich sie schließlich einfach zur Seite, als ich an ihr vorbei ins Haus und – mit dreckigen Schuhen – in mein Zimmer rannte.

Was für eine dämliche Woche. Konnte ich mit noch mehr Leuten Stress haben?

Meine Schuhe flogen Richtung Tür, und ich warf mich aufs Bett, das mich warm und weich empfing. Für eine Sekunde schloss ich die Augen und genoss dieses Gefühl kuschliger Geborgenheit. Zielsicher zog ich Herrn Ha unter den Kissen hervor und drückte meine Nase an seinen weichen Bauch. Er roch nach Kindheit. Ein herrlicher Geruch. Wie der Duft von Schokolade, Sonne und Sand.

Eine Welle der Verzweiflung überrollte mich und öffnete die Schleusentore. Still weinte ich in Herrn Ha. Weinte über die Kluft zwischen Mom und mir, über den Streit mit meiner besten Freundin, den Verlust meines besten Freundes und über meine unerfüllte Liebe, bis ich zu erschöpft war, um weiterzuweinen.

Als ich schließlich die Augen wieder öffnen konnte, lachte mich vom Nachttischchen mein Planer an. Ich zog ihn zu mir und schlug ihn auf.

Dinge, die ich mit sechzehn unbedingt tun will: mit Merle zu einer der Band-Sessions im Club gehen.

Ja, genau dachte ich. Mit meiner besten Freundin coole Sachen unternehmen. Das sollte ich jetzt tun. Herr Ha nickte. Sein Bauch war dunkel gefleckt von meinen Tränen. Doch meine beste Freundin war auf dem besten Weg, meine beste Ex-Freundin zu werden.

Und Noah? Dessen Name zusammen mit dem Kuss echter, wahrer Liebe ganz oben in der Liste stand …? Reden wir nicht drüber.

Ich schlug den Planer zu und warf ihn auf den Schreibtisch. Sollte ich eine neue Liste anlegen? Mit Leuten, auf die ich sauer bin, und Leuten, die auf mich sauer sind? Dann konnte ich ein Ranking erstellen, auf wen ich am meisten stinkig war. Aber das war einfach: Chrissy.

Oder doch Noah?

Herrn Has Pfote kitzelte mich an der Wange. Ich hob

ihn hoch und sah ihm nachdenklich in die dunklen Knopfaugen.

So konnte es nicht weitergehen. Ich musste etwas unternehmen, genau das hatte ich mir doch vorgenommen! Die Dinge selbst bestimmen! Nicht darauf warten, dass ein Wunder passiert. Herr Ha nickte erneut.

Noah wollte mit mir zusammen sein, warum ließ er sich von Chrissy einlullen? Das passte gar nicht zu ihm. Er war ein Macher, hatte sein Ziel klar vor Augen und ging darauf zu. Warum dann nicht auf mich? Weil Chrissy ihm den Weg versperrte! Also war definitiv *sie* das Problem. Und Noahs Höflichkeit.

Er war einfach ein Gentleman. Deshalb hatte er ja auch nichts unternommen, um mit mir zusammenzukommen, als er dachte, Ben wäre mein Freund.

Bei dem Gedanken an Ben verkrampfte sich mein Bauch. Ein ganz sicheres Zeichen, dass er auf die Das-hast-du-echt-richtig-verbockt-Liste gehörte. Aber über ihn wollte ich jetzt nicht auch noch grübeln.

Was konnte ich tun, damit Noah und ich endlich zueinanderfanden?

Und – *Pling!* – hatte ich die Antwort: das Buch! Darin würde ich eine Lösung finden, ganz sicher.

Herr Ha schlug die Ohren vor die Augen, als ich ihn auf mein Kopfkissen setzte. Ich kuschelte mich mit dem Magiebuch neben ihn und ließ mich durch die Seiten treiben.

Das Bild von Chrissy, die sich kichernd bei Noah untergehakt hatte, ging mir nicht aus dem Kopf. Konnte er wirklich so höflichkeitsblöd sein? Er wusste nun, dass Ben kein Thema für mich war. Warum schickte er Chrissy nicht in die Wüste?

Mein Blick glitt über eine Seite mit einem Vergessenszauber. Sollte ich Chrissy in den Nebel des Vergessens schicken? Allerdings würde sich dann *niemand* mehr an sie erinnern. Das war vielleicht nicht das Richtige. Sie sollte schließlich nur von Noah weg.

Irgendwo hier in diesen Seiten steckte meine Lösung. Ich war mir ganz sicher. Aufgeregt blätterte ich immer weiter – und dann fand ich ihn.

Den Liebesbann.

Wer auch immer diese Schmuckzauber niedergeschrieben und illustriert hatte, war ein wahrer Künstler. Der Ring sah einfach nur toll aus. Ein schlichtes Metallband, auf dem eine flache, ebenfalls aus Metall geformte winzige Schale befestigt war, und darin leuchtete glühend eine hellrote Perle! Die Zeichnung war wunderschön mit Aquarell und Tusche ausgeführt. Man hatte den Eindruck, der Ring läge auf dem Papier, so plastisch war er dargestellt.

Gierig las ich die Beschreibung. In das Ringband musste eine Haarsträhne des Menschen eingeschlossen werden, dessen Liebe fokussiert werden sollte. In die Schale wurde eine Perle gesetzt. Ich musste den Text zweimal lesen und wusste dennoch nicht, was er genau bedeutete. Denn die Perle sollte bei einer reinen Quelle mit dem Herzblut desjenigen, der den Ring tragen würde, beträufelt werden. Immerhin wurde kein ausgestorbenes Tier benötigt. Eine Haarsträhne würde ich sicher von Noah bekommen, aber mein Herzblut? Bedeutete das, dass ich mir ins Herz stechen sollte? Für eine Sekunde überlief mich ein Schauer, und Moms Warnung hallte in meinem Gedächtnis. Blut war nicht unbedingt eine Zutat, die für Frieden und Frohsinn stand. Aber es war mein Blut, keines, das in einem Kampf geopfert werden musste. Diese *Schmuckmagie ist böse*-Sache war einfach nur Quatsch.

Ich fragte das Netz, was ihm zu Herzblut einfiel, es war aber auch nicht mehr, als ich selbst wusste. Der Begriff stand für Leidenschaft (Ha! Nix mit böse!), doch die konnte man nicht träufeln. Vielleicht war damit auch das Blut, das von Herzen kommt, gemeint?

Ich war ratlos. Normalerweise war dies nun der Moment, in dem ich zum Handy griff und mir Hilfe von meiner besten Freundin holte.

Konnte ich Merle anrufen?

Egal, ob sie mir mit dem Ring helfen würde oder nicht: Es war so oder so Zeit, dass ich mit ihr redete. Streit mit der besten Freundin ist einfach obermies. Sie hatte heute den ersten Schritt gemacht. Und ich war völlig dämlich gewesen. Schon wieder. Mein neuestes Hobby: dämliches Verhalten gegenüber Leuten, die mir etwas bedeuteten.

Ich schnappte mir mein Handy und tippte ihr eine Nachricht. Eine ehrlich gemeinte Entschuldigung. Keine zwei Sekunden später antwortete sie.

Das reicht mir nicht

Ich krieche auf Knien

tippte ich zurück.

Hm. Weiß nicht

Ach komm schon! Ich geb ne Runde Schoko aus …

Na gut

Wäre jemand bei mir im Zimmer gewesen, er hätte sicherlich gedacht, das Dach stürzt ein, denn mit einem lauten Donnern krachte ein tonnenschwerer Stein von meiner Seele. Ich sandte ihr Hunderte Herzchen und bekam ein lachendes Emoji zurück.

♥♥♥♥♥♥♥♥♥
♥♥♥♥♥♥♥♥

☺

Ich komm zu dir. Wehe, die Schoko ist nicht griffbereit

Zum Glück gehörte ich zu den Schokoladensüchtigen, die ihren eigenen geheimen Vorrat hüteten. Sie in der Küche bei dem anderen Naschkram aufzubewahren, wäre fatal gewesen. Denn noch schokosüchtiger als ich war Paps. Und so zog ich einmal Trauben-Nuss und einmal Joghurt aus meiner abschließbaren Schreibtischschublade und wartete auf Merle. Währenddessen lernte ich die Anweisungen für den Ring auswendig.

Als wenig später Merle neben mir saß und kauend den Liebesbannring anstarrte, fühlte es sich schon wieder an, als hätte nie etwas zwischen uns gestanden.

»Ich hab keine Ahnung, wie du an diese Haarsträhne kommen willst.« Sie brach sich den vierten Riegel der Joghurt-Schokolade ab.

»Da finde ich einen Weg. Aber was ist mit der Perle? Die auf dem Bild ist rot. Ich hab noch nie eine rote Perle gesehen.«

»Doch, klar. Die aus Plastik.«

Entsetzt sah ich sie an. »Ich glaube nicht, dass der Zauber für echte, wahre Liebe mit einer Fake-Perle funktionieren wird.«

Sie sah mich einen Moment prüfend an und klappte das Buch zu. »Tja. Ich werde dir nur helfen, wenn du dich bei Ben entschuldigst.«

»Das will ich ja.« Wollte ich wirklich. Das war die zweite Gesteinstonne, die mich belastete.

»Dann tu es doch endlich!« Merle zeigte in die Richtung, in

der Ben wohnte. »Es sind zehn Meter. Geh hin und entschuldige dich.«

»Jetzt? Ich dachte –«

»Nö. Ich geh mit dir erst los, um Quellen und Perlen zu suchen, wenn Ben und du wieder Freunde seid!«

Mir war klar, dass hier keine Diskussion helfen würde. Es war ja auch richtig, was sie verlangte. Eigentlich hätte ich schon längst die paar Schritte über die Straße laufen und mich bei ihm entschuldigen sollen. Wovor hatte ich Angst?

25

Wovor ich Angst hatte? Ganz klar! Dass er mir nicht verzeihen würde. Während ich die Straße überquerte und auf das Einfamilienhaus zusteuerte, überlegte ich, ob ich ihm verzeihen würde, wäre es andersherum gewesen. Die Antwort ließ den dicken Kloß in meinem Magen noch dicker werden. Ich schlich regelrecht durch das hölzerne Gartentürchen und den schmalen gepflasterten Weg zur Haustür entlang. Noch immer hing da das Tonschild, das wir in der Vierten in Werken gemacht hatten: *Hier wohnen Rieke, Hannes und Ben.*

Seine Mutter öffnete und sah mich erstaunt an. »Julie! Das ist ja eine Überraschung! Wann warst du das letzte Mal bei uns?« Lachend ließ sie mich rein. »Anfang der Sechsten? Vor der Klassenfahrt?« Sie musterte mich kopfschüttelnd. »Ihr werdet alle viel zu schnell groß! Ben ist oben.«

Ich streifte meine Schuhe ab und ging die Treppe hinauf. Ben hatte schon immer das Dachgeschoss bewohnt, was ich als Kind total unfair fand. Er hatte so unendlich viel Platz gehabt, dass er seine Lego-Raumschifflandeplätze abends einfach so lassen konnte, wie sie waren. Nie musste er etwas abbauen, um den Weg zum Bett frei zu machen.

Seine Zimmertür war noch immer mit den Stickern dekoriert, die ich ihm zum siebten Geburtstag geschenkt hatte. Glitzerraketen und Ufos. Es war ein Weltraumgeburtstag gewesen.

Ich klopfte.

»Was ist, Mama?«

Ich lugte zur Tür rein. »Darf ich?«

»Julie!« Er klang leicht geschockt.

»Ja. Ich dachte … also … na ja …«

Hastig sah er sich in seinem Zimmer um. Vermutlich versicherte er sich, dass nicht irgendetwas Peinliches herumlag. Aber zu meinem Erstaunen lag irgendwie gar nichts herum. Bei Mike sah es anders aus, also war ich davon ausgegangen, dass Jungszimmer immer chaotisch waren.

»Komm rein.«

Ich schlüpfte durch die Tür und schloss sie leise hinter mir. Der dicke Kloß in meinem Magen machte mich fast bewegungsunfähig.

»Wo sind die ganzen Raumschiffe hin?« Als ich das letzte Mal bei ihm gewesen war, glich sein Zimmer einer riesen Fanbase. Alles war mit Raumschiffmodellen zugestellt gewesen, Plakate von der Milchstraße waren an die Wand gepinnt und natürlich Filmplakate, auf denen Raumschiffe dargestellt waren. Jetzt gab es nur noch eine Pinnwand mit Schnappschüssen von Wellen und Surfern.

»Da war ich zwölf, Julie.« Ben klang genervt. Auf dem Bett lag eine Sporttasche, die er gerade packte.

»Na ja. So lang ist das doch noch gar nicht her …«

»Doch. Ist es. Damals waren wir noch Kinder.« Ich fand, er klang wirklich patzig, und zog mich zur Tür zurück. Wie sollte ich nur anfangen? Wie sagte man *Entschuldigung*?

Er nahm einen Neoprenanzug aus dem Schrank und legte ihn in die Tasche. »Manche von uns sind eben inzwischen erwachsen geworden.«

Autsch. Okay. Darauf hatte ich keine Antwort. Nervös starrte ich auf meine Socken. Sie hatten ein Hello-Kitty-Muster. Seine Socken waren einfarbig. Mein Blick glitt weiter durch sein Zimmer. Über seinem Bett war ordentlich eine Tagesdecke ausgebreitet, auf dem Schreibtisch lagen nur ein paar Hefte und sein Handy. Neben dem Fenster stand ein Bücherregal, und ich war erstaunt, dass ich dort auch einige meiner absoluten Lieblingsserien entdeckte. Das ganze Zimmer war in hellem Blau und freundlichem Grau gehalten. Es wirkte schrecklich seriös, aber auch frisch und klar. Wo war dieser kindische Nerd geblieben, den ich hier einst besucht hatte? Ich war ehrlich überrascht, und für den Bruchteil einer Sekunde dachte ich, wenn Noahs Zimmer auch so aussähe, würde ich mich noch mal in ihn verknallen.

»Also. Was willst du, Julie?« Er hatte sich auf den Schreibtischstuhl gesetzt und drehte sich kaum merklich hin und her. »Willst du *mich* jetzt stalken, nachdem du vor der ganzen Schule so getan hast, als würde ich dich belästigen?«

»Nein! Ben, es tut mir so schrecklich leid!«, brach es aus mir heraus. »Ich wollte das doch gar nicht! Es war nur – also, genau in dem Moment –«

»Es ist wegen Noah, nicht?«

Ertappt biss ich mir auf die Lippen.

»Stehst du etwa auf den?«

»Es ist mehr als das, weißt du. Aber, na ja.« Nervöses Lachen von mir. »Er dachte doch glatt, wir – also du und ich –, also, dass wir zusammen wären.« Weil dies das Lächerlichste überhaupt war, verdrehte ich die Augen und winkte ab. Ben sah durch mich hindurch. Sein Gesicht war wie versteinert. »Wahrscheinlich, weil wir eben so viel zusammen machen. Und – also, es war ein Kurzschluss. Ich wollte dich nicht so anschreien. Schon gar nicht vor allen.«

»Du hättest es mir einfach sagen können.«

»Ich weiß«, murmelte ich kleinlaut und wich seinem verletzten Blick aus. Wieder entstand eine schreckliche Pause.

»Und er?« Seine Stimme klang immer noch wütend.

»Noah? Also … Er ist toll.«

»Das mein ich nicht. Steht er denn auch auf dich?«

Das Bild von Chrissy schoß mir durch den Kopf und verzögerte meine Antwort, was Ben natürlich bemerkte. »Ja, klar. Und, also, jetzt wo er weiß, dass ich frei bin …«

Ben nickte nur und sah zum Fenster hinaus. Irgendetwas schien er dort entdeckt zu haben, jedenfalls runzelte er die Stirn und fragte schließlich: »Er spielt in dieser Band, oder?«

»Ja, genau. Den *Drunken Seagulls.*« War das ein Friedensangebot, würde er mir verzeihen?

Schließlich drehte sich Ben wieder zu mir und sah mich an. »Wehe, Jewels. Wehe, ich sehe, dass der Kerl nicht nett zu dir ist.«

Er machte ein derart finsteres Gesicht, dass ich nicht anders konnte, als laut loszulachen. Doch sein Blick blieb hart und entschlossen, so dass ich noch lauter lachte. Es war herrlich. Absolut befreiend, der drückende Kloß verflüchtigte sich, und ich konnte endlich wieder durchatmen.

»Na gut«, er stand auf und kam zu mir. »Dann lass uns zu Merle gehen. Sie bekommt noch einen steifen Hals, wenn sie weiter hier raufstarrt.«

»Was?« Ich ging zu dem Fenster, das auf die Straße zeigte und von dem aus man in unseren Garten sehen konnte. Vor Bens Haus stand Merle mit ihrem und meinem Fahrrad und glotzte zu uns rauf. Ich gab ihr ein Daumen-hoch-Zeichen, worauf Merle dort unten glatt einen kleinen Freudentanz zum Besten gab.

»Sind wir jetzt alle wieder Freunde?«, begrüßte sie uns wenige Minuten später mit leuchtenden Augen.

Ich sah fragend zu Ben, der mich schief anlächelte. »Ja. Alles wieder okay. Wieder was gelernt.«

»Gelernt? Was hast du denn dabei gelernt?«, fragte Merle verdutzt.

»Wenn Mädchen sich verknallen, benehmen sie sich total hirnrissig.«

»Was?« Lachend wollte ich ihn in die Seite boxen, doch er war schneller und wich mir aus. Wir jagten uns um Merle und die Fahrräder, und damit war der Bann gebrochen. Ich war überglücklich, dass mit Ben und Merle wieder alles im Lot war. Mit den besten Freunden zu streiten, ist wirklich das Schlimmste.

Merle stoppte mich schließlich und drückte mir mein Rad in die Hand. »Wir wollten einen Ausflug machen, Ben. Wir dachten, wir gucken uns mal die Quelle an.«

»Welche Quelle?«

»Na, wo so ein Bächlein aus der Erde kommt.«

Er sah uns ziemlich skeptisch an. »Welches Bächlein?«

Verdammt. In Gedanken ging ich die Landkarte durch, fuhr alle Straßen ab, die ich kannte. Ben hatte recht. »Es gibt hier in der Nähe keine Quelle.« Da mir die Konsequenz aus dieser Tatsache klar war, klang ich dementsprechend tief enttäuscht.

Ben schüttelte den Kopf. »Ihr tut ja so, als ob ein Besuch an einer Quelle euch das Leben gerettet hätte.« Er schob sein Fahrrad durch das Gartentor und stieg auf. »Ich kann euch zeigen, wo man ganz tolles Quellwasser kaufen kann.«

»Das ist nicht das Gleiche, glaube ich«, murmelte ich.

»Ich muss das nicht verstehen, oder?« Natürlich hatte Ben die betrübten Blicke zwischen Merle und mir mitbekommen. »Was wollt ihr denn mit einer Quelle?«

»Ach, das … das war nur so ne fixe Idee. Weil wir eben noch nie bei einer waren.«

»Mädchenkram«, setzte Merle nach, als sein Blick weiterhin argwöhnisch blieb.

»Na gut«, er hob die Hände, wie um sich zu ergeben. »Mädchenkram. Soll ich euch was vorschlagen? Noch mehr Mädchenkram?«

Ich lachte. »Du willst Mädchenkram mit uns machen?«

»Mach ich doch immer. Deshalb habt ihr mich ja auch so gern.« Er grinste, und ich freute mich. Hab ich schon gesagt, wie glücklich ich war, dass zwischen mir und den beiden wieder Frieden war?

»Was schlägst du vor?« Merle stieg auf ihr Fahrrad. Ein altes Holland-Fahrrad, das sie lila angemalt und den Lenker mit Plastiksonnenblumen umwickelt hatte. Dagegen war mein silbernes Tourenrad einfach nur langweilig.

»Wie wäre es mit ein bisschen Musik? Zur Feier des Tages.«

Fragend sah ich Ben an.

»Ich weiß zufällig, dass eine ganz tolle und total angesagte Band heute probt. Die wollen den Band-Battle morgen unbedingt gewinnen.«

Noah! Mit einem Jubel-Quietschen fiel ich Ben um den

Hals. Wirklich. Ich jubelte, weil ich Noah sehen würde und quietschte glücklich, weil mein weltbester Freund doch tatsächlich vorschlug, mit mir dahinzugehen! Wie cool war das denn?

»Na, schätze, die Sache ist entschieden«, meinte Ben und fuhr los.

26

Als wir ankamen, dröhnte der treibende Rhythmus des Schlagzeugs aus dem Schiffsschuppen. Diesmal stand alles voller Fahrräder, und das Tor war weit geöffnet. Die Sessel – man hatte sie vor dem Sperrmüll gerettet – standen draußen und waren schon von einigen Fans besetzt. Die Band hatte drinnen aufgebaut, mitten im Torbogen – es sah aus, als stünden sie auf einer Bühne.

»Cool hier«, meinte Ben und schlenderte zu einer Sitzgruppe, auf der bereits einige Mädels aus unserem Jahrgang saßen. Merle zwinkerte mir kurz zu und folgte ihm. Schmunzelnd suchte ich nach Noah und entdeckte ihn beim Schlagzeuger, der inzwischen sein Spiel unterbrochen hatte und mit Noah diskutierte. Noah hatte seine Gitarre um und lässig seinen Arm darauf gestützt (*seufz*).

Ich schlenderte zu ihm. Wie immer trug er nur ein T-Shirt und Jeans. Auf der Rückseite des Shirts leuchtete mir ein Fragezeichen entgegen. (Ich sag ja: seelenverwandt. Er drückte damit genau das aus, was ich fühlte, wenn ich ihn ansah. Wie ging es nur weiter? Wer würde endlich den ersten Schritt machen?)

Chrissy machte den ersten Schritt. Zumindest war ihrer schneller als meiner, denn sie flitzte an mir vorbei zu Noah und dem Schlagzeuger.

So nicht! Auf keinen Fall würde ich ihn diesmal ihren Krallen überlassen.

Also marschierte ich ebenfalls auf Noah zu und räusperte mich. Als Noah mich sah, huschte ein Lächeln über sein Gesicht, und meine Füße hoben einen Zentimeter vom Boden ab.

»Super, dass du da bist.« Er ließ den Schlagzeuger und Chrissy stehen und kam auf mich zu.

»Na, ich dachte, ich guck mal, wie eure Chancen so sind.« Mein Herz tanzte Samba, und ich konnte nicht anders, als einen kurzen Siegesblick zu Chrissy zu schicken, den sie mit einem Flunsch quittierte.

»Oh. Na ja«, stammelte Noah.

»Quatsch. Ihr seid super!« Wie ein verblendeter *Belieber* strahlte ich ihn an. Auf der Vorderseite seines Shirts war mit schnellem Strich ein Diamant skizziert. Mein Herz verhedderte sich deshalb in den Samba-Schritten. Unwillkürlich forschte ich in seinem Blick. War das eine Anspielung? Aber in seinen grauen Augen lag nur das herrliche Funkeln, das ich schon kannte, und etwas Unsicherheit. »Das ist lieb, dass du so von uns überzeugt bist«, meinte er. »Aber …« Sein Blick glitt zweifelnd über das Publikum vor dem Haus – und blieb an Ben hängen. »Was macht der denn hier? Weiß er, dass du auch da bist?«

Ben hatte sich zwischen die Mädels aufs Sofa gequetscht und amüsierte sich anscheinend prächtig. Merle klemmte weniger amüsiert auf einer der Armlehen des Sofas. »Ja, alles gut. Er scheint Spaß zu haben.« Ich starrte wieder den Diamanten an. Ein Schmuckstück und ein Fragezeichen, war das wirklich Zufall?

»Ist es ein Problem für dich?«, fragte Noah, und eine niedliche Sorgenfalte zeigte sich auf seiner Stirn.

Sofort überfiel mich wieder das schlechte Ben-Gewissen. »Nein, Quatsch. Ich weiß, ich hab ihn ziemlich fies angemacht. Aber – also Ben ist nur ein Freund. Also, ein guter Freund. Aber kein *Freund*. Also, ich meine … Wir sind Kumpel.«

»Kumpel?« Noah sah mich zweifelnd an. »Frauen und Männer können keine Kumpel sein.«

Jetzt sah ich ihn dämlich an. »So ein Blödsinn. Natürlich können sie! Ben und ich kennen uns, seit wir noch Windeln trugen. Er wohnt schräg gegenüber. Er ist quasi mein Bruder!«

Es war Noah anzusehen, dass er mir kein Wort glaubte. »Kennst du *Harry und Sally*?«

Wer waren die denn? Und was hatten sie mit mir zu tun? »Nein, die zwei kenn ich nicht. Ist mir aber auch egal. Ich will nichts von Ben. Der ist gar nicht mein Typ!« *Bitte versteh das doch endlich*, hätte ich am liebsten hinzugefügt.

»Nicht dein Typ?« Anscheinend war das das Zauberwort gewesen, denn das Blitzen in Noahs Augen verriet mir, dass er mir endlich glaubte. Mein Herz pumpte rosa Glitzer durch meine Adern.

»Nein, absolut nicht mein Typ.« Ich lächelte nervös. »Mein Typ ist jemand anderes.«

»Oh. Du stehst mehr auf –«

In diesem Moment kam Chrissy, packte Noah am Arm und zog ihn einfach weg.

Der rosa Glitzer in mir verpuffte. Mit offenem Mund starrte ich ihr nach. War es denn zu fassen? Wollte Chrissy wirklich Krieg mit mir? Sofort kam mir der Vergessenszauber in den Sinn, und ich zog ihn ernsthaft in Erwägung. Sauer stampfte ich den beiden hinterher. So leicht würde ich diesmal nicht das Feld räumen. Nein, Noah und ich gehörten zusammen. Am liebsten hätte ich das Fragezeichen auf seinem Shirt durch ein Ausrufezeichen ersetzt.

»Ihr müsst euch jetzt einigen«, hörte ich Chrissy zu Noah und dem Schlagzeuger sagen. »Ich sag es ja nur ungern. Aber die Zeit läuft, und die Setlist steht noch nicht.«

»Setlist?« Der Schlagzeuger klang amüsiert. »Es ist nur ein Song, Schätzchen.«

»Lass stecken«, rüffelte Chrissy ihn an. »Ich weiß, dass es nur ein Song ist. Deshalb ist die Auswahl ja so wichtig. Ihr müsst alle anderen blass aussehen lassen – und das Publikum umhauen.«

»Ich schaff das Solo aber nicht«, meinte Noah, worauf der Schlagzeuger seufzte und seine Sticks resigniert in eine Tasche warf.

»Weißt du, Noah, das ist voll daneben von dir.« Er stand auf und ging zu den anderen Bandmitgliedern, die beim Mischpult zusammenstanden und missmutig herüberstarrten.

Chrissy stöckelte dem Schlagzeuger nach. »Nein! Jetzt warte doch mal! Nick!«

Noah blieb zurück und sah aus wie ein getretener Hund.

»Was ist denn los?«, fragte ich betroffen. Es tat mir weh, ihn so niedergeschmettert zu sehen.

»Es geht um den Band-Battle morgen. Wir haben einen richtig guten Song.«

»Und? Das ist doch cool. Oder nicht?«

Er seufzte und spielte mit der High-Head herum. »Ja, sicher. Mit dem Titel schaffen wir es sicher auf Platz zwei.«

»Auf Platz eins, meinst du.« Ich trat näher zu ihm. Er roch herrlich. Ich hätte mich am liebsten an ihn gekuschelt.

»Vielleicht sogar eins. Aber nur ohne mich.«

Verwirrt hielt ich inne. War ich tatsächlich gerade drauf und dran gewesen, mich an ihn zu schmiegen? Hatte ich den Verstand verloren? »Was hast du gesagt? Wieso ohne dich? Bist du krank?«

Er lachte zynisch. »Ja, könnte man sagen. Ich hab unglaubliches Lampenfieber. Allein, wenn ich an das Solo denke …«

Wie zum Beweis hielt er mir seine Hände hin. Sie waren schmal und schlank und zugleich kräftig. Ich starrte sie an, und mir wurde heiß, als das Bild dieser Hände und wie sie sich wohl anfühlten, durch meine Gedanken wogte. Hastig trat ich einen Schritt zurück. »Das ist doch Blödsinn!« Ich meinte mich und meine Gedanken.

»Nein. Wirklich. Ich werd da auf der Bühne zur Salzsäule erstarren.« Sein Blick war herzzerreißend.

»Du traust dich gar nicht auf die Bühne?«, hakte ich nach. »Aber in der Schule läuft es doch immer richtig cool.«

»Das ist ja auch wie im Wohnzimmer spielen. Ich kenn euch doch alle. Außerdem …«

»Außerdem?«

»Der Song, mit dem wir gewinnen könnten, hat dieses ziemlich krasse Gitarrensolo.«

»Und das verhaust du?«

»Nicht im Wohnzimmer.«

»Aber auf der Bühne beim Battle.«

»Jepp.«

»Verstehe.«

Tat ich wirklich: Der coole Song war cool, weil er dieses Solo hatte. Und vor diesem Solo hatte Noah solche Angst, dass er es nicht spielen wollte, weil er sich sicher war, es zu verhauen. Aber ohne diesen Song mit diesem Solo würde die Band sowieso nicht gewinnen.

»Und du willst es nicht mal mit ihnen üben? Das ist doch

schon ein bisschen blöde. Wenn du es im Schlaf kannst, kannst du es doch sicher auch auf der Bühne.«

Er schüttelte den Kopf. »Salzsäule. Wirklich.«

»Hm.« Ich beobachtete die Band und Chrissy. Sie wollte ihnen anscheinend einen anderen Song aufschwatzen. Aber ob das die Lösung war?

Ich hatte eine bessere Lösung. Mit einem sehr zufriedenen Lächeln sah ich Noah an. »Ich helfe dir.«

»Das ist nett, Julie, aber ich glaube nicht –«

»Doch. Du wirst sehen.« Ich nahm seine Hand. Es war einfach ein Impuls. So wie ich auch Merles Hand nahm, wenn sie Unterstützung brauchte. Doch seine Berührung jagte mir ein Kribbeln den Rücken hinunter. Es kostete mich meine ganze Kraft, ruhig zu bleiben und nicht in Schnappatmung zu verfallen.

»Pass auf. Ich kenn da einen Trick. So was wie Hypnose, nur anders.«

Überrascht sah er mich an. »Du kannst so was?«

»Ja. So in der Art. Quasi.«

Sein Blick wechselte zu Argwohn. »Wie soll das denn funktionieren?«

»Der Trick ist, dass du dir so was wie ein … also, wie einen Schutzzauber vorstellst.«

»Schutzzauber.« Es klang, als hätte ich gerade verkündet, ich wäre eine zwei Zentimeter große Fee, die Heizdecken verkauft. Na ja. War ja auch irgendwie so.

»Ach – wart ab. Lass mich mal machen. Okay? Ich bring dir was, und dann klappt das. Du musst nur – wenigstens für den Auftritt – wirklich daran glauben. Du musst davon überzeugt sein, dass es dir die Angst nimmt. Okay?«

Er nickte langsam. »So wie bei Herrn Fuchs?«

Ertappt kam ich ins Stottern. »Ähm. Ja, also – so ähnlich. Ja. Du weißt ja, man muss nur dran glauben …«

Nachdenklich sah er mich an. »Na gut«, meinte er schließlich und drückte meine Hand. Wieder entzündete sein Blick das Feuer. Viel zu heiß und viel zu schnell überrannte mich dieses Gefühl, und ich zog eilig meine Hand aus der seinen. Bevor er sich noch verbrannte. Oder ich mich …

»Ich verlass mich auf dich.« Er lächelte.

»Das kannst du. Ich werde ganz vorne stehen.« Mir versagte fast die Stimme. Mein Herzschlag raste, und ich kam kaum zu Atem.

»Okay.« Er sagte es leise, denn es war nur für mich bestimmt, und ich fühlte, dass dieses *Okay* auch für ihn mehr bedeutete.

Wir sahen uns einfach nur an. Und ich würde wetten, in dieser Ewigkeit zerfielen und entstanden neue Galaxien. Es fühlte sich unglaublich an. So schwerelos richtig. Und es brauchte keine Worte. Wir fühlten und dachten wie eine Person.

»Noah!« Chrissy brüllte, obwohl sie direkt neben uns stand. (Seit wann?!) »Was ist jetzt. Geht es weiter?«

»Ja. Wir probieren es.« Noch immer hing sein Blick an meinem. »Ich spiel das Solo.«

Mit einem Kreischen fiel sie Noah um den Hals. Er bemerkte meinen ärgerlichen Blick und verdrehte genervt die Augen wegen Chrissy.

Alles klar.

Selig lächelnd ging ich zu den anderen zurück.

Ein Stuhl war noch frei, und ich stellte ihn zu Ben und Merle, die inzwischen zusammen auf dem Sofa saßen. Ein Teil von mir registrierte, dass Merle sehr glücklich aussah, dann zählte der Schlagzeuger ein, und die Band legte los. Es war ein schneller Song, echter Rock 'n' Roll. Als Noah zu seinem Solo ansetzte, verschlug es mir den Atem. Er war verdammt gut. Seine Finger flogen über die Saiten. Johlend applaudierte das Publikum, und Noah warf mir einen erleichterten Blick zu.

Definitiv Seelenverwandte!

27

Nach der Bandprobe radelte ich alleine nach Hause. Ben wollte noch zum Strand und ein paar Wellen reiten, und Merle wurde zum Familienessen erwartet.

Mich erwartete mein Handbuch der Schmuckmagie.

Bis morgen Abend musste ich etwas finden, das Noah half, das Solo so super zu spielen wie eben. Ich hatte es ihm versprochen, und ich hoffte, das Buch ließ mich nicht im Stich.

Kaum zu Hause, drehte ich eine Runde durch die Küche, plünderte den Kühlschrank und balancierte meine Beute die Treppe hinauf.

Natürlich schloss ich meine Zimmertür hinter mir ab, denn auf keinen Fall wollte ich gestört werden. Insbesondere nicht von Mom. Ich fragte mich, wie lange sie es aushielt, dass ich noch immer den Kasten bei mir hatte. Und wie würde sie reagieren, wenn sie herausfand, dass ich nun auch ein Buch besaß? Es würde schrecklich werden. Aber momentan war es mir egal. Im Gegenteil, ich war froh, dass sie mich in Ruhe ließ. Um keinen Preis der Welt hätte ich dieses großartige Geschenk der Magie wieder hergegeben. Es gab keinen Kompromiss. Entweder sie rückte mit der Wahrheit raus und unterstützte mich, oder sie blieb, wo der Pfeffer wächst. Ich kam sehr gut ohne ihr Gemecker aus.

Das Buch vor mir auf dem Schreibtisch, die Schale mit kaltem Risotto vom Vorabend auf dem Schoß, blätterte ich durch die Anleitungen. Es gab eine Kette für gute Laune und eine, die anderen Leuten gute Laune bescherte. Eine Brosche, die eine berauschende Singstimme versprach, und ein Fußkettchen für Durchsetzungskraft. Das war aber alles nicht das Richtige. Ich brauchte etwas, das Lampenfieber kurierte. Anscheinend hatte noch kein Schmuckmagier so einen Zauber benötigt. Zumindest war im Buch keiner notiert.

Ich schob die leere Risotto-Schüssel unters Bett und nahm mir den Schokopudding. Schoko würde mir sicher beim Nachdenken helfen. Und tatsächlich. Nachdem ich mich von dem Gedanken, Lampenfieber zu heilen, gelöst hatte, wusste ich, welchen Zauber ich für Noah schmieden musste.

Es war ein Amulett, das das Selbstbewusstsein stärkte. Das musste doch funktionieren. Schließlich rührte sein Lampenfieber ja von der Angst, dass er das Solo nicht schaffte. Es mangelte ihm also an der nötigen Portion Selbstbewusstsein, um auf der Bühne, vor den Zuschauern, alles zu zeigen, das er draufhatte.

Zufrieden las ich die Zauberanleitung. Es war nicht nur

recht simpel, ich hatte auch Glück, denn den dafür benötigten Stein fand ich in meiner Schatzkiste.

Es war ein ungeschliffener Bernstein. Durch die unregelmäßige Form war es ein Leichtes, eine Wickelfassung anzubringen. Und während ich den kupferfarbenen Draht um den Stein legte, stellte ich mir vor, wie der morgige Abend verlaufen würde. Wie nervös Noah sein würde, wenn ich hinter die Bühne kam, und wie herrlich der Moment, wenn ich ihm das Amulett umband. Die Vorstellung, ihm dann ganz nahe zu sein, ließ meine Haut prickeln.

Selig grinsend drehte ich mit der Rundzange die Öse, durch die ich das Band fädeln würde. Und in Gedanken sah ich meinen Noah auf der Bühne, wie er mit seinem Gitarrensolo das Publikum wegfegte und der Applaus gar nicht mehr aufhören wollte. Und dann, als die Gewinner verkündet waren, zog er mich im Siegestaumel zu sich auf die Bühne. Und dann, dann, dann … mein Kuss. Mein Kuss echter, wahrer Liebe.

Ich betrachtete das Amulett, das nun an einem schwarzen Lederband hing. Der Bernstein lag warm in meiner Hand, und ich wusste, dass alles gut werden würde.

Ich würde den Ring für den Liebesbann gar nicht brauchen. Noah liebte mich, und ich liebte ihn. Wie hätte es auch anders sein können, wir waren füreinander bestimmt. Es war Schicksal. Niemand, vor allem keine Chrissy, konnte etwas gegen unsere Verbindung ausrichten.

Glücklich, das Amulett um den Hals, schlief ich an diesem Abend ein.

Dass auch bei mir Schmuckmagie wirkte und meine Selbstsicherheit vielleicht gar nicht real war, kam mir natürlich nicht in den Sinn.

28

Der Samstag zog sich endlos dahin. Es wollte und wollte nicht Abend werden.

Dabei hatte ich schon alles erledigt und war bereit für den besten Abend meines sechzehnjährigen Lebens. Ich hatte es sogar geschafft, nach dem Mittagessen, als Mom sich in ihr Arbeitszimmer zurückgezogen hatte, an das Gefrierfach zu schleichen und die Ohrringe zu stibitzen. Für einen kurzen Augenblick hatte ich befürchtet, Mom hätte sie inzwischen woanders versteckt. Anscheinend hielt sie jedoch das Eisfach für sicher genug, die Magie zu bannen – und mich ebenso. Zumindest in letzterem Punkt lag sie falsch.

Ich ließ die Ohrringe in dem Gefrierbeutel und steckte sie zusammen mit dem Wahrheitsarmband in meine neue Tasche von Oma und Opa. Das Amulett für Noah verpackte ich in ein Geschenketütchen aus Papier. Ich wollte es nicht einfach aus der Tasche zerren, womöglich noch verhakt mit meinen Schlüsseln oder so. Es war schließlich mein erstes Geschenk an Noah. Der Anfang unserer ewigen Liebe.

Nun saß ich auf meinem Bett und beobachtete seit acht Minuten den Wecker. Die Zeit verrann so unbeschreiblich langsam. Merle würde erst in knapp zwei Stunden bei mir sein.

Zum gefühlt fünftausendsten Mal dachte ich über ein anderes Outfit nach. Und es dauerte nicht lang, und wieder landete der Inhalt meines Kleiderschranks auf dem Bett. Erneut wanderten Röcke und Kleider zurück, ebenso langweilige T-Shirts und Tops, und nach einer Dreiviertelstunde Klamottengewühle lag der Gewinner auf dem Bett. (Na so was! Genau die gleiche Kombi wie beim ersten, zweiten, dritten und vierten Durchlauf …) Eine rote Jeans, ein graues Over-Shoulder-Top mit dunkelroten Sternen sowie meine dunkelgrauen Sneaker. Bequem, lässig und ein bisschen auffallend. Nicht, dass Noah mich im Publikum übersah. Kritisch betrachtete ich mich im Spiegel: War das cool genug für den Battle? Ich gab mir einen Ruck und beschloss, dass ich gut aussah. Allerdings fiel mir jetzt auf, dass ich etwas schmucklos war. Mir wollte jedoch keine Kette so recht gefallen. Auch bei den Ohrringen war an meinem Bäumchen nichts dabei, das zu meiner aufgeregten Gefühlslage passen wollte. Aber ich hatte ja an meinem Geburtstag so einiges ausgemistet, und wenn ich mich nicht täuschte, war da doch mal … Ich kramte in der Schatulle und fand die Ohrringe, die ich mir irgendwann in einem Kurzurlaub auf Sylt gekauft hatte: Möwen aus Holz, handbemalt. Die eine stehend, die andere fliegend. Das war das Statement, das ich gesucht hatte: *Drunken Seagull*-Fan.

An Merle schickte ich die Nachricht, dass ich sie jetzt abholte – denn ich wollte nicht noch mal über mein Outfit nachdenken, und vor allem stieg meine Aufregung. Mein erster Club-Besuch ohne Eltern. Und mein erstes Quasi-Date mit Noah!

Als ich Merles Zimmer betrat, klemmte die Tür, und ich musste mich dagegenstemmen, um hineinzuschlüpfen.

»Merle? Was zum Henker …« Als ich endlich im Zimmer war, erkannte ich das Problem: die typische Ich-hab-nichts-zum-Anziehen-Panikattacke. Ein großer Berg Klamotten blockierte die Zimmertür.

»Das sind die No-Gos?«, fragte ich sie und bekam ein deprimiertes Nicken als Antwort. Wie ein Storch stakste ich durch die Stofflandschaft zu ihrem Bett. Merle stand mit hängenden Schultern vor ihrem Spiegel, und ein Batik-Top hing verzweifelt an ihr herab.

»Hilf mir. Es ist eine Katastrophe. Ich hab nur Mist in meinem Schrank!«

»Das ist doch Quatsch. Bei meiner Party sahst du super aus.«

Mit vorgeschobener Unterlippe sah sie mich an. »Ehrlich?«

»Ja. Ehrlich. Und für heute Abend finden wir auch was. Es muss bequem sein. Vergiss diese Stiefel, wir stehen vor der Bühne. Und ein kurzer Rock ist auch unpraktisch.«

Sie nickte, zog mit einiger Mühe die Stiefel aus und warf sie zusammen mit ein paar anderen Teilen zu dem riesigen Stapel an der Tür. Gemeinsam arbeiteten wir uns nach und nach durch ihre Klamottensammlung. Ich muss zugeben, es war erstaunlich, was sie alles in ihrem Schrank aufbewahrte. Rote Samtkleider mit Spitzenkragen neben ausgeleierten Sweatshirts mit Garfield- oder Snoopy-Aufdruck.

Der Berg vor der Tür wuchs, und ich bezweifelte, dass wir jemals wieder das Tageslicht sehen würden.

Aber schließlich hatten wir das Richtige gefunden: eine Jeans und ein nachtblaues Top, über das Merle diese richtig coole Jacke zog, die sie neulich auf dem Flohmarkt erstanden hatte. Sie erinnerte ein bisschen an Jacken, wie Zirkusdirektoren sie trugen, schwarz mit diesem verschlungenen Muster aus goldfarbener Kordel. Auf dem Flohmarkt hatte ich sie ebenfalls anprobiert, doch ich sah darin total lächerlich aus. Merle hingegen verlieh sie etwas Geheimnisvolles, und gleichzeitig wirkte sie sehr modisch und selbstbewusst. »Du könnest glatt als Model durchgehen«, bemerkte ich anerkennend.

»Vielen Dank.« Merle strahlte, während sie den Berg vor der Tür auf ihr Bett warf. »Dann lass uns los.«

Die Räder stellten wir zwei Straßen weiter ab, denn wir fanden es uncool, mit den Drahteseln vorzufahren. Zu unserem Erstaunen war vor dem Eingang eine lange Schlange, die von einem Türsteher in Schach gehalten wurde. Na, es war ja auch der Band-Battle. Die Band, die hier gewann, kam eine Runde weiter in den landesweiten Entscheid, und dem Gewinner winkte die Aufnahme eines Demos in einem professionellen Tonstudio in Hamburg.

Brav stellten wir uns an und rückten Schritt für Schritt dem Eingang näher. Und mit jedem Schritt wuchs meine Aufregung. Ob Noah schon da war? Sicherlich war er total fertig mit den Nerven. Ich musste so schnell wie möglich zu ihm. Immer noch stand mir das Bild vor Augen, wie er auf der Bühne stand, gerade zum Sieger gekürt und mich zu sich hinaufzog …

Ich seufzte.

»Alles okay? Wir sind gleich drin.« Merle reckte sich, um vorbei an den Mädels vor uns in den Club zu spähen. Der Türsteher winkte sie durch, und Merle und ich strahlten den (extrem) muskulösen Kerl an. Eigentlich war ich schon im Begriff hineinzugehen, da fiel seine Hand wie eine Schranke vor mich. Er sagte gelangweilt: »Ihr seid zu jung. Ab nach Hause.«

Völlig perplex sah ich den Schrank an. Im Grunde sah er wie der nette Nachbar aus, mit dem man über den Zaun hinweg ein Pläuschchen hält und den man mit Vergnügen zum Grillen einlädt – abgesehen davon, dass er so breit war wie zwei Gorillas und groß wie ein Grizzly.

»Wie bitte?«, flüsterte ich unsicher und bemerkte, dass Merle meine Hand nahm und sie quetschte.

»Nach Hause«, wiederholte er streng.

Anscheinend hatte ich irgendeine entscheidende Information verpasst, als ich in Gedanken bei Noah auf der Bühne stand. »Entschuldigen Sie, ich verstehe nicht …«

»Meine Güte.« Jetzt klang er etwas gereizt. »Stellt euch nicht so dämlich an, räumt einfach das Feld. Andere wollen heute noch rein.«

»Nein. Wir müssen da rein. Wir werden erwartet. Der Gitarrist – « Hinter mir stöhnte jemand genervt.

Ich drehte mich um und entdeckte Chrissy. Sofort sprang meine Stimmung auf Blizzard.

Merle quetschte meine Hand so sehr, dass sie sich taub anfühlte. Ich versuchte, mich aus dem Griff zu winden, doch Merle krallte sich an mir fest.

»Mensch, Mädels. Habt ihr euch nicht so einen besorgt?« Chrissy schob sich an zwei Wartenden vorbei. Lächelnd hielt sie eine Plastikkarte hoch, die um ihren Hals baumelte, und der Türsteher nickte.

»Wir sehen uns«, sagte sie in meine Richtung und warf mir ein zuckersüßes Lächeln zu.

»Kindchen«, unterbrach mich der Mann, obwohl ich innerlich gerade Chrissy zu Boden geschleudert hatte, um sie … »Du bist keine achtzehn, und deine blasse Freundin auch nicht. Also: Ab zu Mami mit euch.«

Was hatte er gerade gesagt? Hinter mir wurden immer mehr unfreundliche Rufe laut.

Merle schob mich aus der Reihe, während ich noch immer fassungslos ins Leere glotze. Wieso hatte das keiner erwähnt? Warum hatte Chrissy einen Backstage-Pass und ich nicht? Hatte sie den etwa von Noah?

»Darf der das?«, fragte ich schließlich kläglich, während in meinem Kopf all die schönen Bilder von Noah und mir wie Seifenblasen zerplatzen.

»Tja, dieser Chuck-Norris-Verschnitt ist Türsteher. Ich kenn mich mit dieser Spezies noch nicht wirklich aus, aber ich hab gehört, dass ihr Wort Gesetz ist. Leute wie uns wird er wohl nie reinlassen.«

»Leute wie uns?«

Merle zuckte ratlos mit den Schultern. »Uncool.«

Uncool? Wütend sah ich mich zu der Schlange um und fixierte den Türsteher. Einen nach dem anderen winkte er durch. Dabei hatten die alle keine Plastikkarte. Okay, sie sahen aus, als ob sie schon Auto fahren durften. Waren wir die Einzigen, die er zurückgeschickt hatte?

»Noah wartet auf mich! Der Auftritt wird platzen, wenn ich ihm nicht den Talisman gebe!« Panik stieg in mir auf. Es musste einen Weg hinein geben.

»Tja, hast du keinen Zauber, der uns älter macht?«

Ja, natürlich! »Mensch, Merle! Wie immer genial!« Hastig nahm ich meine Handtasche und kramte darin herum.

»Du hast tatsächlich einen Zauber, der uns erwachsen macht?«

Da waren sie! Die Ich-bin-ein-Star-lass-mich-hier-rein-Ohrringe.

»Hey. Was steht ihr denn hier im Abseits?«

Schnell ließ ich die funkelnden Ohrringe wieder in der Tasche verschwinden. »Ben!« Verkrampft lachend wirbelte ich herum. Der Junge hatte aber auch ein Timing! »Was machst du denn hier?«

»Na, *ich* weiß, was ich hier mache. Aber warum steht ihr hier?« Er legte den Kopf schief und musterte uns. »Ihr seht aus, als würdet ihr eigentlich an Chuck vorbei in den Club wollen.«

»Der Kerl heißt tatsächlich Chuck? Wie Chuck Norris?«, entfuhr es Merle. »Das ist jetzt ein Witz, oder?«

»Nein«, meinte Ben. Lässig lehnte er sich an die Hauswand. »Kann ich euch irgendwie helfen?«

»Helfen? Wobei?« Vorsichtshalber schloss ich die Tasche, falls die Ohrringe auch von dort aus schon wirkten. Denn vermutlich hatte Mom genau gewusst, was sie tat, als sie sie einfror. Und einen Ben, der uns jetzt hofierte, konnten wir nicht gebrauchen.

»Na, um reinzukommen.« Ben lachte. »Ihr habt euch doch nicht so aufgehübscht, um eine Radtour zu machen.«

»Oh, du kannst uns da reinbringen?« Merles Augen leuchteten auf.

»Klar. Kommt, wir gehen hinten rum.«

»Nein.« Ich hielt Merle am Ärmel fest. »Wir stehlen uns

nicht hinten rein.« Auf keinen Fall würde ich mich wie ein Dieb durch den Hintereingang quetschen. Zum einen, weil Chrissy auch vorne reingekommen war, und zum anderen wollte ich meinen Kindern nicht irgendwann erzählen müssen, dass ich den Kuss der Küsse nur bekommen hatte, weil ich durch ein Klofenster geklettert war.

Gespielt besorgt sah sich Ben nach Chuck um. »Wie willst du an ihm vorbei? Tut mir leid – aber selbst, wenn er denkt, ihr könntet schon achtzehn sein – er wird eure Ausweise sehen wollen.« Gespielt entsetzt riss Ben die Augen auf. »Ihr habt falsche Ausweise?«

»Nein. Aber unsere Methoden.« Ich zwinkerte Merle zu, die sehr besorgt aussah. »So. Und jetzt geh du hinten rein, Ben. Bleib nicht im Klofenster stecken. Wir sehen uns gleich bei der Bühne. Allerdings werden wir einen Backstage-Pass haben – und du nicht.«

»Fenster?« Für einen Moment sah Ben mich scharf an. »Also gut. Die Wette gilt, Jewels.« Und schon ging er los.

Ich riss meine Tasche auf. »Hier, Merle. Los geht's«, und gab ihr einen der Ohrringe.

»O mein Gott – sind das die …«

»Jepp. Ich hab keine Ahnung, wie das ist, wenn wir sie teilen und jede von uns einen trägt. Ich hoffe, die Wirkung ist ausreichend, um an Chuck vorbeizukommen. Drinnen nehmen wir sie gleich wieder ab, wir wollen ja keinen Aufstand. Einverstanden?«

»Klar.« Sie grinste. »Ich wollte mich schon immer mal wie ein umjubelter Star fühlen.«

»Na dann! – Ach, und wir sollten uns vorsichtshalber nicht direkt ansehen. Nicht, dass wir uns dann gegenseitig anhimmeln.«

Merle nickte. »Alles klar.«

Mit den funkelnden Ohrringen steuerten wir auf die Schlange zu, die inzwischen noch länger geworden war. Kein Wunder, der Band-Battle war *das* große Ereignis und zog Leute aus dem gesamten Umland an, die ihre Band anfeuern wollten.

»Entschuldigung«, sagte ich und tippte einer jungen Frau auf die Schulter, die als Letzte in der Reihe stand. »Dürfen wir mal durch?« Ich lächelte sie an und strich wie beiläufig meine Haare nach hinten, damit der Ohrring ungehindert seine Wirkung entfalten konnte. Und er tat es! Mit offenem Mund starrte sie Merle und mich an und trat einen Schritt zur Seite.

»Vielen Dank!« Gütig lächelnd schoben wir uns durch die Menge. Mit einem Raunen und Tuscheln bildete sich wie von Zauberhand eine Gasse in der Warteschlange, und wir marschierten zu Chuck vor.

»Hallo, Chuck«, sagte ich kumpelhaft und schenkte ihm einen Augenaufschlag. Prompt fiel ihm die Kinnlade runter. »Ich denke, wir werden schon erwartet. Hast du unsere VIP-Karten?« Merle krallte sich hinter mir wieder an meinen

Arm. Es war unnötig. Chuck grunzte, gurgelte etwas und stotterte und winkte hektisch seinen Gehilfen herbei.

»Die Ladys sind da. Wo sind die Backstage-Pässe?«, fuhr er ihn an. Bei unserem Anblick verneigte sich der Gehilfe regelrecht und bat uns, ihm zu folgen.

»Danke, Chuck.« Ich gönnte ihm ein keckes Lächeln und einen Luftkuss und schwebte dann mit Merle in den Club. Merle hibbelte auf und ab, und ich konnte hören, dass sie ein Jubel-Quietschen unterdrückte. Der Gehilfe reichte uns zwei Plastikkarten an einem Band, wofür wir uns nett bedankten und schnell Richtung Bühne eilten. Noch im Gehen nahm ich den Ohrring ab, ließ ihn in der Tasche verschwinden und streckte sie Merle mit geschlossenen Augen hin.

»Das war der Hammer, Julie! Kann ich ihn nicht behalten?«

»Nein. Lieber nicht. Immerhin weiß Chuck gar nicht mehr, dass er eben zwei minderjährige Superdiven eingelassen hat.«

Ich schüttelte meine Tasche, um sie aufzufordern, den Ohrring hineinzulegen. Sie seufzte, und ich merkte, wie sie ihn in die Tasche fallen ließ.

»Das ist echt traurig«, murmelte sie. »Aber hin und wieder darf ich sie mir ausleihen, oder?«

Lachend schüttelte ich den Kopf und machte die Tasche zu.

»Wie zum Teufel …? Jetzt schulde ich euch was!« Ben kam aus der Putzkammer und starrte uns ungläubig an. War er dort durchs Fenster geklettert? So ein Ganoventalent hatte ich ihm gar nicht zugetraut. Breit grinsend ließen wir die

VIP-Ausweise vor seiner Nase baumeln. »Verratet ihr mir, wie ihr das gemacht habt?«

»Hm. Lass mich überlegen.« Ich legte den Finger ans Kinn und runzelte die Stirn, um dann vergnügt zu sagen: »Nein. Das ist unser Geheimnis.«

»Wir sind eben magisch«, säuselte Merle und erstickte dann fast an einem Kicheranfall. Grummelnd schob ich sie zu den Künstlergarderoben.

»Ich hol uns etwas zu trinken«, rief Ben uns nach.

»Ich weiß, es ist cool mit dem Schmuck«, mahnte ich Merle, als wir außer Hörweite von Ben waren. »Aber bitte pass auf, was du sagst. Was glaubst du, passiert, wenn die Leute rausfinden, welche Fähigkeit ich habe?«

»Ja doch. Aber es ist sooo cool!«

»Ich weiß. Und jetzt such ich Noah und helfe ihm zu gewinnen.«

»Alles klar. Ich gehe zu Ben und warte auf dich.« Sie hielt ihre gedrückten Daumen hoch. »Viel Glück!«

In einer der Garderoben saßen drei der *Drunken Seagulls* auf einem abgenutzten Sofa, aufgereiht wie die Hühner. Diese drei Bandmitglieder sahen wenig glücklich aus. Chrissy hatte sich kess auf die Lehne drapiert und war sichtlich überrascht, als ich eintrat. Dass die Stimmung angespannt war, hätte ein Blinder mit Krückstock bemerkt. Und was der Grund dafür war, ebenso: Noah. Er tigerte im Raum auf und ab, war völlig durchgeschwitzt und sah mehr als schlecht aus. Seine Gesichtsfarbe bewegte sich irgendwo zwischen aschfahl und leichenblass.

»Noah? Kann ich dich kurz sprechen?«

Er sah auf und nickte, hastete an mir vorbei durch die Tür. Er tat mir unglaublich leid. Natürlich hatte ich ihm geglaubt, dass er Lampenfieber hatte, aber dass es so schlimm war, hätte ich nicht gedacht. Reichte die Macht meines Amuletts dafür aus?

»Schön, dass du da bist.« Er war in einen der Gänge hinter der Bühne eingebogen. Ein Bühnenarbeiter eilte an uns vorbei und musterte dabei Noah belustigt.

»Meine Güte, du zitterst ja. So schlimm?«, stellte ich besorgt (und unnötigerweise) fest.

Er nickte gequält.

»Pass auf, ich hoffe, du vertraust mir jetzt. Du musst dich hierauf konzentrieren. In Ordnung?« Ich wühlte in meiner Tasche. Wo, verflixt, war das Täschchen mit dem Amulett? Es war einfach zu dunkel in dem schmalen Gang. Ungeduldig wühlte ich in der Tasche, so groß war sie doch gar nicht.

Über uns knackte es im Lautsprecher, ein Gitarrenriff war das Zeichen, dass die Show jetzt beginnen würde.

»Wann seid ihr dran?«

»Als Vierte.« Seine Stimme klang nervös. Fahrig leerte ich meine Tasche auf eine Verstärkerbox aus, die jemand hier abgestellt hatte. Da war es! Erleichtert pickte ich das Täschchen aus den Sachen und reichte es ihm.

Seine Finger zitterten, als er den Talisman herauszog.

»Soll ich dir helfen? Du kannst es unter dem Shirt tragen.« Fragend sah er mich an, und ich geriet ins Stottern. »Jedenfalls solltest du dich einfach darauf konzentrieren. Du wirst sehen.«

Er betrachtete den Bernstein in seiner Hand, dann sah er mich an. Mit diesem Blick …

Jetzt war ich es, die sich dringend an die Wand lehnen musste.

»Hast du das gemacht?«

Ich nickte.

»Das sieht toll aus.«

»Danke.« Ich stellte fest, dass seine Haut wieder einen normalen Farbton bekam und er nicht mehr zitterte. Dabei hielt er es bis jetzt nur in der Hand.

»Und das soll mir helfen?«

»Ja, davon bin ich überzeugt. Du besiegst dein Lampenfieber.«

Er lächelte, und meine Knie wurden weich. »Weil sie von dir ist?«

»Ja, na ja, also …« Warum klang meine Stimme plötzlich so heiser? »Es … weil … Die Kette wird dich einfach daran erinnern, dass du gar nicht nervös sein musst. Du …« Meine Wangen glühten. »Du bist einfach toll.«

Jemand kam mit einem Mikrofonständer vorbei, und Noah trat dicht vor mich, um ihn vorbeizulassen. Für einige Sekunden trennten unsere Gesichter nur ein paar Zentimeter. Ich schloss die Augen, da sich plötzlich der Raum drehte. War er da? Der Moment? War er das jetzt? Mein Kuss wahrer, echter Liebe?

Und?

Hallo?

Unsicher öffnete ich ein Auge, doch Noah war wieder einen Schritt zurückgetreten und ließ gerade das Amulett unter seinem T-Shirt verschwinden.

Atmen, Julie!

»Du bist …« Er sah mich nachdenklich an. »Einfach … Ich weiß nicht, ich …«

»Julie? Die ist einfach irre.« Grinsend schob sich Chrissy in mein Sichtfeld. »Und immer wieder für eine Überraschung gut, nicht wahr?«

Ich musste sehr an mich halten, mich nicht wie eine Furie auf Chrissy zu stürzen.

»Geht's dir jetzt besser?«, fragte sie Noah und musterte ihn.

Er legte die Hand auf seine Brust, dorthin, wo für Chrissys Blick verborgen mein Talisman war. »Ja, jetzt geht es mir gut. Wir werden die Bühne rocken.«

»Cool.« Etwas unsicher sah Chrissy zu mir. Mit Sicherheit fragte sie sich, was ich wohl mit Noah angestellt hatte.

Er war plötzlich die Coolness in Person. Als Antwort lächelte ich bloß wissend, und sie wandte sich genervt ab. »Dann los, Champion. Die Jungs warten schon.«

Sie packte ihn an der Schulter und wollte ihn mit sich ziehen, doch er schob sie von sich weg.

»Ich komm nach. Sag den Jungs, sie sollen meine Gitarre mit zur Bühne nehmen.« Dann wandte er sich mir zu. Und mein Blick versank in seinem … Er beugte sich zu mir und …

flüsterte: »Danke, geheimnisvolle Julie Jewels.«

Keine Ahnung, wann ich wieder geatmet habe. Noah war jedenfalls wie ein Rockstar zur Bühne geschritten. Ich brauchte noch einen Augenblick, dann schob ich hastig mein Hab und Gut vom Verstärker zurück in die Tasche und eilte zum Zuschauerraum. Dabei kam ich an dem Garderobenraum vorbei. Chrissy und die Band waren nicht mehr da. Wahrscheinlich sahen sie sich ihre Mitstreiter an.

29

Merle zog mich neben sich. Sie hatte sich vor die Bühne gestellt und schlürfte gutgelaunt eine Cola. Der Zuschauerraum hatte sich inzwischen gefüllt, und vor der Bühne drängten sich die Leute. Das Publikum war ziemlich gemischt. Ich hatte gedacht, hier hauptsächlich Schüler zu treffen. Aber es gab auch eine große Gruppe Studenten. Vielleicht waren sie Fans der Band, die gerade die Bühne rockte. Sie trugen schwarze Ledersachen und hatten lange Haare, die sie wild umherschleuderten. Der Sänger schrie hin und wieder etwas ins Mikro. Jedoch konnte ich nicht erkennen, welche Sprache das sein sollte.

Merle zupfte mich am Ärmel und brüllte mir etwas zu, ich hatte allerdings Mühe, sie zu verstehen.

»Chrissy?«, schrie ich deshalb direkt in ihr Ohr und scannte die Zuhörer vor der Bühne nach ihrem blauen Haarschopf, aber ich konnte sie nirgends entdecken.

»Chrissy war bei Noah?«, brüllte Merle mich an. Die Band war laut. Aber nicht gut. Der Sänger kreischte, und der Gitarrist schrammelte zwei Akkorde rauf und runter.

Ich begann mich zu ärgern, dass ich bei Noah nicht doch eine Haarlocke abgeschnitten hatte. Auch wenn ich eigentlich dachte, dass der Ring nicht nötig sei – ich brauchte ihn, damit er Chrissy nicht mehr beachtete. Quasi als kleine Starthilfe. Etwas schnürte mir den Brustkorb zu, als mich die Vorstellung überfiel, Chrissy lungerte noch immer bei Noah herum. Dass sie mit ihm hinter der Bühne stand, ihm einen glückbringenden Kuss gab, bevor er auf die Bühne ging.

Applaus brandete auf. Die erste Band verschwand backstage.

Tapfer hielten Merle und ich auch die weiteren Bands aus. Ich fand sie allesamt öde. Sie hatten nichts Besonderes, kein Charisma, keinen Noah eben.

Als der Moderator endlich die *Drunken Seagulls* ankündigte, hibbelte ich vor Aufregung auf und ab.

»Jetzt bin ich gespannt, ob der Talisman hilft«, schrie Merle viel zu laut, so dass die Umstehenden sich zu uns umdrehten.

Nervös knetete ich meine Finger. Das Bild von Chrissy, die an Noah hing, wollte nicht aus meinem Kopf. Wo blieben sie? Der Moderator war von der Bühne gegangen, doch niemand kam. Der Vorhang bauschte sich, man hörte eine Art Tumult. Ich biss mir auf die Lippen und fürchtete, dass der Zauber nicht ausreichte. Noah traute sich nicht. Um uns herum kam Unruhe auf, jemand rief nach der Band. Da flog der Vorhang auf, und Noah sprang heraus.

»Wooo-hooo!«, schrie er und strahlte ins Publikum. »Seid ihr da, um eine geniale Show zu sehen?«

Mit offenem Mund starrte ich zu ihm hinauf. Die Gitarre hing mit dem Hals nach unten neben seinem Bein, er stand breitbeinig, zum Publikum vorgeneigt – ein echter Rockstar. Staunend wandte sich Merle zu mir. »Sag, dass das nicht wahr ist. Der kleine Bernstein? So ein *Wooo-hooo* … Alle Achtung!«

Mir war schlecht. Einerseits platzte ich gerade vor Stolz, weil Noah jegliche Furcht abgelegt hatte, andererseits hatte ich plötzlich ein ziemlich ungutes Gefühl …

Übertrieb er nicht ein bisschen?

Anscheinend fanden es auch seine Bandkollegen eine Stufe zu viel Rampensau. Nick, der Schlagzeuger, wollte eben einzählen, doch Noah achtete nicht auf ihn. Er spielte einfach mit vollem Körpereinsatz los. Der gesamte Saal starrte ihn an, wie er mit übertriebener Leidenschaft sein Instrument aufkreischen ließ. Seine Bandkollegen versuchten zu improvisieren und mit ihm Schritt zu halten. Denn Noah spielte sich in eine Art Wahn, bog und wand sich – rannte auf der Bühne hin und her, hüpfte und sprang.

Merle wandte sich mir zu und sah mich durchdringend an. »Julie …«

»Das gibt's nicht! Siehst du das?« Ich war fassungslos. Nie hätte ich geglaubt, dass in Noah so ein genialer Musiker steckte. Immer schneller spielte er, immer höher schrillten die Töne. (Er war echt gut!) Die Band sah ziemlich verzweifelt aus. Wütend sahen sie Noah zu, dessen Finger immer schneller über die Saiten flogen und der sich inzwischen auf dem Boden liegend rückwärts schob. Mehr als einen Grundrhythmus zu spielen blieb ihnen nicht, wenn sie noch halbwegs den Anschein erwecken wollten, dass alles nach Plan lief.

»Jewels«, sagte Merle nun eindringlich. »Ich glaube …« In diesem Moment sprang Noah auf, doch er verlor das Gleichgewicht und taumelte gegen einen der Verstärkertürme, der prompt nach hinten umkippte. Vom Backstagebereich schallte ein Entsetzensschrei, ein Techniker kam angestürzt, Rufe im Publikum … Doch Noah war unbeeindruckt, er spielte weiter das Solo, als hinge sein Leben davon ab. Plötzlich hatte er von irgendwoher ein Feuerzeug und zündete die Gitarre an. Der kreischende Klang des auflodernden Instruments zerriss die Luft.

»Nimm ihm besser das Amulett ab«, meinte Merle.

»Was? Ich – das –« Entsetzen war gar kein Ausdruck dafür, was ich empfand. Ich war gelähmt vor Schock und von der Angst um Noah! Das Publikum war leider nicht gelähmt, es johlte und tobte –

Und dann brach plötzlich Panik aus! Ein Funke hatte einen Verstärker in Brand gesetzt, und das Feuer loderte sofort hoch und griff auf die Bühnenvorhänge über.

Irgendjemand war geistesgegenwärtig genug, den Feueralarm auszulösen. Eine schrille Sirene übertönte die Schreie des Publikums. Wie bei einer Stampede schoben und drängten die Leute aus dem Saal. Merle und ich wurden mitgerissen. Aber ich wollte nicht raus, ich wollte zu Noah. Die Band floh ebenfalls, und der Techniker riss Noah vom Brandherd weg, schnappte sich einen Feuerlöscher und versuchte, das sich ausbreitende Feuer einzudämmen. Immer mehr beißender Qualm drang in den Raum und brachte mich zum Husten.

»Merle!« Wir hatten uns an den Händen, doch die Menge schob und drängelte zum Ausgang. Mit einem Mal wurden wir auseinandergerissen.

»Julie! Komm!« Verängstigt versuchte Merle, zu mir zurückzukommen, aber die Menge trug sie regelrecht davon. Ich hatte mich in die Nische neben dem Bühnenaufgang gedrückt und war so dem Sog der Flüchtenden entkommen. »Merle, wir sehen uns draußen!«, rief ich ihr zu. Keine Ahnung, ob sie es noch hörte. Aber zumindest war sie in Sicherheit vor dem Feuer.

Von Noah konnte ich das nicht behaupten. Er stand grinsend mitten auf der Bühne und wollte sich vor seinem flüchtenden Publikum verneigen. Erst jetzt bemerkte er irritiert, dass niemand auf ihn achtete.

»Noah! Komm her. Wir müssen hier raus!«, brüllte ich gegen die Sirene an.

Da begann Noah plötzlich zu lachen und rannte hinter die Bühne.

»Noah!« Ich stürzte los, ihm hinterher, da packte mich jemand und riss mich herum. »Andere Richtung! Wir müssen raus!«

Es war Ben, der seltsamerweise eine Schürze des Clubs trug.

»Wir müssen Noah da rausholen. Er ist hinter die Bühne!«

»Er schafft das alleine! Los, raus hier.« Ben zerrte mich Richtung Ausgang, doch dort herrschte ein solches Gedränge, dass er stoppte und mich an der Bar vorbei in den Backstagebereich drängte.

»Wir nehmen den Hinterausgang.«

Ich sträubte mich. »Nein. Ich muss Noah finden!«

Der Techniker erstickte gerade die letzten Flammen auf der Bühne mit einem Schaumteppich. Ben hielt meine Hand eisern fest und zog mich mit sich, durch das Wirrwarr der kurzen Flure bis zum Hintereingang. Von draußen war schon die Feuerwehr zu hören.

»Lass mich! Das Feuer ist aus. Ich muss Noah finden!« Entschlossen wand ich mich aus seinem Griff und rannte zurück.

»Julie! Nein!«

Ob Noah in die Garderobe gelaufen war? Was hatte ich nur getan! Wenn ihm etwas zustieß! Ich war den Tränen nah. Jedoch nicht, weil mir der Rauch in den Augen brannte.

Da rempelte mich jemand an, der aus einem der Zimmer schoss. Ich taumelte zurück und fluchte, weil ich hart gegen die Wand schlug. Als ich dem Blödmann hinterhersah, erkannte ich Noah, der johlend durch den Gang rannte.

»Noah!« Sofort setzte ich ihm nach. »Bleib stehen! Warte!« Er war zu schnell für mich, gleich war er am Ausgang.

Da prallte er plötzlich gegen etwas und kippte um. Mit einem Aufschrei stürzte ich zu ihm.

»Alles okay?« Ich kniete mich neben ihn und musterte ihn. Er war bewusstlos.

»Ihm geht's gut«, hörte ich Ben sagen. Als ich aufsah, trat er hinter der Ecke hervor, um die Noah gerannt war. Er schüttelte seine Hand, als hätte er sie sich gerade geklemmt.

»Hast du ihn …?«

»Na, irgendwer musste den Irren ja zur Strecke bringen!«

Natürlich. Und bevor Noah wieder zu sich kam, musste ich handeln.

»Wo hast du gelernt, jemanden mit einem solchen Kinnhaken niederzustrecken?«, murmelte ich.

»Och, das war wohl Glück«, antwortete er.

Schön für ihn. Mich hatte das Glück komplett verlassen, denn Ben kniete sich direkt neben mich. Ich konnte ihn jedoch nicht als Zuschauer gebrauchen, wenn ich Noah das Amulett abnahm.

»Sag mal, arbeitest du hier?«, sagte ich mit Blick auf seine Schürze. »Musst du nicht mithelfen? Die Feuerwehr lotsen oder so?«

»Ich bin Küchenaushilfe, nicht der Chef. Ich helfe dir. Komm, wir tragen ihn raus.«

Verflucht! Ich unterdrückte einen Wutschrei und zerrte

hastig eine Nagelschere aus meiner Tasche. Es half nichts. Mit einem Schnitt durchtrennte ich das Lederband des Amuletts und riss es unter seinem Shirt hervor.

»Was machst du da?«

Hastig stopfte ich es in meine Tasche und versuchte, Ben zu ignorieren.

»Du hast ihm seine Kette geklaut.«

»Ähm. Also – das ist … kompliziert.«

Verärgert schüttelte Ben den Kopf. »Schon klar. Du bist in letzter Zeit nur noch kompliziert.«

Ertappt blickte ich auf Noah, der noch immer bewusstlos war. Was sollte ich antworten? Niemals konnte ich Ben die Wahrheit sagen! Warum hockte er auch hier neben mir, statt irgendwas anderes zu tun. Wieso war er immer bei mir, egal, ob ich wollte oder nicht?

»Nein. Ich bin nicht kompliziert … nur …« Mein Blick glitt über Noah, der so süß aussah, wie das Haar ihm in die Stirn fiel. Ich bemerkte, dass seine Lider zitterten, gleich würde er aufwachen. (Doppelt verflucht.) Ohne an die Konsequenz zu denken, ergriff ich die einzige und womöglich letzte Chance, die ich hatte. Ich schnitt Noah eine Haarsträhne ab. Natürlich möglichst so, dass es nicht auffallen würde.

»Das ist jetzt nicht dein Ernst!« Völlig entsetzt starrte Ben mich an.

»Ben. Können wir das bitte ein andermal klären!« Ungeduld lag in meiner Stimme und Unmut. Ich war schwer angenerervt davon, dass Ben ein Talent hatte, mir immer die entscheidenden Momente zu versauen.

Er lachte bitter auf. »Erklären? Du glaubst, du kannst dein Verhalten erklären?«

In dem Moment kam Noah mit einem Stöhnen zu sich. Er rieb sich das Kinn und sah sich verwundert um. »Wo bin ich?«

»Es ist alles gut, du hattest einen Unfall.«

Schritte dröhnten den Gang entlang. Feuerwehrmänner in voller Montur kamen auf uns zu. Einer kniete sich neben Noah. »Brauchen Sie Hilfe?«

»Nein, danke«, stammelte Noah. »Es geht schon. Was ist passiert?«

»Was passiert ist?« Der Schlagzeuger war mit den Feuerwehrleuten mitgekommen. »Du Super-Vollidiot hast den Band-Battle gecrasht!«

»Was?« Verwirrt sah Noah sich um.

Und ich schloss die Augen und zählte langsam bis zehn. Wie immer half es nichts. Noah konnte sich an nichts mehr erinnern. Zum Glück – oder auch nicht. Schließlich war es unser Moment gewesen, als ich ihm das Amulett gegeben hatte. Und nun wusste er nichts mehr davon. Er hatte mich beinahe geküsst! Nur Chrissys Auftauchen hatte ihn …

»Da ist ja unsere Rampensau! Feine Leistung, Noah!« Chrissy. Da war sie wieder. Wann hatte sie sich Noahs *Drunken Seagulls* T-Shirt angezogen? Warum trug sie es überhaupt!

Meine Hand schloss sich fest um Noahs Haarsträhne, die ich noch immer nicht in die Tasche gesteckt hatte.

»Chrissy. Mal langsam. Ich kann mich an nichts erinnern. Ich weiß nur noch, dass ich echt nervös war.«

Chrissys wütender Blick flog zu mir. »Was für ein Zeug hast du ihm gegeben?«, fauchte sie.

»Ich? Was meinst du?« Mir war klar, dass sie keine Ahnung hatte. Aber Ben. Und auch wenn ich es nicht wollte, flog mein Blick zu ihm. Stirnrunzelnd starrte er mich an, während Chrissy auf mich losging.

»Tu nicht so unschuldig! Wir sind alle Zeugen!« Sie zeigte auf die Band, die sich inzwischen um Noah versammelt hatte. »Du hast ihn aus der Umkleide geholt, und danach ist er völlig abgetilt!«

»Das ist doch Quatsch!«, versuchte ich, mich zu verteidigen. Großartig, Julie! Entweder du outest dich jetzt als Drogendealerin oder als Hexe – was ist besser?

Die Feuerwehrmänner kamen zurück. »Bitte räumen Sie das Gebäude!« Mit Nachdruck drängten sie uns zum Hinterausgang.

Die Nacht war in blauflackerndes Licht getaucht. Neben den Feuerwehrfahrzeugen parkte ein Krankenwagen.

Aschfahl wandte ich mich ab und wollte mich davonstehlen. Chrissy schrie mir noch eine Beleidigung nach. Aber das war mir egal.

Mein Wunsch, Noah zu helfen, hatte sowohl Feuerwehr als

auch Krankenwagen zur Folge gehabt! Warum stand so etwas nicht im Handbuch?

Ich wagte nicht, mich noch mal umzusehen. War wirklich jemand verletzt worden? Und was war mit Noah? Er würde Ärger bekommen. Und ich ebenfalls. Voller Entsetzen blieb ich stehen. Würden sie mich verhaften? Weil ich ihn verzaubert hatte?

Jemand rannte mir nach.

»Julie?« Es war Ben.

»Nicht jetzt.«

»Du bist ganz blass. Bist du sicher, dass es dir gutgeht?«

»Geh einfach. Bitte.« Mir war bewusst, dass meine Stimme zittrig klang. Und ich war froh, dass ich Merles Silhouette bei unseren Fahrrädern ausmachte. »Merle bringt mich heim.«

Er blieb stehen und ließ mich gehen. Wenigstens das. Einen neuerlichen Streit mit ihm hätte ich sicher nicht mehr ertragen.

30

In betroffenem Schweigen waren Merle und ich nach Hause gefahren und hatten uns nur mit einem wortlosen Nicken voneinander verabschiedet.

In meinem Zimmer hatte ich mich aufs Bett gelegt und an die Decke gestarrt. Und gestarrt. Und gestarrt. Und den Tränen freien Lauf gelassen, die warm meine Wangen hinabrannen. Allein Herr Ha war da und hatte sie mit seinem rosa Schnäuzchen aufgefangen. Still und stumm hatte ich mit ihm in der Dunkelheit gelegen und dem Sturm in mir zugehört. Die Vorwürfe, die mich anschrien, die Entschuldigungen, die ich versuchte zu stammeln, die Wut, die mich innerlich toben ließ, und die Verzweiflung, die mich lähmte. Was hatte ich mir nur dabei gedacht? Womöglich waren Menschen verletzt worden. Noah hätte verletzt werden können!

Ich hatte die von Tränen verklebten Augen geöffnet und den Schmuckkasten gemustert. Verschwörerisch hatte er zu mir herübergefunkelt. Und ich war aufgesprungen, hatte ihn vom Tisch gerissen und in die hinterste Ecke meines Kleiderschranks gestopft. Geschüttelt von einem Weinkrampf, hatte ich mich zusammen mit Herrn Ha in den Kissen vergraben. Meine guten Absichten hatten Schreckliches bewirkt.

Irgendwann war der Krieg in mir verebbt und ich todmüde eingeschlafen.

Die Sonne weckte mich.

Es brauchte einige Minuten, bis ich mich überwand aufzustehen. Der Geruch von Rauch und Schweiß hing in meinen Kleidern und Haaren fest. Und selbst nach einer erfrischenden Dusche wurde ich noch immer von dem Gestank verfolgt. Für das Familienfrühstück war ich zu spät, aber das war mir ganz recht. Besonders Mom hätte ich unter keinen Umständen über den Weg laufen wollen. Schlimm genug, dass sich ihre Warnungen in meine eigenen Vorwürfe drängten.

Es ist gefährlich!

Wieder wogte Wut in mir auf.

Das alles wäre doch nicht passiert, wenn sie mir helfen würde! Ich war mir so sicher, dass ich Gutes mit der Schmuckmagie erreichen konnte. Mir fehlte nur das Wissen, sie richtig zu dosieren. Für Noah war der Talisman zu groß gewesen. Ein Splitter des Steins hätte ausgereicht. Jetzt wusste ich das. Doch diesen Fehler hätte ich nicht machen müssen, hätte ich eine Lehrerin. Danke, Mom!

Ich packte mir einen Einkaufskorb mit Milch, Kakao, sämtlicher Schokolade, die ich finden konnte, und Weintrauben voll und zog mich wieder in mein Zimmer zurück. Eine Weile saß ich auf dem Bett und versuchte, mich mit Schokolade und einigen Folgen *Gossip Girl* abzulenken. Das half so weit, dass ich nicht mehr wütend auf mich, die Schmuckmagie oder Mom war. Sondern immerhin nur noch wütend auf Chrissy.

Chrissy, die mir Noah wegnehmen wollte.

Ich tigerte durch mein Zimmer, doch statt ruhiger zu werden und endlich einen klaren Gedanken zu fassen, wuchs mein Trotz. Ich war sechzehn, und ich hatte ein Recht auf meine wahre Liebe! Außerdem war mir diese wundervolle Gabe der Schmuckmagie mit Sicherheit nicht gegeben worden, um sie im Schrank verrotten zu lassen! Chrissy war kein Unschuldslamm, anscheinend hatte sie Paul einfach fallenlassen und würde es sicher bei der nächsten Gelegenheit auch mit Noah tun. Ich musste ihn beschützen. Und Noah gehörte zu mir! Warum zum Teufel sollte ich ihn Chrissy überlassen? Nein. Ich hatte ein Recht darauf, endlich glücklich zu sein!

Wild entschlossen, wirklich *alles* zu tun, damit mein Glück zu mir kam und bei mir blieb, rannte ich in den Vorratsraum. Ich schnappte mir eine Flasche Wasser.

Wenn die Quelle nicht zur Magierin kommt, dann holt sie die Magierin eben zu sich. Zufrieden las ich den Schriftzug *Reines Quellwasser* auf der Banderole. Daraufhin kramte ich eine silberne Schale, die ich mal auf einem Flohmarkt entdeckt hatte, hervor und suchte mir eine Stecknadel von der Pinnwand. Im Zauberbuch sah ich nach, was ich noch brauchen würde.

Mit einem Wisch war der Schreibtisch leer, und ich platzierte die Silberschale darauf. Aus meinem Materialvorrat nahm ich eine weiße Perle. Natürlich keine aus Plastik. Es war eine Zuchtperle. Oma hatte mir mal einige geschenkt, wofür ich ihr jetzt sehr dankbar war.

Die Perle legte ich in der Silberschale, dann ließ ich das Wasser hineinfließen, bis die Schale voll war, und nahm die Nadel. Hier hatte ich die reine Quelle und die Perle. Nun fehlte mir nur noch Mut. Mehrmals musste ich tief durchatmen, bevor ich ihn fand. Denn ich hasste es, wenn sie mir beim Arzt in den Finger pikten, mir wurde regelmäßig schlecht. Deshalb setzte ich mich und schloss die Augen. Ich versuchte, an Noah zu denken. Und an unseren ersten Kuss.

Dann stach ich zu. Treffer.

Schnell hielt ich den Finger über die Perle und drückte, bis endlich ein Tropfen ins Wasser fiel. Wie farbige Tinte zog das Blut Schlieren. Zwei weitere Tropfen folgten und verwirbelten im rosa Nebel des Wassers. Gebannt blickte ich in die Schale. Was jetzt? Auf der Zeichnung war die Perle rot gewesen. Ich legte die Hände an die Schale und und wünschte mir Noah. Noah. Mein perfekter Noah. Unsere perfekte Liebe. Vom Schicksal bestimmt. Seelenverwandte.

Plötzlich, als hätte jemand einen Staubsauger angestellt, bildete sich ein Strudel im Wasser, das Blut wirbelte herum, zentrierte sich in der Mitte des Sogs und wurde auf einmal in die Perle hineingezogen.

Und bevor ich kapierte, was geschehen war, glänzte sie in einem feurigen Rot.

Wow. Ein berauschendes Gefühl überkam mich, als ich die Perle aus dem jetzt wieder klaren Wasser nahm. Mein erster selbsterschaffener Zauber. Ich hatte ein magisches Artefakt hergestellt!

Ich ließ die Perle in meiner Handfläche rollen und bewunderte sie. Ein Leuchten ging von ihr aus, als ob in ihr ein Feuer brannte. Das Feuer wahrer Liebe, dachte ich und konnte es nicht mehr erwarten, den Ring an meinem Finger zu sehen.

Eilig sammelte ich die Dinge zusammen, die ich benötigte, und ging hinaus in den Gartenschuppen. Den Gedanken, dass Moms Warnungen stimmten, dass jeder Zauber seinen Preis hatte, dass man nichts Gutes damit tun konnte, verbannte ich aus meinem Kopf. Dieser Ring würde an *meinem* Finger stecken. Ich konnte ihn jederzeit ablegen.

Außerdem hat Liebe keine Schattenseiten.

Im Schuppen stand Paps' alte Werkbank. Mom nutzte sie, um Blumen umzutopfen. Ansonsten war der Schuppen voll mit Gartengerät und vergessenem Spielzeug. Hier würde mich niemand stören. Und hoffentlich auch nicht hören, denn dieser Teil der Arbeit würde laut werden.

Kaum hatte ich den Schuppen betreten, schob ich eine lange Wasserwaage unter die Klinke, damit mich niemand überraschte.

Ich musste mir erst Platz schaffen für meine Filzplatte und

die Würfelanke. Zuerst schnitt ich das Plättchen zurecht, aus dem ich die Schale formen wollte und versah es mittig mit einem Loch. Dann begann ich die Scheibe zu bearbeiten. Dazu benutzte ich die Würfelanke, die mir meine Eltern letztes Jahr zu Weihnachten geschenkt hatten. Der Stahlblock mit den verschieden großen Mulden und dazugehörigen Punzen hatte mich damals zu einem regelrechten Freudentanz veranlasst. Heute würde Mom mir wohl kein solches Profigerät zur Schmuckherstellung mehr schenken.

Ich suchte mir die Mulde in der richtigen Größe, legte die Kupferscheibe hinein und setzte die passende Kugelpunze an. Das Blech bearbeitete ich so lange, bis es eine schöne, gleichmäßige Rundung hatte. Eine wunderbare kleine Schale, in die ich die Perle setzen konnte. Jetzt kam der schwierige Teil. Ich hatte mir schon oft Ringbänder angefertigt – doch noch nie hatte ich etwas darin eingearbeitet. Ich schnitt mir also ein doppelt breites Band zurecht, um Noahs Haarsträhne darin einzuwickeln. Es dauerte eine Weile, bis es mir gelungen war, das Band so zu falten, dass es gleichmäßig lief und die Strähne fest darin eingeschlossen war.

Hin und wieder hielt ich inne und lauschte. Im Garten war es jedoch still. Niemand war auf mich aufmerksam geworden. Zum Glück. Schließlich begann ich, das Band zu runden und meiner Größe anzupassen. Wie immer drifteten meine Gedanken während der Arbeit an dem Schmuckstück ab. Und natürlich wanderten sie zu Noah und unserer gemeinsamen

Zukunft. Ich sah uns lachen und herumalbern, ernsthaft über Gott und die Welt diskutieren, im Sonnenuntergang kuscheln, bei einem Liebesfilm im Kino Popcorn knuspern. Die Zeit verflog, und irgendwann war es so weit, und ich verband Perle samt Schale mit dem Ring. Ich knipste die Lampe im Schuppen an und hielt mein neues Schmuckstück gegen das Licht. Es war atemberaubend schön! Durch die rote Glut der Perle schien das Kupfer wie von Feuer beleuchtet. Mein Herz vollführte Sprünge vor Freude! Es war nicht nur das mit Abstand schönste Stück, das ich je angefertigt hatte – mir war auch seine Magie bewusst. Ich meinte, sie zu spüren. Eine Welle des Glücks durchflutete mich. Ob es daran lag, dass ich den Zauber selbst erschaffen hatte? Es fühlte sich an, als pulsiere reine Liebe durch mich hindurch.

Eilig räumte ich mein Werkzeug auf, damit ich keine Spuren hinterließ. Und gerade wollte ich mit meinem Kleinod hinaus, als es klopfte und an der Tür gerüttelt wurde.

Erschrocken hielt ich die Luft an und erstarrte. Mom! Sie hatte mich sicher gehört und wollte mich nun zur Rede stellen. Was sollte ich ihr sagen? Gab es eine vernünftige Ausrede?

»Jewels? Ich weiß, dass du da drin bist.«

Erleichtert, aber auch etwas ungehalten zog ich die Wasserwaage weg und öffnete die Tür.

»Hey, Ben. Was führt dich her?«

Natürlich war es Ben. Keiner sonst hatte ein so hervorragendes Timing!

Neugierig spähte er in den Schuppen. »Ich hab mir so meine Gedanken gemacht. Du bist vor Stunden im Schuppen verschwunden.«

»Du hast mich beobachtet?« Überrascht sah ich ihn an. Mir war bewusst, dass er von seinem Fenster in unseren Garten sehen konnte. Aber dass er an seinem Fenster klebte und mich beschattete, war mir nicht klar gewesen.

»Ach, das war Zufall. Aber dann hab ich mich gefragt, was du da drin so lange treibst.«

Ich lachte. »Na, was schon? Ich hab mir ein neues Schmuckstück gemacht.«

»Den Ring?« Ben lehnte sich in den Türrahmen und klimperte mit irgendwas in seiner Hosentasche. Er zeigte auf den Liebesring, den ich noch immer in der Hand hielt.

»Ja. Genau. Ich glaub, er ist ganz hübsch geworden.«

Er nickte. »Coole Farbe. Darf ich mal sehen?« Er streckte die Hand danach aus, doch ich wich zurück.

»Was? Ähm. Nein. Also … Ich, ich bin da ein bisschen … ähm … abergläubisch, weißt du.«

»Ach komm. Zeig mal.« Und bevor ich mich versah, hatte er ihn mir aus den Fingern geschnappt und wollte ihn anstecken. Mit einem Aufschrei sprang ich ihn an und schlug ihm den Ring aus der Hand. Mein Zauberstück segelte durch die Luft und landete irgendwo im Rasen.

»Meine Güte, Julie! Spaß verstehst du neuerdings auch keinen mehr.«

»Nein!«, fuhr ich ihn an. »Bei Schmuck hört bei mir der Spaß auf!« Verzweifelt suchte ich das Gras nach dem Ring ab. Natürlich war Paps mal wieder mit dem Rasenmähen im Verzug und die Halme waren schrecklich hoch. Panik befiel mich, dass ich ihn nicht finden könnte. Dafür vielleicht die Nachbarskatze, und dann … Was passierte, wenn jemand anderes als ich den Ring berührte oder gar ansteckte? Mir wurde übel bei dem Gedanken, dass die Magie sich wieder in etwas Schlechtes verkehren könnte … da sah ich sein Glimmen im Gras. Erleichtert hob ich ihn auf und steckte ihn in die Hosentasche. »Tu so etwas nie wieder, okay?«

Noch immer lehnte Ben am Türrahmen und musterte mich. »Du willst mir also sagen, dass ich nie wieder Schmuck anfassen soll, der dir gehört?«

Himmel. Das war albern. Hilflos suchte ich nach Worten, doch mir wollte nichts einfallen, was mich weniger geisteskrank hätte wirken lassen.

»Und wenn ich was finde?« Er grinste.

»Wie, was meinst du?« Ein ungutes Gefühl überkam mich.

Mit einem noch breiteren Grinsen zog er etwas aus seiner Hosentasche. Das, womit er schon die ganze Zeit herumgeklimpert hatte.

Ich erstarrte. Vermutlich war ich kalkweiß geworden, und meine Stimme war allenfalls noch ein leises Beben, als ich ihn bat, mir sofort sein Fundstück auszuhändigen.

Das Wahrheitsarmband.

Wieso hatte Ben es?

»Na, na. Ich hätte jetzt schon etwas anderes erwartet. Wie wäre es denn mit *Danke, Ben, dass du mir mein Armband bringst?*«

»Danke Ben, dass du mir mein Armband bringst«, flüsterte ich. Zu mehr war meine Stimme nicht fähig. Pure Angst lähmte mich. »Gib es mir jetzt bitte. Sofort!« Ich wollte bestimmt und entschieden klingen, doch es war nur ein zittriges Quieken. Wenn er es anlegte, war ich erledigt!

Er ließ es vor sich hin- und herbaumeln und musterte es. »Weißt du, ich finde es ziemlich seltsam, dass du ein Armband verlierst, das du gar nicht getragen hast. Ist das so ein Mädchending? Reserveschmuck in der Handtasche?«

»Gib es mir bitte.« Wie in Zeitlupe schob ich mich auf ihn zu. Den Blick starr auf das Wahrheitsarmband gerichtet. Wie hatte ich es nur verlieren können? Und ausgerechnet Ben musste es finden! Es musste, als ich meine Tasche im Club ausgekippt hatte, von diesem dämlichen Verstärker gerutscht sein. Andererseits besser, dass er es gefunden hatte als irgendjemand Fremdes. So bekam ich es wenigstens zurück! Warum nur hatte ich nicht besser aufgepasst! Bei dem Gedanken, was alles hätte passieren können, wurde mir schwindelig. Wie konnte ich nur so verantwortungslos sein? Auch jetzt mit dem Ring. Ich musste die Magie besser geheim halten!

»Julie – du bist besessen, das ist dir klar, oder?«

»Gib es mir! Sofort!«, schrie ich ihn an und sprang darauf

zu. Aber Ben war schneller. Bevor ich es erwischte, hatte er es sich ums Handgelenk geschlungen und den Verschluss verriegelt. Mit einem Schrei taumelte ich zurück und presste mir die Hände vor den Mund.

O bitte, bitte, bitte! Bitte nicht! Mach, dass er es ablegt! Sofort!

Angst schnürte mir die Kehle zu, und wie ein Tier in Todesangst starrte ich Ben an.

Der beobachtete mich nun wirklich befremdet. »Julie, wenn du nicht meine beste Freundin wärst, würde ich jetzt sagen, du hast einen an der Waffel. Was soll das Theater? Sind Jungs, die Schmuck tragen, so abartig? Noah hat doch auch eine Kette. Allerdings hast du sie ihm weggenommen.« Er runzelte die Stirn. »Warum? Hast du echt ein Problem mit Jungs und Schmuck?«

»Nein. Hab ich nicht«, platzte es aus mir heraus. Und ich war so froh, dass er nichts anderes gefragt hatte. Noch nicht. Zittrig streckte ich meine Hand aus. »Bitte. Gib es mir.«

»Warum hast du dich dann eben bei dem Ring so aufgeführt?«

Denk an etwas anderes, Julie! Denk an … an Katzen, Nacht, Garten, an Schule, an … Es half nichts! So sehr ich auch versuchte, meine Worte runterzuschlucken, meinen Kopf mit anderen Gedanken zu füllen, ich musste antworten. Die Worte nicht hinauszulassen, fühlte sich an, als würde ich an ihnen ersticken müssen.

»Weil der Ring für mich ist. Es ist mein Blut und Noahs Haarlocke. Ich habe keine Ahnung, was passieren würde, wenn du ihn anstecken würdest.« Meine Beine sackten weg, und ich ließ mich auf den Rasen fallen. Jetzt war alles aus. Mein Geheimnis war keines mehr.

Erschrocken kam Ben zu mir. »Julie? Was für Blut? Bist du verletzt?«

»Nein«, wimmerte ich verzweifelt.

»Und die Haarlocke? Die, die du gestern Noah abgeschnitten hast? Ich meine – Julie, das ist … Was soll das?«

Unglücklich sah ich ihn an. Sein Blick sagte mir, dass er sich aufrichtig um mich sorgte. Hätte ich nicht unter dem Bann des Armbandes gestanden – und wäre es nicht ein für mich gefährliches Geheimnis gegangen –, wäre ich sicherlich gerührt gewesen.

Aber so wollte ich ihn einfach nur erwürgen.

»Es soll …«, presste ich hervor. Es war unmöglich die Worte zurückzuhalten. »Es soll Noahs und meine Liebe stärken.«

Ben blinzelte verwundert. »Julie, ich mache mir langsam echt Sorgen um dich.«

»Das musst du nicht. Wirklich. Mir geht es gut.« Ich war so froh, dass er keine Frage gestellt hatte, und atmete durch. Das Gefühl des Erstickens war fort.

»Nein. Du lügst. Ich seh das doch. Mit dir stimmt was nicht. Was ist los, Julie? Sag mir die Wahrheit.«

Nein! Ich glaube, ich schrie vor Wut und Verzweiflung auf.

Jedenfalls wich Ben erschrocken zurück. Ich japste nach Luft, suchte nach Worten, die die Wahrheit verschleiern würden, doch der Wahrheitszauber presste sie aus mir heraus.

»Ich kann zaubern«, wimmerte ich leise.

»Wie bitte?«

»Ich kann zaubern«, wiederholte meine Stimme, lauter diesmal. Super. Twittern wir es doch gleich!

Ben lachte unsicher. »Tut mir leid. Ich kann dir nicht ganz folgen. Was meinst du mit *zaubern*?«

»Der Schmuck, den ich mache, hat magische Wirkung. Der Ring wird Noah und mich zusammenbringen.« Ich gab auf. Es hatte keinen Sinn, noch weiter gegen die Magie anzukämpfen. »Und das Armband, das zwingt mich, dir die Wahrheit zu sagen.«

Für eine Sekunde starrte er mich nur an. Dann lachte er und ließ sich neben mich fallen. Nebeneinander hockten wir auf dem Boden und sahen in den Nachthimmel. Er zweifelnd, ich verzweifelt. »Ja klar, Julie. Gute Geschichte.«

»Es ist keine Geschichte. Es ist die Wahrheit. Ich kann nicht anders, als dir die Wahrheit zu sagen.«

Für einen Moment lachte er noch lauter, dann zwang er sich, ernst zu werden. Nachdenklich musterte er mich. »Okay … Hast du mir in der dritten Klasse den Krebs in die Schultasche gesteckt?«

»Ja.« Daran erinnerte er sich immer noch?

»Ha! Ich wusste es!« Er sprang auf und schien sich enorm

über mein Geständnis zu freuen. Wir hatten damals wochenlang Streit deshalb. Er war überzeugt gewesen, dass ich den Krebs in seiner Tasche versteckt hatte. Doch ich hatte es nie zugegeben. Welche Tricks er damals auch angewandt hatte, er konnte es mir nie beweisen, und darüber hatte ich mich diebisch gefreut.

»Das hast du all die Jahre geleugnet«, sagte er ernst. »Warum gibst du es jetzt plötzlich zu?«

Mit einem Seufzer deutete ich auf das blaue Band um sein Handgelenk und ließ mich nach hinten ins Gras umkippen. Das war mein Ende! Was machte man heutzutage mit Hexen? In eine geschlossene Anstalt stecken?

»Deshalb die Sache mit Fuchs. Da hattest du das Armband an!«

»Ja. Wir haben es getestet, weil wir nicht glauben konnten, dass Magie existiert.«

»Wir?« Er zog mich hoch. »Merle weiß Bescheid?«

»Sie ist meine beste Freundin.«

»Ich bin dein bester Freund!«, sagte er empört.

Kläglich sah ich ihn an. Und für einen Augenblick sah er mir bis auf den Grund meiner unglücklichen Seele.

»Du musst die Wahrheit sagen, so lange ich das Armband trage?«, fragte er schließlich.

Ich nickte ergeben.

Nachdenklich spielte er mit dem Verschluss des Armbands. Wie viele Minuten verstrichen? Keine Ahnung, ich glaube jedoch, ich hielt die ganze Zeit den Atem an. Über irgendetwas schien er nachzudenken. Was wollte er noch von mir wissen? Welche Wahrheit wollte er mir entlocken, zu der es ihm offensichtlich schwerfiel, die Frage zu stellen?

Plötzlich öffnete er das Band und ließ es von seinem Arm gleiten. »Hier. Verlier es nicht wieder. Es bringt dich womöglich in Schwierigkeiten.«

»Danke!« Erleichtert fiel ich ihm um den Hals, doch er schob mich weg und stand auf. »Du wirst mich doch nicht verraten, oder?«

»Ich? Nein. Dein seltsames Geheimnis ist bei mir sicher.« Die Hände tief in den Hosentaschen vergraben, sah er sich unschlüssig um. »Wer weiß noch, dass du das kannst?«

»Meine Mom.« Ich stand ebenfalls auf und schlug mir Erde von der Hose. »Aber sie verbietet es mir. Ich glaube, sie kann es auch. Aber sie findet es gefährlich.«

Ben nickte. »Das kann ich verstehen.«

»Ja, na ja. Vielleicht«, gab ich zu. »Aber sicherlich nicht, wenn man es richtig macht.«

»Mit der Kette gestern ist aber was schiefgelaufen.«

»Ich hab es wohl zu gut gemeint.« Ich fühlte mich sehr erleichtert und dankbar. Ben war ein wirklich guter Freund. Mir wurde klar, dass er mich nie verraten würde.

Er nickte und deutete auf den Ring, den ich wieder hervorgeholt hatte, um zu sehen, ob er noch heile war. »Und der da?«

Ich betrachtete den Liebesring. Er changierte in allen

Rottönen, und es war, als ginge eine Wärme von ihm aus, die mein Herz glücklich tanzen ließ. »Er soll die Dinge einfach nur beschleunigen.«

»Mit dir und Noah?«

Ich nickte und wich Bens Blick aus. Irgendwie schämte ich mich vor ihm, einen Zauber zu nutzen, um Noahs und meine Liebe herbeizuführen.

»Meinst du nicht, ihr kommt auch so zusammen, wenn er dich wirklich mag?«

»Natürlich. Aber na ja. Ich hab keine Lust mehr zu warten.«

Ben starrte auf den Ring. Schließlich nickte er. »Klar. Warten ist doof. Und man kann nicht sicher sein, dass es sich auszahlt.«

Ein Lächeln huschte über meine Lippen. Ich war so froh, dass er mich verstand. Und wollte ihm nochmals danken, ihn umarmen, aber er wandte sich zum Gehen.

»Wir sehen uns«, meinte er und verschwand durch die Gartenpforte, an der die Lichterkette von meiner Party funkelte.

31

Ganz vorsichtig legte ich den in Seidenpapier eingeschlagenen Ring in eine kleine Pappbox und ließ ihn in meine Schultasche geleiten. Noch in der Nacht hatte ich Merle ein Foto von ihm geschickt, und sie hatte darauf bestanden, dass ich ihn ihr in der Schule sofort zeigte. Natürlich hatte ich ihr auch geschrieben, wie Ben mich mit dem Armband überrascht hatte und nun von meinem Geheimnis wusste. Daraufhin hatte sie ein schlichtes *Super* geschickt.

Ich war mir noch nicht so sicher, ob ich das wirklich *super* fand. Nun wussten schon zwei Leute von meiner Fähigkeit. Andererseits waren es meine allerbesten Freunde. Sie würden mich nie verraten. Und ich hatte jemanden, mit dem ich darüber reden konnte, denn Mom ging mir weiterhin aus dem Weg. Ebenso wie ich ihr.

Obwohl ich mir eingestehen musste, dass die Magie ein zweischneidiges Schwert war. Das Erlebnis mit dem Wahrheitsarmband gestern Abend und der Vorfall im Club nagten an mir. Das Armband hatte mich mit körperlichen Schmerzen zur Wahrheit gezwungen. Es hatte mir meinen freien Willen gestohlen, mir keine Wahl gelassen, und ich hatte mich wie unter Folter gefühlt. War es das, was Mom gemeint hatte?

Und der Ring?

Ich schloss die Tasche und schlüpfte in meine Schuhe. Nein, der Zauber würde nur das verstärken, was schon da war. Niemand wurde dabei zu etwas gezwungen. Und schon gar nicht würde Noah Schmerzen leiden müssen oder sich schlecht fühlen. Hier ging es um Liebe. Um wahre Liebe. Daran war nichts Schlechtes, es war etwas Reines und Gutes!

Montagmorgen. Merle und ich trödelten wie üblich in der Umkleide herum. Kaum war das letzte Mädchen aus dem Raum, zog ich das Schächtelchen hervor. Das Seidenpapier raschelte erschreckend laut in der angespannten Stille. Merle hielt die Luft an und presste die Lippen vor Aufregung zusammen. Ich zog den Ring heraus, und sie platzte regelrecht. »Oh. Mein. Gott! Julie, der sieht ja dramatisch aus. Wie hast du das gemacht? Ich meine …« Sie streckte vorsichtig die Hand danach aus, zuckte dann aber zurück. »Nein. Ich fass ihn lieber nicht an. Nicht das irgendwas Blödes passiert. Aber … der glüht ja! Ist er heiß?«

»Nein, eigentlich nicht. Aber wenn ich ihn anfasse, dann, also dann fühle ich mich sehr glücklich. Klingt irgendwie albern, oder? Aber es ist, als durchströme mich Liebe.«

Merle seufzte schmachtend. »Oh. Das ist sooo cool.«

Frau Mimers steckte den Kopf herein. »Werte Damen! Gedenken Sie heute noch am Sportunterricht teilzunehmen?«

Ertappt steckte ich den Liebesring schnell wieder in die Schachtel.

»Natürlich. Wir kommen.«

An diesem Morgen waren wir nicht wirklich bei der Sache und verbummelten es doch tatsächlich, uns mehrmals für den Sprung über den Kasten anzustellen. (Upps. Na so was.)

In der Pause zerrte Merle mich zu unserem Platz und sah mich auffordernd an.

»Was?«, fragte ich belustigt.

»Na, der Ring, wann steckst du ihn an?«

Unsicher sah ich mich auf dem Pausenhof um. Weder Noah noch Chrissy waren in Sicht, und das gab mir ein unbehagliches Gefühl.

»Ich weiß nicht. Ich warte auf den richtigen Moment.«

Ungeduldig rückte Merle näher an mich heran. »Und wann soll der sein?«

»Mensch, Merle. Jetzt lass mich. Ich weiß doch noch nicht mal, wo Noah steckt. Ich hab ihn seit dem … Auftritt … nicht mehr gesehen.« In der Tat machte ich mir Sorgen. In meiner Phantasie war Noah verhaftet und eingesperrt worden. Entweder in einem Hochsicherheitsgefängnis oder der Nervenheilanstalt.

»Habt ihr noch Platz für mich?« Ben kam, und wir rückten.

Merle beugte sich quer über mich und bot ihm die Hand zum Abklatschen. »Ist das nicht cool? Jetzt bist du auch in unserem Zauber-Club!«

»Zauber-Club?«, fragte ich entsetzt, während Ben Merle zwar abklatschte, aber ziemlich zurückhaltend meinte: »Na, ich weiß nicht. Ich hab damit nichts am Hut. Aber es ist schön, dass ich euch jetzt nicht mehr für komplett bescheuert halten muss.« Er stockte und schien über seine Worte nachzugrübeln. »Obwohl es immer noch sein kann, dass ich das alles nur träume. Magie! Ihr habt doch nicht mehr alle Zauberstäbe im Schrank.« Kopfschüttelnd biss er von seinem Brot ab.

Merle stützte sich auf meine Knie, um besser mit Ben reden zu können. Ich konnte mich nicht rühren und starrte sie ärgerlich an. Doch sie merkte es nicht. »Im Ernst, Ben? Ich finde, das ist so aufregend. Was wir alles damit machen können!«

Ben sah mich an, und ich lächelte gequält. »Ich bin mir nicht sicher, ob deine Quelle der Magie das auch für so super cool hält. Und ich persönlich wäre eher vorsichtig. Die Nummer im Club hätte auch richtig schiefgehen können.«

»Noch mehr richtig schiefgehen?«, fragte ich sarkastisch. Der Schmuckkasten saß noch immer seine Strafe im Schrank ab. Und mir war schon der Gedanke gekommen, die Steine und Perlen darin nie wieder zu benutzen, da ich nicht wusste, welche Zauber sie beherbergten. Ich redete mir ein, meine Magie würde sicherer sein, wenn ich alles selbst herstellte. Denn ich hatte nur gute Absichten. Vielleicht war so viel Schlimmes passiert, weil in den Sachen negative Energie steckte.

»Na ja, immerhin bekommt Noah keinen Ärger«, sagte Ben.

Jetzt wurde ich hellhörig und schob Merle von mir runter. Grummelnd setzte sie sich wieder auf die Bank.

»Was weißt du von Noah?«, wollte ich von Ben wissen.

»Die Polizei hat ihn verhört und auf Drogen getestet. Aber er war clean. Ich glaube, der Arzt hat festgestellt, dass er ein Blackout hatte. Nervenzusammenbruch.«

»Oh, der Arme.« Ich fühlte mich elend. Was hatte ich ihm da nur eingebrockt. Dennoch war ich erleichtert, dass ihm nichts passiert war. Und ihn niemand auf Magie-Rückstände getestet hatte.

Ben winkte ab. »Es ist niemand zu Schaden gekommen. Der Club wollte sowieso renovieren – und jetzt zahlt es die Versicherung. Und der Battle wird wiederholt.«

Für einen Moment zwinkerte ich ungläubig. »Du meinst, niemand hat einen Schaden davon?«

Merle kicherte. »Ja, das ist regelrecht magisch, nicht war?«

Ben und ich ignorierten sie.

»Und Noah?« Ich zeigte zur Mauer, an der er sonst immer mit seinen Jungs in der Pause stand. »Er ist nicht da. Muss er die Schule wechseln, weil seine Jungs ihn jetzt hassen?«

Doch wieder schüttelte Ben den Kopf. »Braucht er nicht. Die Jungs fanden seine Nummer ziemlich cool. Er war wie ein

Rockstar. Jimmi Hendrix hat auch seine Gitarre abgefackelt und *The Who* haben regelmäßig ihre Verstärker zertreten. So-was machen echt nur die ganz Großen.«

Keiner der Namen sagte mir etwas. Aber wenn Ben meinte, dass Noah keine Angst davor haben musste, als Irrer oder Idiot zu gelten, dann sollte ich mich wohl besser fühlen. Tat ich aber nicht. Denn er war nicht da. Und noch schlimmer: Chrissy auch nicht. Ich hatte sie weder beim Sport noch bei Erdkunde gesehen.

Meine Finger tasteten nach dem Schächtelchen, das ich in die Hosentasche gesteckt hatte.

Warum fehlten die beiden? Zufall? Wohl kaum. Die Bilder eines inhaftierten Noah wurden von Bildern eines knutschenden Noah abgelöst. Mit einer knutschenden Chrissy.

Ich zog das Schächtelchen hervor und drehte es nachdenklich zwischen den Fingern.

Wann sollte ich ihn anstecken? Einfach so? Jetzt? Obwohl ich gar nicht wusste, wo Noah war? Würde es wirken?

Es kam mir falsch vor, es ohne Noah zu tun. Obwohl das natürlich Quatsch war. Ich konnte ihm ja nicht erzählen, was der Ring bewirkte. Dennoch wollte ich ihn nicht hinter seinem Rücken anstecken.

»Die Jungs von der Band haben für heute Abend übrigens ein *Fire on the Beach* geplant. Als Huldigung für den feurigen Auftritt.« Ben grinste.

»Eine Strandparty?«, fragte Merle aufgeregt.

»Gehen wir zusammen hin?« Er sah mich auffordernd an.

»Ist Noah auch dort?« Meine Finger schlossen sich um die Schachtel.

»Na, davon ist auszugehen, wenn die Band die Fete für ihn schmeißt«, antwortete er schmunzelnd.

Ein Lächeln huschte über mein Gesicht. Das klang nach der richtigen Gelegenheit, den Ring anzustecken.

32

Es war zum Verrücktwerden. Wie konnte jemand, der nur ein paar Meter vom Strand entfernt wohnte, keine passenden Klamotten für eine Strandparty im Schrank haben?

Mit einem ärgerlichen Aufschrei pfefferte ich den Minirock unter den Schreibtisch. Seit gefühlt einer Stunde versuchte ich, das perfekte Outfit zu finden. Es musste nicht nur für den Strand taugen, es musste einfach atemberaubend aussehen. Noah durfte für niemand anderen Augen haben. Chrissy zog mit ihren kurzen Röcken immer alle Blicke auf sich. Und ich?

Mein Blick glitt zum Liebesring, der auf dem Schreibtisch lag und geheimnisvoll vor sich hin glomm. Noch immer traute ich mich nicht, ihn anzustecken.

Wieder wandte ich mich meinem Kleiderschrank zu. Ich musste mich endlich entscheiden! Wenn ich schon das Ruder in Sachen Liebe übernahm, brauchte ich etwas, das Noah sagte, dass ich seine Seelenverwandte war! Aber unter keinen Umständen wollte ich wie Chrissy rumlaufen. Ich wollte *ich* sein. Warum war das so schwierig?

Als ich mich – eine gute Stunde später – auf mein Rad schwang und Richtung Strand aufbrach, war ich zwar satte zwanzig Minuten zu spät, aber ich war mit meiner Auswahl wenigstens zufrieden. Meine Lieblingsjeans machte zusammen mit den Chucks einen sportlichen Eindruck, und das Top mit dem weiten Ausschnitt rutschte sexy über die Schulter. Und natürlich trug ich die violetten Ohrringe. Geheimnisvoll und mystisch.

Merle und Ben warteten beim Parkplatz auf mich. Eine Menge Räder war dort schon geparkt, und der Wind wehte Musik über den Dünenkamm. Etwas weiter entfernt ragte mein Leuchtturm in den bereits rosa angehauchten Himmel. Ich fand, es war ein gutes Omen, dass die Party in der Nähe meines Lieblingsorts stattfand.

»Chic«, attestierte mir Merle, als sie mich musterte. »Und schlicht. Also, was hat dich aufgehalten?«

Ich verdrehte die Augen. Merle trug noch das Gleiche wie heute Morgen: Jeans und Pulli. Vermutlich hatte ich mir zu viel Stress gemacht. Andererseits würde dieser Abend über den Rest meines Lebens entscheiden. Heute würden sich meine Träume erfüllen!

Zusammen kletterten wir den schmalen Pfad die Düne hinauf und sahen auf den Strand hinab. Ein Lagerfeuer loderte, und quasi die gesamten oberen Jahrgänge quatschten bei den Flammen. Ein paar Jungs spielten Volleyball, jemand hatte Musik mitgebracht, und ein paar Mädels tanzten schon.

Ben und Merle schlitterten den Sandhang hinunter, doch ich zögerte und suchte Noah unter all den Leuten. Die Sonne stand schon tief. In einer guten halben Stunde würde sie im Meer versinken. Endlich meinte ich, ihn zu erkennen. Er stand direkt am Feuer.

Na dann los, Julie!

Ich schlenderte zu den Getränken und nahm mir eine Flasche. Nick, der Schlagzeuger aus Noahs Band, hielt mir eine Blechbüchse hin, und ich warf meinen Beitrag zum Getränkegeld rein.

»Hast du die Party organisiert?«, fragte ich.

Er nickte. »Jepp. Quasi als Entschuldigung. Wir waren ziemlich sauer auf Noah.«

Ich nickte betroffen. »Der Abend war eine Katastrophe.«

Nick winkte ab. »Nein, nicht wirklich. Wir haben echt viel Presse.«

»Presse?« Überrascht sah ich ihn an.

Er lachte. »Ja, die Zeitungsfritzen reißen sich darum, mit uns zu reden – wir wären der beste Act gewesen. Alle anderen total langweilig.« Wieder lachte er und schüttelte den Kopf. »Allerdings kann Noah was erleben, wenn er noch mal meint, so eine Show abziehen zu müssen.« Er prostete mir zu und schlenderte zu einer Gruppe Mädchen hinüber, die gerade ins Meer wollten.

Inzwischen hatte ich auch erfahren, dass es im Club keine Verletzten gegeben hatte. Alle waren mit dem Schrecken davongekommen.

Ich wandte mich dem Feuer zu und suchte Noah.

Es wollte mir noch immer nicht so ganz in den Kopf, dass nun doch alles gut war. Sollte die Talisman-Katastrophe letztendlich doch keine gewesen sein? Ein Lächeln huschte über meine Lippen. Dann hatte ich mich von Moms Worten ganz unnötig verrückt machen lassen. Die Konsequenzen eines Zaubers waren nicht immer schlecht. Ich hatte in guter Absicht gehandelt. Und nun hatten alle einen Vorteil davon.

»Wo ist er?« Merle stand plötzlich neben mir.

»Ich weiß nicht. Vorhin war er noch –«

»Nein, doch nicht Noah. Der Ring. Wieso trägst du ihn noch immer nicht?«

Mein Blick suchte weiter die Partygäste am Feuer ab. »Ich weiß nicht. Vielleicht, weil ich immer noch hoffe, dass Noah Chrissy ignoriert. Dass er sich aus eigener Kraft für mich entscheidet. Dass ich gar nicht nachhelfen muss.« Ich seufzte. »Und wenn doch, dann … also irgendwie möchte ich dann in seinem Beisein den Ring anstecken.«

Überrascht zog Merle die Augenbrauen hoch. »In seinem Beisein? Du willst ihm sagen, dass du ihn verzauberst?«

»Nein! Ich sag ihm das doch nicht. Außerdem verzaubere ich ihn ja gar nicht. Wir lieben uns doch schon.«

Merle nickte bedächtig. »Ja. Klar. Sieht man.«

Genervt wandte ich mich ab und wollte zum Feuer gehen. Da entdeckte ich, was Merle schon längst gesehen hatte: Noah. Er stand etwas abseits. In ein intensives Gespräch vertieft. Mit Chrissy. Und wenn er nicht aufpasste, fiel er ihr sicher gleich in den Ausschnitt, während er begeistert auf sie einredete.

»Vielleicht hättest du Chrissy lieber in einen Flieger nach Timbuktu hexen sollen«, meldete Merle sich hinter mir zu Wort.

In mir loderte die Wut auf Chrissy wieder hoch. Wie sie dastand, die eine Hand in die Hüfte gestemmt, die Schulter hochgezogen, so dass das T-Shirt verrutschte und den Blick auf ihren BH-Träger freigab. Unbewusst zog ich mein Shirt so, dass der übergroße Ausschnitt in den Rücken fiel. Den Kopf schief gelegt, lächelte sie Noah keck an. Und er redete immer leidenschaftlicher. Ich konnte es an seiner Haltung und seinen Gesten erkennen. Es war ihm ungeheuer wichtig, was er mit ihr besprach. Wie konnte er mit der nervigen Chrissy etwas Wichtiges besprechen?

Und bevor es mir bewusst wurde, hatte ich das Schächtelchen mit dem Ring aus meiner Handtasche gezogen.

»Jetzt? Setzt du ihn jetzt endlich auf?« Merle hibbelte neben mir auf und ab.

Chrissy schüttelte ihre Mähne und lachte affektiert.

Und ich hielt es nicht mehr aus. Unter keinen Umständen wollte ich es noch länger ertragen müssen, dass Chrissy sich zwischen Noah und mich drängte. Ich riss den Ring aus der

Schachtel. Heiß lag er in meiner Hand. Noch einmal sah ich zu den beiden hinüber. Beide lachten nun, Chrissy beugte sich zu ihm vor, neigte den Kopf, als wolle sie … Genug! Ich steckte den Ring an.

Wie ein Blitz schoß eine Hitzewelle durch meinen Körper. Mir wurde schwindlig. Ich rang nach Atem, versuchte, nicht zu schwanken und Noah im Blick zu behalten. Der Himmel drehte sich wie ein Karussell, und ich suchte Halt an Merles Schulter.

Chrissy war ihm noch immer gefährlich nahe, ihre Hand ruhte auf seiner Schulter … da tat er einen Schritt zurück.

Obwohl Chrissy auf ihn einredete, ihn am Arm fasste und wieder zu sich zog, hörte er ihr nicht mehr zu. Suchend sah er sich um, und schließlich entdeckte er mich.

Mein Blick versank in Noahs. Die Welt um uns herum verschwand. Es gab nur noch ihn und mich.

»Wow«, hauchte Merle neben mir.

Ich selbst war gar nicht mehr in der Lage, etwas zu sagen. Mein Mund war trocken wie die Sahara, und in meinen Gedanken dröhnte allein mein Herzschlag. Ich war aufgeregt und ungeduldig, während der Ring heiße Wellen durch meinen Körper jagte.

Noah winkte mir zu. Ich tat es ihm gleich, und er kam zu mir herüber. Chrissy glotzte und rief ihm etwas hinterher. Schließlich wurde sie wütend und folgte ihm ein paar Schritte, doch er ignorierte sie. Zornig schleuderte sie ihre Flasche in den Sand und stapfte in die entgegengesetzte Richtung davon. Aber eigentlich registrierte ich das alles nur am Rande.

Als Noah endlich vor mir stand, sagte ich: »Ähmsw-hmmm.«

Toll! Gratuliere dir, Julie! Über diesen Punkt waren wir doch eigentlich schon hinaus, oder? Vielleicht hättest du bei all deiner genialen Zauberei bedenken sollen, dass du immer noch kein Flirtgenie bist! Himmel nochmal! Sag anständig *Hallo*, sonst hilft deine ganze Magie nichts, wenn du dich wie eine Idiotin aufführst!

»Hey, Noah«, sagte Merle für mich. »Bist du auch so erkältet? Julie muss sich gestern verkühlt haben.«

»Oh«, sagte er lächelnd. »Und ich dachte, es wäre gestern zu heiß gewesen.«

Merle mühte sich, über seinen lahmen Witz zu lachen, während ich ihn immer noch anstarrte. Warum? Ich hatte doch inzwischen gelernt, mit ihm normal zu reden. Lag es am Liebesring? Er fühlte sich an wie Feuer, und mir war, als pulsiere er im Rhythmus meines Herzens. Nein, es lag wohl eher an mir. An mir und meinen Erwartungen an diesen Abend.

Ich räusperte mich. »Hey. Schön dich zu sehen.«

Sein Lächeln ließ mich schweben.

»Geht es dir gut? Ich meine, weil …«

»Lass uns bloß nicht über meine Show von gestern reden. Die anderen reden sich schon genug den Mund fusselig.« Er beugte sich dicht zu mir, und ein Schauer überlief meinen Rücken. »Und ich kann mich eigentlich an kaum was erinnern«, gab er leise zu. »Seltsam, oder?«

»Tja. Keine Ahnung. Aber … dann kann es ja nicht so aufregend gewesen sein. Bestimmt bauschen alle die Sache nur auf.« Ich grinste schief, und er grinste zurück.

»Hast du schon was zu trinken?«

Ich hielt meine Limo zur Antwort hoch.

»Oh, alles klar. Komm mal mit. Ich will dir was zeigen.« Er nahm meine Hand. Und da war sie wieder, meine persönliche rosa Wolke. Schwebend folgte ich ihm.

Merle hörte ich einen Glücksquietscher unterdrücken, dann schlenderte Noah mit mir in die Dünen.

Zusammen erklommen wir den Kamm und folgten dem Trampelpfad zu meinem Leuchtturm. Die Sonne berührte den Horizont, und der Himmel war in ein leuchtendes Purpur getaucht. Von unten hörten wir die Musik und das Lachen unserer Freunde.

»Das hier ist einer meiner Lieblingsplätze«, sagte Noah, als wir den Turm erreicht hatten. Sprachlos sah ich ihn an. Ich hatte es gewusst. Ich hatte es von Anfang an gewusst. Wir waren Seelenverwandte!

»Was ist?«, fragte er verunsichert. »Gefällt es dir hier nicht?«

Ich lachte. Ich konnte nicht mehr anders. Mir war regelrecht schwindlig vor Glück. »Doch! Aber du wirst mir sicher nicht glauben, wenn ich dir sage, dass das hier eigentlich *mein* Lieblingsplatz ist.«

Tatsächlich guckte er mich sehr verdutzt an. Dann lachte er mit.

Wir setzten uns auf die Holzbank und sahen auf den Sonnenuntergang.

Ich war immer verblüfft, wie schnell die Sonne versank, wie schnell die Erde, wie schnell wir uns drehten und ein Moment verging. Ein unwiederbringlicher Moment.

Noah tastete nach meiner Hand. In mir brandete das Glück bis zum Hals. Ein Kribbeln überlief meine Haut und ich wagte mich nicht zu rühren. Den Blick weiter fest auf den Sonnenuntergang gerichtet, wiederholte ich mein neues Mantra: Koste den Augenblick aus!

»Julie?«

Langsam wandte ich mich ihm zu. Ich hatte Angst, dass eine zu schnelle Bewegung oder eine hastige Geste all dieses Glück und dieses berauschende Gefühl, das mich durchflutete, zunichte machen würde.

»Ich weiß nicht, wieso … aber … du gehst mir nicht aus dem Kopf.« Sanft strich er mir eine Haarsträhne aus dem Gesicht.

Und ich? Keinen Ton brachte ich heraus. Ich konnte nur glückselig grinsen. Denn ich bewunderte, wie der purpurne Abendhimmel seinen Augen einen magischen violetten Glanz verlieh. Ganz still saß ich da und betrachtete ihn. Obwohl es in mir schrie! Es schrie, dass es mir genauso ging wie ihm. Dass ich keine Sekunde mehr ohne ihn sein wollte, dass er mich zum Schweben brachte, dass es sich so, so gut anfühlte, bei ihm zu sein. Aber ich sagte es ihm nicht. Ich hatte keine Chance. Denn als ich mich endlich traute, all diese Worte zu formulieren, hatte er seinen Arm um meine Schulter gelegt. Und meine Stimme fiel in Ohnmacht.

Der Wind trieb irgendeinen Lovesong zu uns herüber, und ich versank in diesem Augenblick.

Diesem vollkommenen Augenblick.

Und in meinem ersten Kuss, dem Kuss wahrer Liebe!

Ende Band 1

LESEPROBE

Marion Meister

Julie Jewels

Silberglanz und Liebesbann

BAND 2

An der Promenade schloss ich mein Fahrrad beim Strandcafé *Lorenzo* an und stapfte durch den heißen Sand zu den Strandkörben.

Um genau zu sein, zu *unserem* Strandkorb. Wie auch immer Noah es geschafft hatte, aber wir hatten unseren privaten Strandkorb. Unseren Treffpunkt. Unser Liebesnest.

Mein Ort des Glücks.

Mühsam und unter viel Gelächter hatten wir ihn letzte Woche aus dem Pulk all der anderen weiß-blauen Schattenoasen herausgezogen. Nun stand er nah am Dünengürtel, jedoch mit unverbauter Aussicht auf das Meer.

Es war so romantisch!

Noah wartete schon auf mich.

Mein Honigkuchenpferdgrinsen strahlte bestimmt bis zur Sonne, als ich auf ihn zuging. Er war in Badeshorts, trug aber noch eins von seinen coolen T-Shirts, die er selbst gestaltete. Auf den verwaschenen hellblauen Stoff (der so verboten gut zu seinen Augen passte) hatte er mit flottem Strich einen surfenden Pinguin gezeichnet. Ich liebte seine Zeichnungen, sie wirkten wie eine schnelle Notiz, waren aber immer treffend und witzig.

»Julie!« Er kam mir entgegen und gab mir einen Kuss. Ein Kribbeln durchlief mich bis in die Zehenspitzen, und ich sank in seine Umarmung. Als wir uns nach einer gefühlten Ewigkeit voneinander lösten, grinste ich sofort wieder.

Lachend stupste er mich auf die Nasenspitze. »Du bist so eine Grinsekatze. Bist du zwischendurch auch mal nicht glücklich?«

»Nur, wenn du nicht bei mir bist.«

Er tat so, als hätte ich ihn mit diesen Worten mitten ins Herz getroffen, und taumelte ein paar Schritte rückwärts. Dabei ergriff er meine Hand und zog mich mit. Lachend fielen wir in den Sand.

»Das mit uns ist magisch.«

Vermutlich gab es da eine Millisekunde, in der mein Glücksgrinsen einfror, doch Noah bemerkte es nicht. Mein Blick allerdings glitt sofort zu dem Ring an meinem Finger. Zu der Perle, die ich mit meinem Blut gefärbt hatte. Sie funkelte in einem verwunschenen Rot und schickte Wärme durch meinen Körper. Wenn Noah in der Nähe war, loderte diese Wärme bisweilen zu einer sinnverwirrenden Hitze auf. Es war in der Tat magisch.

Denn der Ring war magisch.

Ich war magisch.

Doch Noah wusste nichts davon. Bis zu meinem sechzehnten Geburtstag hatte ich ja selbst nichts von meinem Talent gewusst: Ich konnte Schmuckmagie wirken – Wünsche erfüllen, Ängste nehmen –, wenn ich den richtigen Zauber in ein Schmuckstück einarbeitete.

Und in den Ring an meinem Finger hatte ich unsere Liebe gebunden. Denn Noah hatte sich auf dem Weg zu mir etwas … sagen wir mal, *ablenken* lassen. Und so hatte ich ihn mit einem kleinen Zauber auf Kurs gebracht. Allerdings war ich mir nicht sicher, wie er es aufnehmen würde, wenn er erfuhr, dass ich zaubern konnte. Und mit Magie unserer Liebe ein Fastforward verpasst hatte. Verständlich, dass ich nichts riskieren wollte, oder?

Deshalb achtete ich darauf, dass er nichts von meiner Begabung erfuhr.

Ich rappelte mich auf, stellte meine Tasche neben den Strandkorb und sah prüfend aufs Meer. Wir waren früh dran, der Strand war noch leer.

»Kommst du mit ins Wasser?«, fragte ich.

»Wer Erster ist!« Lachend schlüpfte er aus seinem T-Shirt, während ich noch Shorts und Top ausziehen musste.

In einem Wettlauf spurteten wir in die Wellen. Ich verlor. Nicht nur, weil Sport nicht meine Lieblingsbeschäftigung ist, sondern weil Glückseligkeitsgrinsen und Rennen keine gute Kombi sind.

Denn den Blick auf Noah gerichtet, drei Fuß über dem Boden schwebend vor Glück – entging mir die Sandburg. (Aber mal ehrlich, welche Kids bauen solche monströsen Burganlagen? Haben die nichts anderes zu tun?)

Jedenfalls landeten mein Grinsen und ich im Sand.

Kaum war ich neben Noah im Meer, begann er eine Wasserschlacht mit mir. Es war kalt. Mit Merle wäre ich schon längst kreischend an den Strand zurückgerannt, doch mit Noah machte mir die Kälte nichts aus. Wir tunkten uns johlend und prustend in die Wellen, bis er mich hochhob und prüfend musterte.

»Du hast blaue Lippen«, stellte er fest. »Wir sollten raus.«

»Nein, geht schon«, widersprach ich und versuchte, ihn in eine Welle zu ditschen. Aber Noah war stärker. Er warf mich einfach über die Schulter und trug mich an Land.

»Lass mich runter!« Lachend zappelte ich auf seinem Arm, doch er stellte mich erst am Strandkorb wieder auf den Boden. Aus meiner Strandtasche zog er ein Handtuch, schlang es mir um und rubbelte mich ab, dass mir erst recht die Zähne klapperten.

»Ist gut. Ich mach schon.« Bibbernd mummelte ich mich tiefer ins Handtuch.

»Setz dich in die Sonne!«

»Ja, Mama.« Gehorsam setzte ich mich vor den Strandkorb in den Sand, auf den die Sonne brannte. Ich beobachtete, wie Noah sich die Haare trockenrieb, und verfluchte mich dafür, dass ich mein Grinsen nicht abstellen konnte. Mit viel Willenskraft schaffte ich es schließlich, meinen Blick abzuwenden und mich auf ein paar Kinder zu konzentrieren, die mit einem bunten Drachen den Strand entlangrannten. Er wollte jedoch nicht fliegen und schrappte hüpfend durch den Sand.

Noah ließ sich neben mich fallen. »Geht's wieder? Wird dir warm?« Er setzte sich so nah zu mir, dass sich unsere Schultern berührten.

»Na klar.« Ich lächelte ihn an und versank in seinen grauen Augen. Fast schämte ich mich für meine kitschigen Gedanken, doch als mir bewusst wurde, dass er meine Lippen musterte, kämpfte ich schon wieder gegen aufkommende Schnappatmung an.

Der Ring war keine große Hilfe dabei, einen klaren Kopf zu behalten, denn er sandte eine Hitzewelle nach der anderen durch meinen Körper.

»Ich weiß nicht«, meinte Noah mit einem kritischen Blick auf meinen Mund. »Wir sollten das überprüfen.« Er beugte sich zu mir und küsste mich.

»Klappt doch prima. Mir ist schon wärmer«, stellte ich fest. »Aber besser gleich noch mal.«

»Dein Wunsch ist mir Befehl.«

Auch wenn diese Bemerkung sofort mein schlechtes Gewissen aktivierte und eine nervige innere Stimme mich überreden wollte, Noah von der Magie zu erzählen, ließ ich mich hingebungsvoll in den Zauber des Kusses fallen. Wer hätte gedacht, dass Küsse wahrer Liebe so himmlisch sein können!

»Keine Ahnung, wie ich ohne dich leben konnte.« Er zog mich an sich, und eine neue Welle pures Glück rollte heran.

»Hast du eigentlich keine Angst, dass du ihn verlierst?«, fragte Noah unvermittelt, und ich verstand nicht gleich, wovon er sprach. Er nahm meine Hand und betrachtete den Ring.

Seit jenem Abend der Strandparty, bei meinem Leuchtturm in den Dünen, hatte ich ihn nicht mehr abgenommen. Okay, in Sport, weil Frau Mimers sonst Terz machte. Doch ich steckte ihn dann in die Hosentasche, und wann immer ich im Abseits stand – also die Hälfte der Stunde –, ließ ich ihn auf meinen Finger gleiten. Eine Tatsache, die Merle natürlich nicht entgangen war und sie dazu verführt hatte, mich gelegentlich *Gollum* zu nennen.

Merle wusste von meiner magischen Begabung. Und sie liebte sie. Wenn es nach ihr gegangen wäre, hätte die Schmuckmagie uns schon längst zu den Königinnen der Schule gemacht. Doch bei meinen ersten Versuchen war etliches schiefgegangen, und ich war inzwischen vorsichtig mit dem Einsatz der Zauberei. Zwar hatte ich ein Buch mit Anleitungen für Schmuckzauber, aber ich verstand nur die Hälfte der Anweisungen. Mir fehlte jemand, der mich lehrte, wie ich die Magie formen konnte.

Ich drehte den Ring im Sonnenlicht, und das blutrote Feuer in ihm funkelte leidenschaftlich.

Diesen Liebesring für Noah und mich zu schmieden war

eigentlich nicht nötig gewesen. Schließlich waren wir beide für einander bestimmt, richtig?

»Du hast wirklich Talent. Aber du solltest ihn abnehmen, wenn du schwimmen gehst. Weißt du, wie viele Ringe schon im Meer liegen, weil das kalte Wasser sie vom Finger gleiten lässt?«

Ich schluckte. »Daran habe ich gar nicht gedacht.« Aber unter keinen Umständen konnte ich ihn in Noahs Gegenwart abnehmen. Wer weiß, was dann passieren würde?

Nichts natürlich, versicherte ich mir sogleich. Denn wir liebten uns – mit oder ohne Zauber.

Dennoch hatte der Ring ihn an jenem Abend direkt zu mir geführt. Noah hatte die nervige Chrissy mit ihren dämlichen Anmachversuchen einfach mitten im Gespräch stehen lassen und war zu mir gekommen.

Und seitdem verbrachten wir jede freie Minute zusammen.

Sein Handy klingelte mich aus meinen Tagträumereien. »Och nö«, murrte ich. »Geh nicht ran.«

Doch er hatte sich schon aus der Umarmung gelöst und das Handy aus seinem Rucksack gefischt.

»Das ist kein Anruf. Es ist ein Alarm.«

»Ein Alarm?« Verwundert sah ich ihn an. Seit wann stellte er einen Wecker, wenn wir zusammen waren?

»Tut mir leid. Ich muss los.« Mit einem Seufzer stand er auf und schlug sich den Sand aus der Hose.

»Wohin denn? Probt ihr?« Ich rappelte mich auf. Es war mehr als blöd, dass ich diesen herrlichen Tag ohne ihn verbringen sollte.

Er zögerte, als er meinen unglücklichen Blick bemerkte, und ich meinte, ein leicht schlechtes Gewissen in seinem zu erkennen.

»Ja … Also … Richtig! Wir proben.« Irgendwie klang es nach einer Ausrede.

»Cool. Kann ich mit?« Ich stopfte das Handtuch in meine Tasche und stieg in die Shorts, doch Noah hielt mich zurück.

»Nein! Also – ach, weißt du, die Jungs haben eine Bandprobe ohne Freundinnen angesetzt. Ihr lenkt uns immer so ab.« Er lächelte und wollte mich küssen, aber ich wich aus.

»Ich bin auch ganz leise.«

»Das ist es nicht – du … wenn du da bist, dann vergess ich alles andere. Auch die Noten. Und den Text.«

(OMG! Das war *so* süß!) »Na gut. Ausnahmsweise. Dann sehen wir uns morgen in der Schule.«

»Aber sicher.« Er schulterte seinen Rucksack, rührte sich jedoch nicht vom Fleck.

»Was ist nun?«

»Ich will nicht. Den ganzen Tag über freue ich mich auf die Zeit mit dir. Du bist alles für mich.«

Nun schwebte ich nicht nur, sondern schmolz bei seinen Worten auch noch dahin. Natürlich endeten wir wieder einmal in einem leidenschaftlichen Kuss.

Schließlich schaffte ich es, ihn von mir zu schieben. »Du solltest los. Grüß mir die Jungs von der Band, okay?«

Seufzend nickte er, warf mir noch eine Kusshand zu und stapfte Richtung *Lorenzo* davon.

Wehmütig sah ich ihm nach, wie er zwischen den Strandkörben verschwand.

Und was machte ich nun mit diesem herrlichen Nachmittag?

Aus meiner Tasche starrte mich Napoleon an, doch ich kramte zielsicher an ihm vorbei mein Handy heraus und textete Merle an:

Lust am Strand abzuhängen?

Bin im Lorenzo

kam prompt die Antwort, und ich zog für eine Sekunde eine Schnute. Meine beste Freundin war in unserem Stammlokal? Ohne mich? Sie hatte mich nicht mal gefragt.

Grummelig stapfte ich nun ebenfalls zur Promenade, an der das *Lorenzo* lag. Bei Schietwetter war es mit seinem grünen Wintergartenfeeling und dem Blick auf das gischtende Meer der beste Platz, um es sich gemütlich zu machen, während es seinen Gästen bei diesem großartigen Sommerwetter eine Sonnenterrasse und Service am Strand bot, an dem Liegestühle bereitgestellt waren.

Ich ging die Liegestuhlreihen entlang und hielt Ausschau nach Merle. Ein paar Gäste hatten sich in den Schatten unter die Stelzen zurückgezogen, auf denen das *Lorenzo* stand. Aber ich war mir sicher, dass Merle sich ein Plätzchen in der Sonne gesucht hatte. Tatsächlich entdeckte ich sie in der ersten Reihe, mit grell gemustertem Bandeau-Top und der Nase im Geschichtsbuch. (Och nö. Bitte jetzt keine Lernsession!)

»Du warst aber schnell«, stellte sie überrascht fest und schob sich ihre überdimensionierte Sonnenbrille ins Haar.

Gerade wollte ich etwas erwidern, da winkte sie schon ab und beantwortete sich die Frage selbst. »Ach ja. Ihr habt ja euren Strandkorb. Wo ist denn Noah?«

»Musste weg«, antwortete ich knapp.

»Wie schön. Und jetzt hast du mal wieder Zeit für deine Freundin?«

(Autsch.) Ich ließ mich in den Stuhl neben sie plumpsen. »Ach komm. So schlimm ist es nun auch wieder nicht.«

Merle wiegte den Kopf. »Stimmt. Wir sehen uns ja im Unterricht. Falls du mal von der Herzchen-Kritzelei aufsiehst.«

»Was?« Sie tat ja gerade so, als würde ich mich wie ein blöder Teenager benehmen. (Na gut, ich war sechzehn und bis über beide Ohren verliebt. Aber trotzdem …) Mein Blick fiel auf das Geschichtsbuch, das Aufmerksamkeit heischend aus meiner Tasche ragte. Ein Herz mit rosa Glitzer-Edding war darauf gezeichnet. »Ich … also … ich kann eben nicht anders.«

Merle lachte. »Kein Wunder. Der Ring hat euch gebunden.«

»Jetzt komm mir nicht wieder mit deinen Anspielungen. Der Ring versklavt niemanden. Er unterstreicht nur das, was sowieso schon da ist. Punkt.«

»Ist ja gut. Aus mir spricht nur der Neid. Und die Eifersucht, weil Noah dich mir ausgespannt hat.«

»Tja, Merle«, seufzte ich übertrieben. »Du hast dich eben nicht genug ins Zeug gelegt.«

Sie kicherte. (Hurra! Sturmfront davongelacht!) »Ach, du meinst, wenn ich dir auch rote Rosen schenke, seh ich dich wieder öfter?«

Vor meinem inneren Auge ploppte die Ansicht meines Zimmers auf. Momentan war es von Rosen geflutet. Zwei Vasen drängten sich auf dem Schreibtisch und drei hatte ich ins Bücherregal gequetscht. Noah hatte sich angewöhnt, mir jeden Tag eine Rose zu schenken. Ich fand das unglaublich süß. Auch wenn ich inzwischen nicht mehr so recht wusste, wohin damit. Die neidischen Blicke mancher Mädels waren mir natürlich bewusst. Einen so aufmerksamen und romantischen Freund gab es eben nur einmal auf der Welt.

»Du grinst schon wieder so dämlich«, sagte Merle und riss mich aus meinen Gedanken.

»Ja, ist ja gut. Ich hab mir nur vorgestellt, wie wunderbar es wäre, rote Rosen von dir zu bekommen.«

Merle spitzte die Lippen und sah mich nachdenklich an. »Also wenn du dann auch die ganze Zeit so dümmlich grinst, kriegst du von mir keine.« Und damit hob sie das Geschichtsbuch vor ihr Gesicht.

»Du brichst mir das Herz.« Ich gab ein paar theatralische Seufzer von mir, doch das Geschichtsbuch rührte sich nicht.

Das glückliche Grinsen schlich sich zurück auf meine Lippen. Ich schlüpfte aus meinen Schuhen, grub die Zehen in den warmen Sand, lehnte mich zurück und genoss die Sonne auf meiner Haut.

»Ist er schon über die Alpen?«, fragte ich Merle nach einer Weile.

Wie in Zeitlupe senkte sich das Buch, und sie warf mir einen entsetzten Blick zu. »Du redest doch hoffentlich nicht über Napoleon.«

»Na klar. Ist das nicht der Typ mit den Elefanten?«

»Julie! Du hast ja noch nicht mal versucht, das Buch *aufzuschlagen*!«

»Nein, der Glitzer-Edding war noch nicht trocken«, gab ich zurück und schenke ihr mein bestes Grinsen.

Lachend warf Merle mir ihr Handtuch ins Gesicht. »Das mit den Rosen kannst du vergessen.«

»Also gut. Pass auf, wie wäre es damit: Ich geb dir eine Schokolade aus, und du erklärst mir, was Napoleon verbockt hat. Deal?«

»Eine Eis-Schokolade.«

»Natürlich.«

»XXL.«

»Dein Ernst?«

»Klar! Mit bunten Streuseln. Und Glitzerfähnchen!«

»Natürlich.«

»Ach, ich nehm gleich zwei.«

»Glitzerfähnchen?«

»Eis-Schokoladen.«

»*Eine* Eis-Schokolade XXL, bunt und glitzernd. Aber dann will ich auch alles über Napoleon und seine Affäre mit dieser Kleopa–« Weiter kam ich nicht, denn Merle schlug lachend mit dem Handtuch nach mir. »War 'n Witz«, verteidigte ich mich grinsend, stemmte mich aus dem Liegestuhl und machte mich auf zum *Lorenzo*. Merle würde mir mit Sicherheit die Sache mit Napoleon viel besser erklären, als das schnöde Buch es konnte.

Leider hatte inzwischen der Nachmittagsbetrieb im Café voll eingesetzt, und ich musste an der Bar anstehen. Die Liegestühle waren jetzt alle belegt. Am Strand waren Strandmuscheln wie Pilze aus dem Boden geschossen. Dazwischen rannten Kleinkinder mit Eimern, Schaufeln und Keschern herum. Auch erste Surfer paddelten im Wasser, auf der Suche nach einer guten Welle.

Als ich endlich mit zwei Bechern zu Merle zurückkam, steckte ein Surfboard im Sand neben meinem Liegestuhl, und Ben lümmelte darauf. »Hey, Jewels. Schön dich zu sehen«, begrüßte er mich.

»Ben!« Ich freute mich riesig. Auch wenn ich damit zugab,

dass Merle recht hatte. In den letzten Wochen hatte ich meine Freunde wirklich ziemlich vernachlässigt. Alle meine Gedanken waren nur um Noah gekreist. Wann war ich das letzte Mal mit Ben und Merle ins Kino oder einfach nur auf einen Strandbummel gegangen? Vermutlich, bevor Noah mich das erste Mal geküsst hatte.

»Ist das Board neu?«, wollte ich wissen und reichte Merle ihren Becher. »Du hattest doch immer so eins mit orangefarbenen Streifen.«

Für einen Moment sah er mich verschmitzt an. »Das orangefarbene ist mein Longboard. Das hier ist ein Malibu.« Er musterte die Wellen. »Ist heute ganz schön voll. Dabei ist noch nicht mal Wochenende.«

»Aber perfekte Wellen?«, fragte ich und setzte mich vor die beiden in den Sand.

»Perfekte Wellen kommen und gehen. Wo ist Noah?«

»Kann ich denn nicht mal ohne ihn sein?« Es klang patziger als beabsichtigt. (Ein verdammt schlechtes Gewissen ließ Bens Frage in meinen Ohren wie einen Vorwurf klingen. Den Vorwurf, eine miese Freundin zu sein.)

»Ich weiß nicht«, antwortete Ben. »Kannst du?« Er sah mich sehr ernst an.

Kurz schnappte ich nach Luft, doch dann verkniff ich mir eine Antwort. Immer mussten alle an meiner Beziehung zu Noah rummeckern! Es reichte mir.

»Geh surfen«, motzte ich ihn an.

»Hat Zeit.« Er lehnte sich in *meinem* Liegestuhl zurück und musterte die Wellen. »Momentan sind mir zu viele Gaffer hier.«

»Ich gaffe nicht!«, brauste Merle sofort auf.

Verwundert sah ich zu ihr hinüber. Wieso bezog sie diese Aussage denn gleich auf sich? Schwärmte sie etwa noch immer für Ben? (Wie armselig war das denn, ich wusste nichts über den aktuellen Love-Interest meiner besten Freundin! Schäm dich, Julie!)

Mein Blick glitt forschend zu Ben, doch der schien ihren Ausbruch nicht für verdächtig zu halten. (Männer!) Er sah haarscharf an mir vorbei zu seinen Surfkumpels. Dass Merle sich in ihn verguckt hatte, konnte ich noch immer nicht fassen. Obwohl ich zugeben musste, dass mein Sandkastenkumpel Ben gar nicht mehr wie der Rotzlöffel von damals aussah. War das ein Sixpack unter dem Neoprenanzug? Aber Himmel! Das war Ben! Mit ihm hatte ich ein Planschbecken geteilt!

Nach der Grundschule hatten wir uns – obwohl wir gegenüber wohnten – aus den Augen verloren, waren aber inzwischen wieder beste Freunde. Keine Ahnung, wie das gekommen war, aber er, Merle und ich waren unzertrennlich.

Nun ja. Jedenfalls, bevor Noah mich zum Leuchtturm mitgenommen hatte. Und bevor ich den Ring angesteckt hatte. Ebendiesen Ring, den Ben jetzt wieder nachdenklich musterte.

»Lass gut sein«, meinte ich deshalb zu ihm und nahm

die Hand von meinem Knie, damit er den Ring nicht mehr sah.

»Wird irgendwann der Tag kommen, an dem du das Ding ablegst?«, fragte er herausfordernd.

Auf keinen Fall würde ich mich auf sein Wer-hat-recht-Spielchen einlassen. »Ohne ihn würde ich mich verloren fühlen.« (Julie! *Verloren?* Hast du gerade allen Ernstes *verloren* gesagt? Kannst du Ben nicht noch mehr Steilvorlagen liefern?) Am liebsten hätte ich mich für diese Worte geohrfeigt.

Er zog die Augenbrauen hoch. »Verloren? Du solltest das Ding in den Ozean schleudern.«

(Siehste, Julie!) »Mir ist klar, dass du für Magie nicht viel übrig hast. Aber sie kann sehr nützlich sein.«

»Und wie!« Merle hielt zu mir. »Ich versuche, Julie von einem *Band der Sportlichkeit* zu überzeugen.«

Ben warf ihr einen amüsierten Blick zu.

»Was denn?«, gab sie zurück. »Dafür ist die Magie doch da. Um Menschen glücklich zu machen.«

Natürlich hätte ich Merle sagen können, dass das Band fast fertig war. Also – in meinem Kopf. Dass ich aber wegen Noah nicht dazu kam, es tatsächlich zu knüpfen. Vermutlich hätte diese Information jedoch beide nur wieder gegen Noah aufgebracht.

Also nippte ich schweigend an meiner inzwischen geschmolzenen Eis-Schokolade und beobachtete die Surfer. Auf jeden Fall war Magie dafür geschaffen, die Menschen glücklich zu machen! Ich brauchte nur noch mehr Übung.

Die beiden waren die Einzigen, die von meinem zauberhaften Geheimnis wussten. (Wenn man gewisse Familienmitglieder jetzt mal außen vor lässt.)

Ich hatte Ben in mein Geheimnis einweihen müssen. Allerdings misstraute er der Schmuckmagie – und ganz besonders meinem Liebeszauber. Dass es wahre Magie in unserer Welt gab und man sie nutzen konnte, hatte er inzwischen akzeptieren müssen, fand es aber falsch, sie tatsächlich anzuwenden. Ganz im Gegensatz zu Merle.

Doch ich vermutete, dass es im Fall des Rings noch einen anderen Grund gab, warum er mich immer so sauer ansah. Denn tief in seinem Herzen war Ben ein Romantiker. Er glaubte fest an wahre Liebe. (Genau wie ich.)

»Und?«, fragte Ben schließlich leise und beugte sich zu mir herunter. »Bist du durch den Ring glücklicher als vorher?«

In seinem Blick lag etwas Herausforderndes, und für einen Augenblick war mir, als würden wir einen Kampf ausfechten. Es machte mich wütend, dass er meine Liebe zu Noah immer noch ablehnte. »Noah und ich sind jetzt zusammen. Natürlich bin ich glücklich.«

Bens forschender Blick versuchte, bis tief in mein Herz zu sehen, als ob er dort eine andere Antwort vermutete. Als ob dort geschrieben stand, dass es alles nur Fake war. Magie-Fake.

»Wenn es wahre Liebe ist, dann brauchst du diesen Budenzauber doch gar nicht. Nimm ihn ab«, forderte er, und nun wurde ich wirklich wütend.

»Wenn die Magie Fake ist, dann musst du dich doch gar nicht über den Ring aufregen. Ich finde ihn einfach schön.«

Ein Lächeln huschte über seine Augen. »Du glaubst aber dran. Was also ist deine Liebe zu Noah? Wunschdenken oder echtes Gefühl?«

Erschienen bei FISCHER KJB

Hedderichstr. 114, D-60596 Frankfurt am Main
Dieses Werk wurde vermittelt durch die Literarische Agentur
Thomas Schlück GmbH, Hannover.
ISBN 978-3-7373-4091-5

Aus Verantwortung für die Umwelt hat sich der Fischer Kinder- und Jugendbuch Verlag zu einer nachhaltigen Buchproduktion verpflichtet. Der bewusste Umgang mit unseren Ressourcen, der Schutz unseres Klimas und der Natur gehören zu unseren obersten Unternehmenszielen.

Gemeinsam mit unseren Partnern und Lieferanten setzen wir uns für eine klimaneutrale Buchproduktion ein, die den Erwerb von Klimazertifikaten zur Kompensation des CO_2-Ausstoßes einschließt.

Weitere Informationen finden Sie unter: *www.klimaneutralerverlag.de*